Für Nicole

Weiterhin erschienen:

inga deor
Hamburg – Varna und zurück?, Roman
Kommissar Jeromins Aufbruch nach Bulgarien
Erster Fall
ISBN 978-954-92055-1-0, sims

Erste Auflage 2007

Bildnachweis: Privatbestand inga deor
Bildbearbeitung: Tanja Karaivanova tkaraivanova@abv.bg
Lektorat: a.h.i.d. (SCHBN)
Gedruckt in Bulgarien

ISBN 978-954-92055-2-7

Druck: ABAGAR, V. Tarnovo

inga deor

Verbrannte Erde

Kommissar Jeromin ermittelt in Varna

Beim Lesen lässt sich vortrefflich denken.
Lev Tolstoi

1.

Was hatte der Arzt gesagt? Die Lage sei äußerst bedrohlich. Wenn sich der Organismus in den nächsten vierundzwanzig Stunden nicht stabilisiere, könne nur noch ein Wunder helfen.

Seit Stunden saß Thomas neben dem Bett und starrte auf das bleiche Gesicht des bewegungslosen Körpers. Zahllose Schläuche, aus verschiedenen Körperöffnungen, irgendwie miteinander verbunden, liefen am Kopfende in rechteckige Kästen medizinischer Apparaturen zusammen. Ein Bildschirm visualisierte das wenige Leben in der reglosen Gestalt durch grüne und roten Schlangenlinien, gespenstisch klingende akustische Laute transformierte ein Lautsprecher in den Raum hinein.

„Um Himmels Willen, dann schaffen Sie das Wunder doch herbei“, hatte Thomas den Arzt angstverzerrt aufgefordert. „Ich zahle jedes Honorar und lasse jeden Spezialisten aus dem letzten Winkel der Welt einfliegen, der diesen Menschen rettet“, flehte er mit erstickter Stimme, verzweifelt und bereit, im Wettlauf mit dem Tod, ein Leben zurückzukaufen, wenn es einen Preis dafür gebe.

Der Arzt war kein Kaufmann. Er forderte kein Geld ein, auch nicht nach Inaugenscheinnahme möglicher Besitzstände der Angehörigen. Und er weckte auch keine falschen Hoffnungen. Mit ruhiger Stimme antwortete er seinem aufgeregten Gegenüber und erklärte zum wiederholten Male, dass kein Spezialist der Erde helfen könne, und die Zahlung jeder noch so großen Geldsumme das Wunder, das sie bräuchten, nicht herbeizaubere.

Was getan werden musste, hatte man getan.

Ein Spezialist war nicht notwendig. Es gab nichts

spezielles, dessen er sich hätte annehmen können. Die Kugeln hatte man entfernt, die Blutungen versorgt. Weitere Hilfeleistungen konnte ein Arzt einem Patienten bei diesen Verletzungen nicht geben. Problematisch war und blieb der Umstand, dass der Schwerverletzte so spät medizinisch erstversorgt wurde. Es war nicht abzusehen, ob die Unterversorgung des Gehirns Folgeschäden verursachte. Der Körper musste seine Selbstheilungskräfte ausreichend aktivieren, um nicht nur die schwer verletzten inneren Organe zu heilen, er musste das Ruder für den gesamten Organismus wieder übernehmen. Der geschwächte Körper musste seinen Teil zur Genesung eigenständig leisten.

„Abwarten", hatte der Arzt gesagt. Alles, was getan werden konnte, war abwarten und dem Patienten die größtmögliche Ruhe zukommen lassen.

Dafür wollte Thomas sorgen. Wenigstens das, wenn er sonst nichts tun konnte. Er würde dieses Zimmer nicht mehr verlassen. Obwohl seine Hand mittlerweile schmerzte, hielt er unter dem dünnen weißen Baumwolllaken den nackten rechten Unterschenkel umfasst. Im Gegensatz zu den beiden Handoberflächen ermöglichte er Hautkontakt, ohne durch Schläuche an der Berührung gehindert zu werden. Das Handauflegen beruhigte seine in Wellen wieder kehrende Panik und stellte eine intensive Nähe zu dem Liegenden sicher. Thomas wollte Energien in den geschwächten Körper übertragen. Gleichzeitig hatte er eine diffuse Furcht. Er musste den warmen Körper festhalten, um zu verhindern, dass er sich dem Leben entziehen und verschwinden würde, in einen Bereich, in den er ihm nicht folgen könnte.

Das Krankenzimmer war alles andere als vertrauenserweckend, aber Thomas wusste, dass es darauf nicht ankam. Die Umstände waren eben so. Er hatte sich einen Gestaltungsrahmen für ein unorthodoxes Vorgehen erwirkt.

Der Patient war aufgrund seiner schweren Verletzungen transportunfähig. Thomas hatte aus einer Privatklinik in der Innenstadt alle notwendigen Utensilien bringen lassen, die dem städtischen Krankenhaus nicht zur Verfügung standen. Das letzte, was fehlte, war ein ordentliches Krankenhausbett, das im Laufe der nächsten Stunden eintreffen sollte, um es gegen die viel zu niedrige Liege zu ersetzen, in die man die Krankenhausinsassen mangels Alternative bettete. Aus einem Zweibettzimmer hatte er kurzerhand eine private Intensivstation geschaffen. Aber was nutzte es, wenn es für den Menschen, für den er alles tun würde, keine Rettung mehr geben sollte? Immer wieder hämmerten Thomas die gleichen Fragen durch den Kopf: Gab es die Möglichkeit für eine Einflussnahme, für eine Kraft des Unterbewusstseins, die sich aktivieren ließ? Gibt es eine Macht über die eigenen Gedanken, die den Körper und seine Selbstheilungskräfte aktivieren konnte oder gaukelt man sich das alles nur vor, um der eigenen Hilflosigkeit irgendetwas entgegen setzen zu können? Thomas war elend zu mute. Er konnte keine Instanz anrufen, die ihm eine verlässliche Antwort gab. Sein Glaube stand auf viel zu wackeligen Beinen, um ein ausreichendes Fundament zu bilden. Das negativ erzeugte Bild seiner Kinderzeit von einer allmächtigen strafenden göttlichen Instanz hatte er im Erwachsenenalter durch Unglauben ersetzt und keine Möglichkeit mehr zugelassen, eine Annäherung, Auseinandersetzung oder Eigenorientierung zu finden. Seine ethischen Grundwerte, an denen er sich orientierte, waren für sein Verständnis im Umgang mit seinen Mitmenschen ausreichend und mussten nicht durch einen dogmatischen Religionsmantel kenntlich gemacht werden. Bisher hatte er alle Probleme und Schwierigkeiten aus eigener Kraft gelöst. Aber diese Kraft half nicht, alles erschien ihm sinnlos. Was sollte, was konnte, und was musste er tun?

Alles würde er tun, um dieses menschliche Geschöpf, das so verloren vor ihm lag, zu retten.

Thomas stöhnte ob der Ungerechtigkeit dieser Welt, klagte an, ohne einen Schuldigen zu nennen, fluchte, zitterte und weinte. Er wollte den geliebten Menschen nicht verlieren. Er fühlte, wie sich der Schmerz in seiner Brust festsetzte, schlug die Fäuste gegen seine Oberschenkel, bis er schreien und sich Luft verschaffen konnte. Von Erschöpfung und Verzweiflung getrieben, murmelte er kaum vernehmbare Worte vor sich her. Er schloss einen Pakt mit sich selbst und legte einen Schwur ab.

2.

„Mensch Bobby!, wie oft habe ich dir gesagt, dass du dir eine Unterlage nehmen sollst, wenn du an deinem Arbeitsplatz essen und trinken willst?“

„*Iswinjawaj!*[1]“, schuldbewusst blickte Bobby vorsichtig über den Rand seines Bildschirmes, dann etwas höher, bis seine Augen Dimos grimmigem Blick begegneten, der ihn gerade zurecht gewiesen hatte.

Gedankenlos hatte er sich mal wieder in seiner Arbeit verloren und das Chaos ignoriert, das sich im Laufe des Tages geschwulstartig um ihn verbreitete. Wenn er nicht mehrfach Kundenunterlagen durch Kaffeeflecke, fettglänzende Abdrücke oder Aschereste verunreinigt hätte, könnte er sich des Vorwurfes irgendwie erwehren. Aber Dimo hatte ja Recht. Hastig schob er eine Vielzahl Blätter und Notizen zu einem Stoß zusammen, fingerte aus einem Papierkorb einen Teil der Tageszeitung als Ablage hervor, die er am frühen Morgen nur flüchtig durchgeblättert und gleich darauf entsorgt hatte. Umständlich faltete er sie zusammen, bis sie die richtige Größe hatte, um Kaffeebecher, *gewrek*[2] und Aschenbecher schützend aufzunehmen.

Um Dimos Laune zu heben, verwickelte Bobby ihn geschickt in ein Gespräch über eine soeben gefundene Lösung, nach der sie lange gesucht hatten. Dimo war nicht nachtragend und direkt bei der Sache, als Bobby ihm die Weiterentwicklung ihrer Software demonstrierte. Sie hatten sich zu einem tollen Team entwickelt. Bobby war glücklich, dass er direkt nach seinem Informatikstudium den Arbeitsplatz in seiner Heimatstadt Varna angenommen hatte. Dimo hatte ihm einen offiziellen Arbeitsvertrag angeboten, von dem seine Kommilitonen nur träumen konnten. Mit seinem

Abschluss und seinen Sprachkenntnissen hätte er ins Ausland gehen können, aber das war nicht das, was er wollte. Er war ein eigenbrötlerischer Tüftler und Querdenker. Was sie entwickelten, Softwareprogramme für mittelständische Unternehmen, entsprach eindeutig seinem Ideenpotential. Sein Arbeitsumfeld gefiel ihm, den Rahmen seiner Arbeit konnte er weitestgehend eigenständig gestalten.

Bobby wusste, dass Dimo in den ersten Jahren heftig kämpfen musste und einen überdurchschnittlichen Arbeitseinsatz leistete, um am heimischen Markt wahrgenommen zu werden. Der Einsatz hatte sich gelohnt. Mittlerweile hatte Dimo mehrere Standbeine, die immer erfolgsträchtiger wurden. Das war ein Weg von dem Bobby träumte und der ihn motivierte; in vielem konnte er seinen Chef schon jetzt wirksam entlasten. Besonders komplizierte Problemfälle landeten immer öfter direkt auf seinem Schreibtisch.

Aus einem kleinen Kellerbüro waren sie aufgestiegen in eine komplette Büroetage eines sanierten Altbaus. Ein Verkaufsraum um die Ecke ermöglichte den Verkauf gängiger Hard- und Software, das kleine Internetcafé zog eine Vielzahl jugendlicher Freaks an, die gemeinsam durch die ganze Welt surften. Die brandneue Hauptgeschäftsstelle in der Nähe der *opschtina*[3] von Varna war das neue Herzstück ihres Unternehmens. Bobby würde in dem alten Büro verbleiben, aber darüber war er nicht traurig, denn er war nachgerückt. In dem alten Büro war er der erste Mann.

Dimo hatte mit drei Mitarbeitern die neue Belle Etage bezogen und wer weiß, was als nächstes käme. Bobby war begeistert von dem Ideenreichtum seines Chefs und war offen für alle neuen Innovationen.

Das war die Welt, in die er gehörte, in ihr wollte er sich bestmöglich positionieren. Nach intensiven und erfolgreich durchgeführten Arbeitstagen fühlte er sich wie ein gleichberechtigter Geschäftspartner.

Zufrieden mit den Leistungen seines Mitarbeiters wanderte Dimo in das angrenzende Büro. Bobby gewährte sich zur Belohnung die restlichen Genüsse auf dem improvisierten Platzdeckchen. Seine Augen fielen auf einen Artikel, den er beim Schnelldurchlauf in der Frühe gar nicht gesehen hatte. Große aufdringliche Buchstaben verkündeten eine Nachricht über eine Region nahe ihrer Stadt, die ihn normalerweise nicht sonderlich interessierte. Aber was sich am *slatni pjassazi*[4], der touristischen Urlaubszone nördlich von Varna, abgespielt hatte, betraf keine Touristen. Es war noch zu früh für die Schwarzmeerurlauber der kommenden Saison. Das konnte jedenfalls keine Verwechslung sein. Mit einer Handbewegung fegte Bobby die Leseunterlage frei. Viel zu sehr ins Lesen vertieft übersah er, wie sich der letzte Inhalt seines Kaffeebechers in braunen Bahnen über die Listen seines Kunden verteilten. Ohne Vorankündigung hechtete er auf Dimo zu, um ihm den Artikel vor das Gesicht zu halten.

Gemeinsam lasen sie noch einmal den Abschnitt über die am Goldstrand stattgefundene Schießerei, bei der der Polizist Krassimir D. getötet und der Varnaer Kommissar Ivan G. lebensgefährlich verletzt wurde.

Ohne Rücksicht auf seine nachfolgenden Termine verließ Dimo das Büro. Es dauerte nur wenige Minuten, dann hörte Bobby den unverwechselbaren Klang von Dimos Auto. Der Motor hatte das Aufheulen für sie beide übernommen. Vor Schreck und Bestürzung war ihnen kein Wort über die Lippen gekommen. Wie ein Schlafwandler durchfuhr Dimo die engen Gassen in der Varnaer Altstadt. Er versuchte sich Klarheit darüber zu verschaffen, wohin er überhaupt fahren sollte. Darina meldete sich nicht unter ihrem Hausanschluss und Thomas *mobifon*[5] war ausgeschaltet. Mit quietschenden

Reifen wendete er seinen Wagen in einer Einbahnstraße, um die Abkürzung zum Kommissariat zu nehmen.

Grußlos stürmte er in das Büro von Marietta, die gerade mit einem Berg Ordner beladen das Zimmer verlassen wollte. Dimo brachte keine Frage hervor, Mariettas Gesicht gab ihm ohne Worte die grausame Antwort. Als er sprechen konnte, war sie bereits in ihr Büro zurückgekehrt und schrieb Namen und Abteilung des Krankenhauses, in das man den Freund eingeliefert hatte, auf einen Zettel.

Unter Außerachtlassung aller Ampeln und sonstiger verkehrsregelnder Zeichen raste er zum Krankenhaus am Rande der Stadt. Aus weiter Ferne konnte man das riesige Gebäude erkennen, dessen Verfall sich wie eine offene unverbundene Wunde jedem offenbarte, der sich dem alten Bau freiwillig oder unfreiwillig näherte. Als er vor der Tür stand, hinter der er seinen Freund vorfinden sollte, zitterten seine Hände und sein Herz klopfte bis zum Hals.

Darina kam erst abends. Bewegungslos stand sie im Rahmen der Tür, gerührt über den sich ihr bietenden Anblick. Sie schluckte. Ihr Bruder Ivan lag mit geschlossenen Augen in den Kissen des inzwischen ausgetauschten Krankenhausbettes, links und rechts von Thomas und Dimo umrahmt. In stiller Eintracht wachten sie über ihren Freund.

3.

Sein alter Studienfreund hatte Wort gehalten. Alles war perfekt arrangiert. Wie versprochen, war die große Limousine mit Fahrer am Morgen eingetroffen, hatte ihn abgeholt, um ihn zu dem Ort zu bringen, an dem sie sich wiedersehen sollten. Milen genoss es, im Fond des geräumigen Wagen zu sitzen, der sich leise schnurrend stadtauswärts bewegte. Einen solchen Luxus, für eine längere Autofahrt einen Wagen mit Fahrer zu mieten, hatte er sich bisher noch nicht gegönnt. An der letzten Tankstelle vor dem vereinbarten Treffpunkt sollte er warten. Dort würde ein Mitarbeiter seines Freundes ihn in Empfang nehmen. Sein Freund musste wirklich sehr erfolgreich geworden sein, überlegte Milen. Die mehrstündige Fahrt wollte er genießen und sich ausnahmsweise auf nichts konzentrieren. Er wollte sich nur seinen Gedanken hingeben und losgelöst von den Alltagsproblemen die kleine bevorstehende Reise genießen.

Wie viele Jahre hatten sie sich nicht mehr gesehen? Er wusste es nicht und machte sich keine Mühe es nachzurechnen. Der Kontakt zwischen ihnen war nie vollständig abgebrochen, obwohl er, reduziert betrachtet, lediglich aus nicht mehr als zwei Hand vollen Briefen bestand, seit sie vor vielen Jahren in Russland einen Teil ihres Studiums gemeinsam absolviert hatten. Zwei Fremde waren sie. Fremde in einer fremden Stadt, die nichts übrig hatten für die Zerstreuungen in größeren Kreisen, denen sich ihre Kommilitonen hingaben. Die Wohngemeinschaft, die sich ihnen bot, ergriffen sie. Das gemeinsame Miteinander auf engstem Raum schweißte sie zusammen, idealtypische Gedankenkonstruktionen, wie sie das medizinische Rad der Welt weiter drehen wollten, spornte ihren Lerneifer an. Beide wollten Ärzte werden.

Ihre Begegnung hatte sich zufällig ergeben; ein Stück ihres Lebensweges gingen sie gemeinsam. Große Worte, um ihre Zweckgemeinschaft zu beschreiben, hatten sie nicht gesucht, und sie würden auch jetzt nicht danach fahnden.

„*Tschirkel!*“, rief ihm der Fahrer gut gemeint zu und wies mit der Hand auf eine Storchenkolonie, die einmütig über ein kahles Feld staksten. Mit ihren langen spitzen Schnäbeln pickten sie in den Boden.

Unwillkürlich berührte Milen das kleine wollene Anhängsel seines obersten Jackenknopfes. Das war das Indiz, das der Fahrer sicherlich zum Anlass genommen hatte, um ihn auf die langbeinigen Vögel aufmerksam zu machen. Der Legende nach konnte er jetzt zufrieden einen Stein suchen und unter ihm das Geschenk seiner Tochter ablegen. Gesundheit und Glück waren für das voranschreitende Jahr garantiert. „Ein schönes Zeichen für mein Treffen“, dachte Milen und dankte dem Fahrer für den Hinweis.

Noch immer war der Brauch in seinem Land eine beliebte Tradition, den ersten März zum Anlaß zu nehmen, um die *Martenizi* zu verschenken. Viele Hersteller bemühten sich unablässig, die Auswahl von Jahr zu Jahr zu vergrößern. Fliegende Händler bevölkerten ab Februar weite Straßenabschnitte mit einer Vielfalt, an der niemand vorbeigehen konnte. Alle schauten sich die neuesten Kollektionen an und kauften das Glück für geliebte Auserwählte. Wer würde sich nicht der kleinen Gaben bedienen, um die größten menschlichen Werte großzügig zu verschenken. So unterschiedlich die kleinen oder großen Glücksboten auch waren, vereinten sie sich letztlich in einer Verbindung aus Rot und Weiß. Wer bis zum Monatsende keinen Storch entdeckte, suchte für seine *Marteniza* einen Strauch oder einen Baum, damit sie der große Vogel aufnahm und dem Glück hinterhertrug. Aus diesem Grunde würde man auch in diesem Jahr wieder unübersehbar viele Bäume und Sträucher erkennen, geschmückt von den Menschen, denen der Anblick eines Storches verwehrt geblieben war.

Schweigend kehrten die Autoinsassen in ihre Gedankenwelten zurück, eingefangen von sanft auslaufenden Hügeln des Balkans, die sich wie treue Weggefährten zu ihrer Linken erhoben. Nur wenige Fahrzeuge befuhren den Autobahnabschnitt von der Küste her kommend ins Landesinnere. Milen korrigierte ein wenig seine Sitzposition und die Ausrichtung seiner Nackenstütze, um noch intensiver die Landschaft zu betrachten. Der Stoß seiner umgefallenen Aktentasche erinnerte ihn an seine Reiselektüre. Sie sollte warten. Wann hatte er schon einmal die Gelegenheit, sich um nichts kümmern zu müssen? Frei von jeglicher Verpflichtung zu sein? Wenn er daran dachte, was bei seiner Rückkehr auf ihn zukam, tat er gut daran, den kleinen Stillstand seiner Aktivitäten durch nichts eintrüben zu lassen. Streng genommen hätte er noch nicht einmal dieses Treffen zulassen dürfen, aber sein Freund hatte nachdrücklich insistiert. Ob er sich verändert hatte? Bestimmt. Die Jahre dürften an ihm nicht spurlos vorbeigegangen sein. Schließlich hatte auch er sich verändert. Milen schloss die Augen, um sich das Bild seines Freundes zurückzuholen und stellte sich neben ihn. Beide waren etwa gleich groß, dunklen Typs, und stolz wie Pubertierende über den üppigen Haarwuchs, den sie sichtbar auf ihren Köpfen und in ihren Gesichtern zur Schau gestellt hatten.

Gedankenverloren verzog Milen das Gesicht und strich sich mit einer Hand über seine Kinnpartie, in Erinnerung an seinen Vollbart, die jetzt glatt und frisch rasiert war. Es war kein Opfer gewesen, das er nur für seine Frau erbrachte, als er ihn abnahm. Anfangs musste er sich erst an sein nacktes Gesicht gewöhnen. Aber seine Frau hatte Recht behalten, seine Patientinnen begegneten ihm seither sichtlich offener und ließen ihn ihre Gunst spüren.

„*Oh, lele*", brüllte der Fahrer. Hektisch trat er auf die Bremse, bis der Wagen stand.

Suchend schaute Milen durch die Frontscheibe, um den Grund für das abrupte Anhalten zu finden.

Das große Holzrad eines Eselskarren, der auf dem Standstreifen fuhr, hatte sich gelöst und suchte quer über die Fahrbahn eigenwillig schlenkernd eine neue Spur.

„*Ima li schertwi?*[6]" fragte der Fahrer durch die heruntergelassene Beifahrerscheibe.

„*Ne, njama da ima schertwi*[7]*!*" winkte ihnen einer der beiden Alten mit dem eingefangenen Rad zu, während der andere fachmännisch die Achse begutachtete. Zum Glück war der Karren nicht beladen. Unbeeindruckt stand der ziehende Vierbeiner des Holzgefährtes an seinem Platz. Hätte nicht einige Male das linke Ohr sichtbar auffällig gezuckt, würde man die Lebendigkeit der Kreatur bezweifeln. Den eindeutigen Zeichen der Alten folgend, setzten die beiden Reisenden ihre Fahrt fort. Es gab nichts für sie zu tun.

Milen verstand die Unterbrechung als Aufforderung, sich seiner Aktentasche anzunehmen. Er zog das umfangreiche Material heraus und begann noch einmal den Brief des Freundes zu lesen, der die dringende Bitte zu ihrem Treffen enthielt. Seine Arbeitsunterlagen zogen ihn schneller in den Bann als seine Unlust zu beginnen hatte vermuten lassen. Vergessen waren die äußeren Reize und die süßen Verheißungen vermeintlichen Nichtstuns. Vertieft in die Ausführungen seiner Fachkollegen fing er in gewohnter Weise an, seine Extrakte zu verschriftlichen, bis er den Inhalt so weit extrahiert hatte, dass er jederzeit in der Lage war, einen qualifizierten Abriss vor Publikum zu vollziehen. Zufrieden räumte er die durchgearbeiteten Dokumente in die bereitliegende Mappe ein. Ein weiteres Mal nahm er den Brief des Freundes zur Hand, der ihm, je öfter er ihn las, immer mehr Fragen aufdrängte, die ihm durch die anfängliche Wiedersehenseuphorie verstellt geblieben waren. Es war fast Mittag. Die ruhige Fahrt auf der Autobahn war nach den ersten hundert Kilometern beendet, sie befuhren die Landstrasse, eine Alternative gab es nicht.

Die malerische, mittelalterliche Zarenstadt Veliko Ternovo, die wie ein Amphitheater am Nordrücken des Balkanvorgebirges auf mehrere Hügel gebettet und von tief eingeschnittenen Mäandern des Flusses Jantra umrahmt wird, lag hinter ihnen. Wie viele Menschen würden wissen, dass die an den Hang geschmiegte Altstadt mit ihren schmalen Gassen und ihrer Festung einst als die drittschönste Stadt der Welt nach Rom und Konstantinopel galt?, überlegte Milen. Zu wenige, rekapitulierte er nüchtern. Auch ohne weitere Recherchen war er sicher, dass er Recht hatte.

In Gabrovo machten sie eine kleine Pause. Milen hatte nichts dagegen, sich die Beine zu vertreten. Er sah, wie der Fahrer unnötigerweise den Wagen auftankte, den Vorwand aber offensichtlich bevorzugte, um auf dem Weg zur Kasse schnell eine Zigarette zu rauchen. Während der Fahrt hatte er das Rauchen von sich aus unterlassen, Milen hätte ihn ansonsten dazu aufgefordert. Als Nichtraucher legte er in engen geschlossenen Räumen Wert darauf, dass man seine Belange berücksichtigte. Umgekehrt war er tolerant, wenn sich das Nikotin in allen öffentlichen Räumen ungehindert um ihn herum verteilte.

Über Gabrovo wusste Milen nicht viel, außer den Dingen, die man üblicherweise im landeskundlichen Unterricht aufnimmt. Aber da er die Theorie nie mit eigenen Erfahrungen hinterlegte, fielen ihm nur Fragmente ein. Dabei geht von dieser Stadt ein besonderer Reiz aus. Der Reiz des Lachens, den jeder Bulgare kennt und für sich reklamiert. Es gibt unzählbare Geschichten und Witze über die angeblich längste Stadt in Bulgarien, in der jedes Jahr, das auf eine ungerade Zahl endet, am ersten Sonntag nach dem zehnten Mai eine zehntägige internationale Biennale des Humors stattfindet. Die meisten Witze nehmen das praktische Denken und die übertriebene Sparsamkeit der Gabrovzi, wie man die Bewohner nach ihrer Stadt benannte, aufs Korn, von der böse Zungen meinen, es sei Geiz.

Vergnüglich dachte Milen an das Schild mit der Katze, das er auf der Fahrt durch die Stadt gesehen hatte. Alle Bulgaren wussten, was es bedeutete und jedem Ortsunkundigen würde man die Geschichte gleich erzählen, denn mit ihr wird das humoristische Spektakel eingeleitet: Die Gabrovzi schneiden nämlich ihren Katzen den Schwanz ab, damit im Winter ihre Türen nicht so lange offen stehen und keine Wärme unnötig verloren geht, wenn die Katze das Haus verlässt. Die Geschichte ist uralt. Milen wusste nichts über ihren Urheber. Aber mit dem Bart, dem diese kleine Anekdote anhaftete, könnte man sicherlich das ganze Land einwickeln. Die Vorstellung belustigte ihn und er erinnerte sich an einen Kollegen, der festgestellt haben will, dass ein fünfzehnminütiges Lachen dem Erholungseffekt von zwanzig Tagen Urlaub gleich kam. Kam dieser Kollege womöglich aus Gabrovo?

Der Fahrer war zurückgekehrt.

Sie bestiegen ihre Plätze und verließen die südwestlich von Veliko Ternovo zwischen den Bergen eingezwängte Stadt. Die Strassen wurden schmaler. Der Fahrer musste die vielen Pferde unter der Motorendecke häufig zügeln.

Von Gabrovo aus schlängelt sich die Straße in steilen Serpentinen zum Bergrücken der *stara planina*[8] hinauf, durch Landschaften mit malerischen Panoramablicken. Auf der höchsten Stelle erreichten sie den Stotelovgipfel, zu dem die Einheimischen einfach Schipkapass sagen. Als sie den hohen Bergsattel überquerten, näherten sie sich Kasanlak. Lange konnte es nicht mehr dauern. Von Kasanlak war es nicht mehr weit, bis sie Kalofer erreichen würden.

Milen fühlte sich wie in einer Zeitreise. Ungezählte Jahre purzelten in seinem Kopf durcheinander. Während seiner Schulzeit hatte er in dieser Gegend einige Male seine Ferien verbracht. Ein Ausflug in das historisch bedeutsame Gebiet war obligatorisch. Ob es heute auch noch so war? Milen wusste es nicht, seine Tochter war noch zu klein, um an die Schule zu denken, und er brauchte sich noch nicht mit diesen Belangen auseinander setzen.

Das geschichtsträchtige Wissen dieses Landstriches hatten ihm die Lehrer nicht einbleuen müssen. Schon als Junge fesselten ihn die Leistungen seiner Vorfahren in der dunklen Unzeit türkischer Besetzung. Er war nicht daran beteiligt, trotzdem fühlte er eine tiefe Verbundenheit und war stolz auf das, was seine Brüder und Schwestern in der Vergangenheit geleistet hatten. Gestern wie heute würde er jeden Fremden beeindrucken können, wenn er von den Freiheitskämpfern berichtete, die ihre Schwerter mit denen der Türken gekreuzt hatten und wenn er erzählte von einem dieser *wojwoda*[9] namens Kalifer, der im sechzehnten Jahrhundert die heutige Siedlung Kalofer begründete. Diese Heiducken, wie man sie nannte, sollen so mächtig gewesen sein, dass sie gegen ihre türkischen Unterdrücker die Forderung durchsetzten, dass kein Türke ihre Stadt mit seinem Pferd durchreiten durfte. Ob aber die Türken tatsächlich die Hufen ihrer Tiere mit Lappen umwickelten, um den Ort leise und zu Fuß zu durchqueren, konnte er sich auch als junger Mensch nicht wirklich vorstellen, selbst wenn ihm das Bild noch so gut gefiel. Aber damals wie heute erschien es ihm unerheblich, darüber erhebliche Gedanken zu verschwenden. Einer gewissen Legendenbildung konnte man doch durchaus tolerant begegnen.

Keine Legende und immer noch sichtbar für die Nachwelt ist die aufrechte Granitfigur, die an den *wojwoda* Kalifer erinnert. Sie und das Geburtshaus des Revolutionärs und Poeten Christo Botev sind übrig gebliebene Stempel einer längst vergangenen Epoche.

Uneingeschränkt widmete Milen sich seiner Umgebung. Begeistert erblickte er die Bergkulisse, die wie eine Ansammlung von Soldaten in Wachbereitschaft auf ihn wirkte. Er stoppte den Fahrer keineswegs, als er ihm wie einem Unkundigen, der den höchsten Gipfel des Balkans nicht erkennt, den *Botev*[10], zu zeigen versuchte.

Über die exakte Höhe hätten sie sich streiten können, wie es Schuljungen taten, um sich gegenseitig zu beweisen, der Schlauere zu sein. Aber war es wirklich substantiell, wenn der eine von über 2.500 Metern sprach, während der andere auf die exakten 2.376 Meter pochte? Ob es wohl allen Bewohnern seines Landes vergönnt war, sich der eigenen Wasserfälle zu erfreuen, die es in der Nähe gab?, grübelte Milen. Er hatte dieses Glück gehabt. Mehrfach. Mit eigenen Augen hatte er verfolgen können, wie sich reißendes Wasser aus über hundert Metern von Felsenwänden in die Tiefe stürzte.

Die Wege, die sie befuhren, wurden enger, unübersichtlicher und für die Insassen des Wagens fühlbar unsanfter. Eine graue Wolkendecke dominierte den Himmel. Nirgends ließen sie ein Stückchen Blau durchschimmern. Zu dieser Jahreszeit gab es nur wenig Grün, das in der Höhenlage farbliche Akzente setzte. Der Fahrer hatte die Innentemperatur mit der Heizung erhöht, dennoch fröstelte Milen bei der Vorstellung von feuchtkalter Luft, die ihn draußen empfangen würde. An dem vereinbarten Treffpunkt hatte er nach einer kurzen Wartezeit den Wagen gewechselt.

Der neue Fahrer wirkte verschlossen, dafür bewältigte der Geländewagen, in dem er saß, bequemer die vielen Unebenheiten ihres Weges. Neugierig hielt er auf der Weiterfahrt Ausschau nach dem Haus, das sein Freund beschrieben hatte.

Vor einem kleinen *kuschta*[11] hielt der Wagen an.

Sie hatten ihr Ziel erreicht. Eilig suchte Milen die wenigen Sachen zusammen, die sich auf der Rückbank verteilt hatten. Wo war sein Freund? Er hatte sich eingebildet, dass er ihm von weitem entgegen gelaufen käme, um ihn freudig zu begrüßen. Aber er kam nicht. Niemand kam. War es überhaupt das richtige Haus? Der Fahrer war ausgestiegen, vorausgegangen und im Haus verschwunden. Möglicherweise telefonierte sein Freund und konnte deshalb nicht zu ihm heraus kommen. Das würde es sein, was sonst? Bevor er das Haus betrat, drehte Milen sich noch einmal verstohlen um.

Es war rundherum finster, als Milen vor die Tür trat. Er befand sich auf der Rückseite des Hauses, in einem kleinen verwilderten Garten, den die Vorderseite nicht sichtbar werden ließ. Unruhig lief er hin und her. Für den kleinen Bachlauf, der sich quer durch den Garten erstreckte, hatte er keinen Blick. Er hörte auch nicht den kleinen Wasserfall, der aus einer nahe liegenden Anhöhe die natürliche Grenze des Grundstückes bildete. Er sah nichts, und er hörte nichts. Das einzige, was er vernahm, war eine Gefühlsregung. Ein würgendes Gefühl, dem er nicht entrinnen konnte. Er verspürte die Regung, dass man ihm eine Ratte in den Rachen drückte, die er aus eigener Kraft nicht herausziehen konnte.

4.

„Probiere es doch mal mit „*tschukam*[12]", „*ebar*[13]" oder „*orgasam*[14]" oder so ..." Zum wiederholten Male hämmerte Vlado auf die Tasten ein und griff alle Vorschläge der Kollegen als letzte Rettung auf, das Passwort zu finden, mit dem er Zugriff bekommen würde, zu den gesuchten Dateien. Die Kollegen hätten auch „Sonne", „Mond" oder „Sterne" sagen können, die Intonation wäre die gleiche gewesen. Nach ironischen oder zweideutigen Sprüchen war aber niemandem zumute. Alle kannten Ivan und seine Vorliebe für kernige Begriffe jenseits gängiger Moralvorstellungen. Abgesehen davon, waren sie falsch und versperrten beharrlich jedweden Zugang zu den Daten.

Vlado fluchte vor sich hin. Er musste daran denken, dass Thomas ihnen wohlgezielt diese Problematik in ihrer Mitarbeiterbesprechung prophezeit und eindringlich gebeten hatte, Vorsorge zu treffen. Jeder könnte bei Marietta sein Passwort für den Notfall hinterlegen. Für sie war es kein Aufwand, diese zu deponieren.

Das wäre es. Genau das Richtige, und es würde ein schnelles Vorgehen garantieren. Sie bräuchten nur zu Marietta gehen und sie um die Aushändigung des Umschlages von Ivan zu bitten. Schon wären sie erlöst. Auf der Stelle. Er würde das Passwort eintippen und bekäme Zutritt zu diesen gottverdammten Dateien, in denen doch irgendwo ein Anhaltspunkt zu finden sein musste über die letzten Aktivitäten ihres schwer verletzten Kollegen.

Krassimir war Ivan unterstellt, das heißt dieser brauchte keine aufwendigen Aufzeichnungen und Protokolle anzufertigen, das hatte Ivan ihm erspart. Bis zuletzt hatte sich der dienstälteste Kollege beharrlich geweigert, an einem Computer zu arbeiten. Obschon ein Ausweichen immer schwieriger wurde, stand doch mittlerweile in jedem Dienstzimmer ein ihn mahnendes Gerät. Wenn Krassimir etwas aus dem Computer benötigte, kratzte er seinen Charme zusammen und legte ihn vor Mariettas Füße ab, die sich stets hilfsbereit zeigte.

Kein Mensch kann definitiv nachweisen, was Krassimir ab jetzt nicht mehr benötigen würde, aber mit Sicherheit keine Computerkenntnisse.

Krassimir war tot.

Erschossen bei der Ausübung seines Dienstes. Weniger als ein Jahr vor seiner Pensionierung. Wie oft hatte er davon gesprochen, und wie sehr hatte er sich darauf gefreut. Morgen würden sie ihn zu Grabe tragen und mit ihm seine Pläne für den Anbau an seinem kleinen Haus, der eine neue Brennerei für den von ihm so geliebten *domaschna rakia*[15] beherbergen sollte.

Allen Kollegen hatte er davon erzählt, sie allesamt genervt mit seinen ständigen Ausführungen und den Plänen seiner immer näher rückenden dienstfreien Pensionszeit. Chorreif konnten sie im Schlaf heruntersingen, was er ihnen wieder und wieder einem Mantra gleich eingetrichtert hatte. Ab jetzt würde er sie nicht mehr nerven. Mit nichts.

Vlados Wunschdenken hatte sich dem Anschein nach auf Marietta übertragen, unerwartet stand sie inmitten ihrer Kollegen und fragte, ob sie behilflich sein konnte. Sie konnte nicht, sie musste. Vlado zeigte auf die unbarmherzige Oberfläche des Bildschirmes, bereit, sofort seinen Sitzplatz frei zu geben, entlastet, sich der unlösbaren Aufgabenstellung entziehen zu können. Marietta gab ihm keine Gelegenheit, sich zu erheben, sanft drückte sie ihn auf den Bürostuhl zurück, beugte sich über ihn hinweg und glitt mit geübten Fingern bei der Eingabe des Kennwortes über die ascheverschmierte Tastatur ihres Kollegen. Wie nach langer Marterung lieferte der Computer den kleinen Eröffnungssound. Begeistert klatschten die Kollegen. Das Geheimnis des „Sesam öffne dich“ hatte sich soeben offenbart.

„Ami, ot kade na kade go snaesch?[16]*“*, fragte Vlado ehrfürchtig.

Marietta lachte. Sie freute sich über die Beachtung ihrer Kollegen. Bevor sie das Zimmer verließ, drehte sie sich um und versetzte die Männer in Erstaunen. „Thomas und Ivan haben mir ihre Passwörter genannt. Für alle Fälle.“

Keiner der Zurückgebliebenen kommentierte es. Alle wussten, dass dies der größte Vertrauensbeweis war, den die beiden nicht anwesenden Kollegen Marietta geben konnten. Betretene Stille machte sich breit. Nun wussten sie es und jeder konnte für sich entscheiden, sich in den Kreis zu integrieren oder nicht. Vlado wusste, was er heute noch machen wollte.

Die Kollegen hatten sich in ihre Räume verflüchtigt, währenddessen Vlado eine Datei nach der anderen öffnete und mit Erstaunen feststellte, wie sehr sich der ansonsten so unorthodox agierende Ivan an den Vorgaben für ein einheitliches Ablagesystem ausgerichtet hatte. Wenn die Ausgangsposition nicht so tragisch wäre, hätte Vlado frohen Herzens zugestanden, dass es ihm richtige Freude bereitete, alle Ordner zu öffnen, in denen er lückenlose Verzeichnisse ihrer zuletzt bearbeiteten Fälle fand und logisch nachvollziehbare Querverweise erkannte zu dem, was ins Intranet für alle zugänglich eingespeist war.

Interesse halber öffnete er den Orgaordner, in dem Ivan nicht nur alle Protokolle ihrer Mitarbeiterbesprechungen abspeicherte, sondern sich ein eigenes Arbeitslayout entwickelt hatte, in dem er kennzeichnete, an welchen Punkten er sein eigenes Engagement weiter entwickeln wollte. Unwillkürlich fasste Vlado sich an seine Nase, zog und schüttelte sie, steckte die Kuppen seines Daumens und Zeigefingers in die haarigen Öffnungen und schnaubte geräuschvoll. „Wann und wie soll ich das schaffen?“, bemitleidete er sich, als er an sein eigenes Chaos dachte, bei der Vorstellung, eine ebensolche Ordnung zu entwickeln. Wie froh war er, die originärsten Schritte überhaupt auszuführen, seit dem dieses technische Ding unwiderruflich Einzug in seinen Arbeitsbereich gehalten hatte. Ehrlicherweise gestand er, dass alles logisch ineinander griff, simpel zu bearbeiten und zu finden war, wenn man ein striktes Ablageverhalten befolgte und einsah, wie bedeutsam die eigenen Kennungen wurden, die jedes Schriftstück zierten.

Anhand der chronologischen Protokolle las er sich blitzschnell in die letzten Aktivitäten des Kollegen ein. Erst seit Montag war er wieder in Varna und immer noch ein wenig stolz, dass man ihn ausgewählt hatte, gemeinsam mit ihrem Chef nach Sofia zu fahren. Er war sich mit den Kollegen einig, dass ihr Chef eine Nervensäge war, wenn er sie mit seinem übertriebenen Autoritätsgehabe an den Rand der Verzweiflung brachte. Aber wozu hatte er, Vlado, einen großen Kopf und kleine Ohren. Seinen Kopf konnte er richtig einsetzen und seine Ohren auf Durchzug schalten, wenn ihm das Gelabere seines Chefs zu viel wurde.

Thomas wollte für drei Wochen in Deutschland bleiben, wenn ihn der Vorfall mit Krassimir und Ivan nicht nach einer Woche so unvermittelt zurückgeholt hätte.

Neidlos dachte Vlado an den deutschen Kollegen, der seit einigen Jahren mit ihnen zusammen arbeitete. Sie hatten sich noch nicht gesehen, aber er wusste, dass Thomas seit seiner überstürzten Rückkehr das Krankenhaus nicht verlassen hatte und bis auf weiteres auch nicht verlassen wollte.

Nicht so schnell wie Mariettas Hände glitten seine Hände

über die Tastatur, aber er kam in seinem Tempo voran. Irgendwann stieß er auf einen Ordner, den sein Kollege mit „*ßamo sa Ivan*“[17] gekennzeichnet hatte.

Vlado wollte einen Beitrag leisten und herausfinden, ob es einen Zusammenhang gab mit einem der zuletzt bearbeiteten Fälle, den er für den ominösen Schusswechsel heranziehen konnte, doch bisher hatte er nichts gefunden. Krassimir verstarb am Tatort und Ivan wäre an seinen schweren Verletzungen ebenso verblutet, wenn ein Notarztwagen ihn nicht aufgelesen und ins Krankenhaus nach Varna transportiert hätte. Dass ein Notarztwagen überhaupt am Goldstrand war, grenzte an ein Wunder und war nur auf den Zusammenhang zurückzuführen, dass ein Bauarbeiter von einem unzureichend gesicherten Gerüst gefallen war und ohnmächtig am Boden lag. Der Bauleiter hatte den Notarzt telefonisch verständigt und einen Mitarbeiter losgeschickt, ihnen entgegen zu laufen. Dabei stießen sie auf die beiden Polizisten und den Dienstwagen.

Für den eigentlich Gerufenen konnte der Notarzt nicht zur Verfügung stehen. Geistesgegenwärtig hatte der Arzt die Prioritäten seines Handelns verlegt, eindeutige Order erteilt, bevor er mit dem Schwerverletzten nach Varna raste. Jede weitere Sekunde war eine verlorene lebensrettende Einheit im Kampf gegen den Tod.

Für Krassimir kam jede Hilfe zu spät.

Zu Beginn des Jahres und lange vor der Saison wurden alle wetterzulässigen Chancen genutzt, fällige Sanierungs- und Renovierungsarbeiten an den Hotelanlagen durchzuführen. Ganz abgesehen von den vielen Neubauten, die sich aufdringlich breit machten und in immer aberwitzigeren Konstruktionen nicht nur in Meeresnähe errichtet wurden, sondern auch die angrenzenden Wälder unnachgiebig verdrängten. Touristen sah man zu dieser Jahreszeit nur vereinzelt. Die meisten Hotel- und Restaurantanlagen waren in den Wintermonaten geschlossen. Die Ausnahmen, die ganzjährig ihre Pforten öffneten, hatten es geschafft, für ihre Stammkunden und einheimischen Gäste in der vierten Jahreszeit mit Wellness und Kuranwendungen attraktiv zu bleiben. Jetzt traf man in erster Linie auf Dienstleistende vor Ort, es sei denn, irgendeine Investorengruppe kam zu einer Inspektion oder war auf der Suche nach weiteren lohnenden Projekten. Aber das wären dann wiederum Dienstleistende. Vlado grinste. Ein gewisses Vokabular ging ihm mittlerweile flüssig über die Lippen. Er freute sich. Sein alter Horizont hatte Weiterungen zugelassen, auf die er anfangs keine einzige *stotinka*[18] verwettet hätte.

War alles, was Vlado zuvor gesichtet hatte, nach logischen und nachvollziehbaren Gesichtspunkten geordnet, sah er sich gegenwärtig einem absoluten Durcheinander loser Informationsfluten ausgesetzt. Das konnte doch nichts mit Ivans dienstlichen Aktivitäten zu tun haben. Das war bestimmt etwas Privates. Vlados Neugier war größer als das Empfinden, die Grenze zu einer kollegialen Privatssphäre zu überschreiten. Der Reihe nach öffnete er die unterschiedlichsten Dokumente.

Wollte Ivan sich einer Schönheitsoperation aussetzen oder warum hatte er sich von irgendwoher Auszüge herunterkopiert, in denen die verschiedenartigsten Techniken gepriesen wurden, die die heutige Schönheitschirurgie in der Lage war auszuführen? Vlado hätte seinen Hintern darauf verwettet, dass Ivans Eitelkeit so weit nicht ausfransen würde. Oder doch?

Alle Männer sind eitel, aber doch nicht so, brütete er vor sich hin.

Vlado hatte seinen Kollegen nie nackt gesehen. Im angezogenen Zustand machte Ivan eine so blendende Figur, dass

Vlado sich beim besten Willen keinen Reim darauf machen konnte, was Ivan an seinem Körper, geschweige denn in seinem Gesicht, korrigiert wissen wollte.

Ihm wurde ziemlich mulmig in der Magengegend, als er sich Bildbeispiele öffnete, die aufgeschnittene Oberschenkel und Unterbäuche zeigten, denen man Fett absaugte, das je nach Qualität, vorzugsweise vom Hintern, wie er las, bestens geeignet sein sollte, um hohle Wangen oder Falten im Gesicht zu manipulieren.

Als er sich dann noch aufgeschlitzten Brüsten und einer Kollektion Nasenkorrekturen ausgesetzt sah, reichte es ihm.

Angewidert verschloss er eiligst alle Dokumente: „Das ist doch ekelhaft“, entfuhr es ihm aufgebracht. An seinem Hintern würde Zeit seines Lebens niemand herumschneiden, geschweige denn etwas absaugen, um es an anderer Stelle wieder unterzubringen. Nicht nur aus diesem Grunde wünschte sich Vlado ein Gespräch mit seinem Kollegen Ivan herbei, um diesem Irrsinn einen Zusammenhang zu geben. Konzentriert beschäftigte er sich mit dem Gedächtnisprotokoll der Schießerei und machte sich so lange Notizen, bis er den Eindruck hatte, etwas Produktives zu Stande gebracht zu haben. Noch einmal erklärte Vlado es zu einer wundersamen Fügung, dass ein Notarztwagen am Goldstrand zur rechten Zeit am rechten Ort war. Inbrünstig hoffte er, dass das Wunder groß genug sein möge, die vollständige Genesung seines Kollegen sicherzustellen.

Der vom Gerüst gefallene Bauarbeiter hatte beim Eintreffen des Notarztes das Bewusstsein wieder erlangt. Man hatte ihn in einem Bauwagen ins Krankenhaus gebracht. Von einer qualifizierten Tatortsicherung konnte nicht die Rede sein, da durch den Notarztwagen und die vorbeifahrenden Baufahrzeuge vorhandene Fremdspuren endgültig vernichtet wurden. Das alles würde er mit Thomas noch einmal in Ruhe durchgehen und mit ihm gemeinsam eine eigene Ortsbegehung vornehmen. Er verschwendete keinen Gedanken mehr an das, was seine Hände automatisch verrichteten, bevor er das Licht löschte und das Zimmer verließ. Eine Maxime hatte sich dank Thomas stoischer Beharrlichkeit durchgesetzt und bediente nicht nur den vordergründigen Aspekt der besseren Handhabung für die Reinigungskräfte. Das allabendliche Hinterlassen leergeräumter Schreibtische hatte das gewollte Ordnungsverhalten nach sich gezogen, bis auch der letzte Ignorant begriffen hatte, dass ein chaotisch zugeschaufelter Arbeitsplatz kein schlagendes Indiz für Wichtigkeit und Überanspruchung seines Verursachers war.

Bevor Vlado sich auf den Heimweg machte, wollte er noch zu Marietta. „Marietta, *tschakaj, ßamo edin moment*“[19], rief er der jungen Frau quer über den langen Flur ihrer Abteilung zu, die, wie er im Begriff war, für heute Feierabend zu machen. „Marietta, ich möchte, dass du zu meinem Computer Zugang hast“, ein wenig verlegen überreichte er ihr das von ihm kreierte Kennwort in einem Umschlag, den er jedoch nicht verschlossen hatte.

„Und dann wollte ich dir noch danken für deine heutige Hilfe. Und eine Bitte habe ich noch an dich.“ Es fiel ihm schwer, seinen Wunsch zu formulieren, weil er damit seine Schwachstellen offenbarte. Deshalb hatte er sich auch keinen Aufschub zugestanden. Bis morgen hätte er es sich schon wieder anders überlegt und mindestens ein Dutzend Ausreden zur Hand gehabt.

Marietta machte es ihm einfach.

Von einer großen Last befreit, kramte er geduldig suchend auf dem Weg zu seinem Wagen in den Taschen seiner Jacke nach dem Schlüsselbund. „Verflixt noch ´mal, jetzt habe ich glatt vergessen die Zeitung einzupacken“, raunzte er sich an. Der Weg ins Büro war länger als die kurze Entfernung zum nächsten Zeitungsstand, deshalb lief er die wenigen Schritte bis zur nächsten Ecke, um die heutige Ausgabe noch einmal zu kaufen, die seine Frau nach dem Abendessen gerne las. Zielstrebig griff er nach dem bekannten Format und suchte die Münzen, um sie der alten Frau in ihrem kleinen Verschlag herüber zu reichen. Ein Kunde vor ihm war noch mit der Auswahl aus den neuesten Ausgaben der Boulevardpresse beschäftigt. Vlado nutzte die Zwischenzeit, sich die bunt aufgemachten Titelseiten mit ihren Schlagzeilen näher zu betrachten.

„Das darf doch nicht wahr sein", rutschte es ihm ungläubig vor Erstaunen heraus, als er den Aufmacher eines Magazins entdeckte. Der vor ihm stehende Käufer fühlte sich angesprochen, drehte sich zu ihm herum und blickte ihn verständnislos an.

Minutenlang saß Vlado in seinem Wagen und grübelte vor sich hin. Die Zeitung lag auf dem Beifahrersitz und wartete, nach Hause gebracht zu werden. „Ach was", beschied er, „dummes Zeug", und trat aufs Gaspedal. Er benötigte keine zehn Minuten, bis er vor dem großen Block des Appartementhauses stand und den Wagen einparkte. Der Radiosender beschallte lautstark den Innenraum des Ladas, aber er hatte es nicht geschafft, den Fahrer von seinen Gedanken abzubringen. Ein wenig zu heftig schlug Vlado die Tür seines alten, langsam dahin rostenden aber immer noch fahrtüchtigen Gefährtes hinter sich zu.

„Als wenn wir keine anderen Probleme hätten", eröffnete Vlado statt eines Abendgrußes die Rede an seine Frau. „Hast du etwas davon gewusst?", fragte er sie unzusammenhängend.

„Wovon?"

„Na eben davon, dass der Bürgermeister die Einweihung einer schönheitschirurgischen Klinik am Goldstrand mit lobenden Worten unterstützt und ein solches Engagement innovativ und zukunftsweisend für unser Land nennt?“

„Nein, das wusste ich nicht. Wieso interessiert dich das?“

„Wer sagt, dass es mich interessiert? Es interessiert mich eben nicht, aber das Thema verfolgt mich heute den lieben langen Tag.“

„Dann vergiss es doch. Zieh dich um. Das Essen ist fertig.“

Für seine Frau war der Vorgang erledigt. Sie ging zurück in die Küche, um die heißen, bedeckelten Tontöpfe aus dem Backofen zu ziehen.

„Oh, *ßirene po schopski*[20]!“, rief Vlado erfreut, als er in die Küche zurückkehrte, um das Tablett in den Wohnraum zu tragen, das seine Frau für sie hergerichtet hatte.

Vlado wusste noch nicht, dass er in weniger als einer Stunde erneut mit dem unliebsamen Thema konfrontiert werden würde, wenn sie später die Abendnachrichten einschalteten und mit eigenen Augen sahen und hörten, wie der Bürgermeister auf die neu eröffnete Klinik zu sprechen kam, die vielfältigen Perspektiven hervorhob, die er für ihre Region unter dem Gesichtspunkt würdigte, dass das nahe gelegene touristische Zentrum in seinem Bestreben nach ganzjähriger Auslastung zunehmend auf dem richtigen Wege sei.

Aber zu diesem Zeitpunkt würde der kleine Becher neben seinem Teller schon mehrfach die Strecke vom Tisch bis zu seinen Lippen bewältigt haben, und seine Frau würde nicht aufhören, ihren Mann verwundert zu betrachten, wenn er ihr alle Details über vielfältige plastisch-chirurgische Eingriffe bildhaft und gestenreich darlegte, über ein Thema, das ihn überhaupt nicht interessierte.

5.

„Fanny, verdammt noch mal!“, ohrenzerreißend schrill klang die unbeherrschte Stimme durch den Klassenraum, „jetzt reicht es mir aber. Das ist heute bereits das vierte Mal, dass ich dich ermahne. Was um alles in der Welt treibst du denn da?“

Schneller als sich die Wortwolke im Raum verteilen konnte und bevor die Angesprochene erfolglos versuchte, einen Bogen Papier außer Sichtweite zu befördern, war dieser in fremden Händen gefangen. Ein geringschätziger Blick auf die Sitzende genügte. Das Urteil war gefällt. Es wurde sofort vollstreckt. Die Angeschuldigte nicht gehört. Fanny musste mitansehen, wie die wegdrehende Gestalt mit sichtlicher Genugtuung ein großes Blatt in eine unzählbare Menge kleinster Papierschnitzel verwandelte und sie mit rechtsprechender Gewalt in einen vergilbten Papierkorb in der Nähe der Klassentür beförderte.

Fanny ballte ihre Hand unter ihrem Pult zu einer Faust, drückte den Daumennagel ihrer linken Hand in das Nagelbett ihres rechten Daumens, bis sich der Schmerz kaum noch unterdrücken ließ. Die sich langsam bildende bläuliche halbmondförmige Färbung würde sie noch lange an den harten Druck erinnern. Was interessierte sie da noch der „Konjunktiv II“. Aufrechter als zuvor saß sie an ihrem Platz und starrte auf die unaufhörlich keifende menschliche Kreatur, die sich vor ihren Augen weiter und weiter verwandelte, bis sie die Größe und Gestalt einer Kröte annahm, aus deren Maul grässlichste Laute herausquollen, die sich quälend in den Gehörgängen einer Schülerin in der letzten Reihe Zugang suchten.

Als die Schulglocke befreiend durch den Lautsprecher das

Ende der Unterrichtsstunde verkündete, war Fanny die Erste, die den Raum grußlos verließ.

„Stanka? *Gotowo li ßi*[21]?“, Darina stand in der Türe, um ihre Kollegin abzuholen.

„Ja, ich bin fertig. Ich bin total fertig! Komm rein und mach die Tür hinter dir zu. Schnell, damit nichts wegfliegt.“ „Was machst du denn da?“, neugierig blickte Darina auf ein kleines Häufchen Papier auf dem Lehrerpult. Sie hatte der Aufforderung Folge geleistet und die Tür hinter sich verschlossen. Stanka, ihre Freundin, und sie waren die einzigen, die sich noch in dem Klassenraum der Schule befanden, an der sie beide unterrichteten.

„Ach, das ist eine lange und schreckliche Geschichte, die ich dir lieber erspare. Ich habe mich heute mal wieder als eine Lehrersau geoutet und einer Schülerin demonstriert, wie man mit einem Handschlag alles zunichte machen kann, und zwar nicht nur ein Blatt Papier.“ Bekümmert blickte Stanka erst in das vertraute Gesicht und dann wieder auf den kümmerlichen Papierberg. „Ich fühle mich schlecht, weil ich mich so schlecht in der Gewalt habe. Was ist nur los mit mir?“

„Das weißt du doch, Stanka“, Darina warf ihrer Freundin einen kritischen und gleichzeitig weichen Blick zu. „Das sollten wir nicht gerade jetzt vertiefen, wenn du ohnehin am Nullpunkt angekommen bist. Aber darüber reden wir noch.“ Stanka wusste, dass das keine leeren Worte und doch auch keine Drohungen waren. Es war eine Feststellung. Ihre Freundin würde unaufgefordert darauf zurückkommen. Sie war ja froh, mit Darina ohne falsche Scham offen über alles sprechen zu können. Ratlos blickte sie auf den Wust Papierfetzen, den sie vor sich ausgebreitet hatte. „*Gospodi!*[22]“, fluchte Stanka vor sich hin, während ihre Hände vorsichtig die zahlreichen Schnipselchen in eine Plastikhülle beförderten. „Habe ich nicht genug Arbeit?“ bemitleidete sie sich wehklagend. „Warst du heute morgen schon im Krankenhaus?“, fragte sie ihre Freundin, um das Thema zu wechseln und um auf andere Gedanken zu kommen.

„Selbstverständlich. Es gibt keine Veränderung; Ivan liegt nach wie vor im Koma.“

„Und Thomas? Wie geht es ihm?“

„Schlecht. Er quält sich. Er kämpft. Am liebsten möchte er Himmel und Hölle gleichzeitig in Bewegung setzen. Auf der anderen Seite fühlt er sich wie ein verlorener Kämpfer, der die Realität nicht akzeptieren will.“

„Was soll das heißen? Wie ein verlorener Kämpfer?“ verständnislos schaute Stanka ihre Freundin an. Sie hatten das Schulgebäude verlassen und liefen geradewegs in Richtung Bushaltestelle. „Glaubst du, der Kampf ist verloren und Thomas macht sich etwas vor?“

„Nein, um Gottes Willen, das heißt es nicht“, entgegnete Darina entschieden. „Aber Thomas verliert allmählich seine Kraft, weil er so intensiv mitleidet.“

Die Angesprochene legte den Kopf schief, schaute ihre Freundin wortlos an, hielt dem Blick intensiv stand und sprach dann weiter: „Ja, sag es schon. Ich weiß, was kommt.“

„Aber ist es nicht so? Ich brauche dir doch nicht den Unterschied zwischen mitleiden und mitfühlen zu erklären, oder?“ Darina ergriff den Arm ihrer Freundin, um ihr besser ins Gesicht schauen zu können: „Stanka, ich glaube du verstehst mich nicht, aber das ist nicht deine Schuld. Es ist meine.“ Sie ließ den Arm ihrer Freundin wieder los. „Ich sehe einen unmissverständlichen Unterschied zwischen dem einen und dem anderen, und meines Erachtens ist es wichtig, das zu erkennen, ansonsten paralysieren wir uns. Und wie soll man dann in der Lage bleiben, einem wahren Hilflosen zu helfen, wenn man selbst hilflos ist. Sag mir, habe ich nicht

Recht damit?“

„*ßtiga,be*[23]!“ Zielstrebig schritt Stanka voran, um die kurze Wegstrecke nicht durch einen weiteren Stopp unnötig zu verlängern. „Du kannst mich begleiten. Wir fahren jetzt zu mir nach Hause.“ Stanka sprach mit Darina im Ton eines Befehlshabers, keinen Widerspruch duldend. „Ich koche und werde dir dabei meinen Rücken zudrehen, hinter dem du dich ungeniert mit deinen Theorien auslassen kannst. Ich werde dir aufmerksam zuhören und dir nach dem Essen zu verstehen geben, ob ich es begriffen habe oder nicht. Und nun komm, du verrücktes Weib.“ Stanka hielt ihre Freundin energisch zum Laufen an, „bevor ich noch vor Hunger paralysiere. Du und deine gottverdammten Vorstellungen von Welt und deine anspruchsvollen Veränderungstheorien. Wie um alles in der Welt hält Thomas das eigentlich mit dir aus?“

Lange nachdem Darina gegangen war, beschäftigte sich Stanka mit dem Zusammensetzen der Papierfetzen. Sie hatte wirklich erstklassige Arbeit geleistet. Auf jeden Fall wollte sie mit Fanny noch einmal sprechen. Gleichzeitig wollte sie sich entschuldigen und ihr das entrissene Blatt zwar nicht mehr in der ursprünglichen, so doch in der zusammengesetzten Form zurückgeben. Mehrfach geriet sie in Rage, fühlte ihre Ungeduld und unterdrückte tapfer den Impuls, ihrem Vorsatz doch zuwider zu handeln, alles wieder in die Tüte zu stecken und diese dann ihrem eigenen Mülleimer unwiederbringlich zuzuführen. Ein unbelastetes, neutrales weißes Blatt gab den Rahmen vor. Der Anfang war mühsam, nur langsam füllte sich die Vorlage mit den kleinen Fragmenten. Die einzelnen Papierschnipselchen ergaben Wörter, die Wörter ließen Sätze entstehen und die Sätze bildeten einen Dialog. Die Ungeduld der Mühe wandelte sich in einen Ansporn der Neugier. Immer schneller bewegten sich ihre

Hände, um die passenden Formen zu finden. Hingebungsvoll drehte und wendete sie jedes noch so kleine Papierstück, bis sie das richtige Verbindungsstück fand. So gründlich wie sie das Blatt zerrissen hatte, setzte sie alle Teile zusammen, selbst die, die unbeschriftet waren, aber durch ihre Form das Puzzle vervollständigten.

Ungerührt saß Stanka vor dem vollendeten Werk. Soeben hatte sie das letzte Papierstückchen verklebt. Vor ihr lag ein Bogen Papier, daneben die Tube mit dem aufgebrauchten Klebstoff. Vor vielen Stunden hatte sie den Text, der das Blatt füllte, in unleserliche Bestandteile zerlegt, vor wenigen Stunden hatte sie angefangen, ihn zusammenzusetzen und soeben hatte sie ihn gelesen. Sie würde ihn nicht noch einmal lesen. Sie kannte ihn. Sie drehte das Blatt herum. Keinen einzigen Buchstaben wollte sie mehr davon sehen. Jedes Wort kannte sie, jeden Satz. Sie kannte den vollständigen Dialog und vor allen Dingen kannte sie die Menschen, die diesen Dialog geführt hatten. Auf jeden Fall musste sie mit Fanny sprechen. Bevor sie den Raum verließ, öffnete sie das Fenster einen Spalt breit und spannte den Riegel davor, damit der Wind es nicht vollständig aufreißen konnte.

Achtlos verblieb das Blatt Papier auf dem Küchentisch.

Der erste Windstoß, der sich durch den kleinen Spalt in den Raum drängte, versetzte dem Papierbogen einen Hieb. Ein weiterer schob ihn in eine andere Richtung. Es war ein Spiel, deren Mitspieler unsichtbar blieben, die aber scheinbar nicht müde wurden, das Objekt ihrer Begierde nach ihren Regeln hin und her tanzen zu lassen. Immer wieder drängten sie den ihnen ausgesetzten Spielball an den Tischrand, bevor sie die Richtung wechselten und ihn der anderen Seite zutrieben. Irgendwann, als er weit über den Tischrand ragte, war die Schwerkraft des Blattes größer als die Kraft des Windes, ihn zurückzuholen. In einem letzten unaufhaltbaren

Sturzflug auf den Küchenboden drehte es sich noch einmal wehrlos um seine eigene Achse und landete wie ein Käfer auf seinem Rücken, mit strampelnden hilflosen Beinen in die Höhe gereckt, jedermann seine schutzlose Seite offenbarend:

*„Finde ich gut, wie Du den „Flirtfaktor" siehst, und dass Du mich als Macho wahrnimmst, schmeichelt mir sogar. Ich denke gerade lustvoll an Dich! *C*"*

*„Du irritierst mich, und Du machst es mir wirklich schwer, Dich als Mensch wahrzunehmen, der Mann in Dir lässt sich wohl nur schwer unterdrücken? *H*"*

*„Verstehe ich nicht ganz. Ich bin Mensch und auch Mann. Ist ein Mann vielleicht kein Mensch? Du bist eine „zwingend" erotische Mensch-Frau. *C*"*

*„Was möchtest Du, dass ich Dir sage? Dass ich Dich stark als Mann wahrnehme? Dass ich fühle, dass Du mich begehrst und ich Dich gleichfalls begehre? Das war nicht vorgesehen. *H*"*

*„Das wiederum erregt mich (auch spürbar physisch), ist auch nicht vorgesehen. Dein Körper, Dein Mund, was auch immer ich an, auf, bei, in mir von Dir „haben" könnte, ich würde es annehmen und erwidern, so viel Du es wolltest und ich könnte. Insofern ist es o.k., dass wir jetzt nicht zusammen sind ... *C*"*

*„Ich muss Dich unbedingt etwas fragen? Küsst Du gerne? *H*"*

„Das wirst Du erfahren müssen, das Küssen.

*So viel: ich liebe Lippen, am Mund, unten, lasse meine gerne an Deiner Brust lecken, habe Deine ebenso gerne an mir. *C*"*

*„Das ist doch totaler Wahnsinn. Ich kann das nicht aushalten. *H*"*

*„Wahnsinn ist es in der Tat. Du sollst es ja nicht „aushalten", Du sollst Dich ja gehen lassen. Ich habe eine riesige Erektion. Schlimm? *C*"*

*„Nein. Nicht schlimm. Fühle Dich umschlungen, gehalten und umfangen. *H*"*

„Oh, Du Solitär! Wie exklusiv und gleichzeitig selbstver-

*ständlich ist unsere Zuneigung. Wie wunderbar ist Deine Lust und meine Begierde! Wir lieben uns! Sehnsuchtskuss.*C*"*

*„Ich wünschte, ich wäre jetzt bei Dir und könnte Dich riechen, spüren und fühlen. *H*"*

*„Ich will das auch hören + Dir alles auch sagen. Wenn Du alleine bist und es mir nicht ausdrücklich verbietest, rufe ich Dich gleich an. Deine Erregung hören*C*"*

*„Ja, ich bin alleine.*H*"*

6.

„Thomas?“, Vlado betrat das Krankenzimmer erst nachdem der Angesprochene sich dem Flüsternden zuwandte und ihm das Zeichen gab, einzutreten. „Ich löse dich ab. Geh nach Hause. Unten wartet ein Kollege, der dich fährt.“

Noch vor Stunden hätte Thomas protestiert, sich vehement gegen diese Form der Bevormundung gewehrt, und abgestritten, überhaupt Ermüdungserscheinungen an sich festzustellen, aber das musste Lichtjahre her gewesen sein. Sein Körper ließ ihn mit aller Deutlichkeit spüren, dass er das Limit überschritten hatte. Unfähig seinen eigenen Widerspruch aufrecht zu erhalten, erhob er sich schwerfällig von der Liege an dem Krankenbett. Seine Beine bewegte er mühevoll, sie waren wie von Tonnen beschwert. Nur ungleichmäßig waren sie bereit, seiner angestrebten Richtung zu folgen. Seine Augen suchten den Menschen, der sein Dasein in den nicht mehr zu zählenden Stunden bestimmte. Noch einmal musste Thomas sich davon überzeugen, dass dieser Mensch atmete, denn allein daran ließ sich für ihn die Überlebensbereitschaft seines Freundes erkennen. Einem ferngesteuerten Wesen gleich lief Thomas über den Flur und verlor die Erinnerung, wie er auf die eigene Couch gelangt war. Eingehüllt in eine Wolldecke, erwachte er durch das Schnurren einer Katze, die sich mit einem zwanglosen Sprung auf der Höhe seines Bauches niederließ, nach einigen suchenden Umdrehungen die richtige Position einnahm und ihn lautstark hören ließ, dass sie da war.

„Pü, alte Rumtreiberin“, mehr konnte Thomas seinem trockenen Hals nicht zumuten, ohne dem gierenden Verlangen nach Flüssigkeit nachzukommen. Umständlich fingerte er mit einer Hand nach der Wasserflasche, die ihm wie ein

Juwel von dem naheliegenden Tischchen entgegenglänzte. Mit der anderen Hand gewährte er der Vierbeinerin erste Streicheleinheiten, die ihre Anspruchsberechtigung durch unaufhörliche Wohllaute verstärkte. Noch einmal schlossen sie die Außenwelt aus und gaben sich einem Bad wechselseitigen Wohlgefallens hin. Thomas Augen schmerzten. Vor allem, wenn er sie in ihren Höhlen hin und her drehte. Dafür signalisierte ihm der Rest seines Körpers, dass er die zugestandene Ruhephase ersprießlich aufgenommen hatte. Ein Blick hinaus in den Garten zeigte ihm, dass es noch hell war, sein Schlaf kurz, aber intensiv zu einer ersten Erholung beigetragen hatte. Bevor er ins Krankenhaus zurückkehrte, wollte er vorweg noch seine Recherchen im Internet vollziehen.

Eine zweite schwarzweiße Katze schritt hoheitsvoll durch den Raum. Mit Würde und aufgerichtetem Schwanz demonstrierte sie ihre Position. Sie war die Ältere und beanspruchte ihre Vorrangstellung vor der jüngeren Platzhalterin. Nur einen fingerbreit unter dem Hals ließ sie sich auf der liegenden Person nieder. Thomas ergab sich der Belagerung seiner Katzen. Immer wieder faszinierte ihn das Wesen der eigenwilligen Vierbeiner, denen man niemals etwas abverlangen konnte, deren Hingabebereitschaft dafür um so grenzenloser wurde, wenn sie aus eigenem Antrieb ihre Nähe verschwenden konnten.

Dass er sich gleich bei beiden höchst unbeliebt machen würde, musste er billigend in Kauf nehmen. Mit einem Ruck erhob er sich. „Pü, Floh, ab jetzt mit euch.“

Auf dem Weg in die Küche folgten sie ihm und belehrten ihn lautstark über sein ungehöriges Verhalten, das nur durch eine außerordentliche Entschädigungsleistung kompensiert werden konnte. Ausnahmsweise ließ er sich auf ihre Forderung ein, öffnete eine kleine Fischkonserve, die normalerweise den zweibeinigen Hausbewohnern vorbehalten war, und verteilte sie gleichmäßig auf zwei kleine Schälchen unterhalb des Küchentresens. Danach brühte sich Thomas einen süßen Kaffee und suchte im Brotschrank nach einem Stück fester Nahrung. Im Stehen, mit dem Rücken an die Arbeitsplatte gelehnt, genoss er das heiße Getränk und kaute ausgiebig auf einem Stück Brot herum, als wäre es das Köstlichste, was er seinem Körper zuführen konnte.

Die bleierne Schwere in seinem Körper wollte sich auch unter der Dusche nicht vollends vertreiben lassen. Thomas erinnerte sich an Phasen, in denen er ohne großen Aufwand nach schlaflosen Nächten wie nach überlangen Arbeitsgelagen ohne größere Blessuren gleich wieder fit war. Tagelang konnte er seinem Körper Hochleistungen abverlangen, weil der Wille, der ihn trieb, verbissen jede physische Schwäche kompensierte. Das konnte nicht vorbei sein. Die Feststellung, dass sein Körper einem abbauenden Prozess unterliegen könnte, wies Thomas weit von sich. Der Auslöser seiner Gedanken hatte in seinem Inneren einer Kettenreaktion Vorschub geleistet. Augenblicklich kehrte die Erinnerung, kehrte der totale Schmerz zurück. Die quälenden Fragen zu der in seinen Augen ungereimten Tat flogen wie Geschosse durch seinen Kopf. Würde er je die Erklärung dafür finden oder die Bedeutung erkennen, wie alles zusammenhing? Oder verbot sich von vornherein die Frage danach? Gab es überhaupt einen Sinn? Und wenn? Wie sah er aus? Wo konnte er ihn finden?

Thomas dachte an seinen geleisteten Schwur. Er überlegte, wie er es am besten anstellte, sich seinem anspruchsvollen Vorhaben zu nähern. Wenn er sich beeilte, stellte er mit einem Blick auf die Uhr fest, konnte er noch ein oder zwei Telefonate führen und im Internet einiges herausfiltern. Er wollte seine Zeit sinnvoll nutzen.

Am nächsten Morgen, als Vlado nach Hause kam, hatte seine Frau das Haus bereits verlassen. Sie hatte ihm einen Zettel hinterlegt, auf dem stand, dass sie gestern Abend lange mit Krassimirs Frau gesprochen hatte, um ihr so gut wie möglich beizustehen. Es tröstete ihn nicht. Einen Kollegen verloren zu haben war schlimm genug, einen weiteren, der ihm persönlich noch näher stand, verlieren zu müssen, war kaum noch aushaltbar. Gemeinsam mit Thomas hatte er es sich nicht nehmen lassen, die Nacht bei Ivan zu verbringen. Wenn sie dem Liegenden auch nicht helfen konnten, hatte er den Eindruck, dass es ihnen selbst half, anwesend zu sein. Außerdem konnte er mit Thomas das weitere Vorgehen besprechen. Gegen zehn Uhr erschien Vlado im Büro, wo ihn die Kollegen wie üblich begrüßten. So ist das!, dachte er beklommen. Das Leben ging weiter. Es scherte sich nicht darum, was passiert war. An seinem Arbeitsplatz fand er mehrere Notizzettel vor. Unter ihnen einen von Marietta mit dem Hinweis, dass der Chef ihn zu sprechen wünsche. Er ging in ihr Büro und fand sie an ihrem Arbeitsplatz. „Ist der Chef da?"

„Ja, sagte sie", sie sah auf und lächelte ihn an.

„Um was geht es?"

„Ich weiß es nicht", entgegnete sie aufrichtig, und da sich der fragende Ausdruck auf Vlados Gesicht nicht veränderte, verstärkte sie das Gesagte noch einmal: „Ich weiß es wirklich nicht."

„Aber der Chef weiß doch, was ich gerade mache, oder nicht?", entgegnete Vlado ein wenig ungehalten.

„Geh zu ihm und frag ihn, dann wirst du es wissen."

„Guten Morgen, *Chefe*, Sie wollten mich sprechen", begann Vlado verunsichert und setzte sich unaufgefordert auf einen der beiden gepolsterten Stühle, die vor dem Schreibtisch seines Chefs standen.

„Ja, findest du das so ungewöhnlich?“, unterbrach ihn die heisere Stimme seines Vorgesetzten. Vlado konnte sich gut vorstellen, weshalb die Stimme seines Chefs heute morgen diese merkwürdige Färbung hatte. Seinen Kommentar behielt er für sich, er würde sich hüten, ihn auszusprechen.

„Nein, selbstverständlich nicht. Ich dachte nur, dass Sie wüssten, womit ich beschäftigt bin, und deshalb ...“, verlegen blickte Vlado auf das bisschen Fußboden, das es zwischen Stuhl und Schreibtisch für ihn zu sehen gab.

„Und deshalb dachtest du, du brauchst mich nicht zu informieren? Glaubst du, es geht mir völlig am Arsch vorbei, wenn auf zwei meiner Männer geschossen wird? Der eine tot und der andere kurz davor?“

„Nein, das dachte ich nicht“, Vlado sagte zwar nicht, was er wirklich dachte, denn irgendwie freute ihn die Reaktion seines Vorgesetzten sogar. Mit vielen Worten informierte er seinen Chef, dass es streng genommen nichts gab, über das er ihn informieren könnte. Aber das machte er gut, gestand er sich zu. Die anfängliche Unsicherheit verlor sich zunehmend. In chronologischer Abfolge zählte er auf, was er in den letzten Stunden gemacht hatte, und dann sollte sich sein Chef doch seinen eigenen Reim darauf machen. „Ich wusste gar nicht, dass es so viele Stellen am Körper gibt, die man mit Schläuchen und Elektroden versehen kann“, beendete Vlado seine Ausführungen mit den Eindrücken aus dem Krankenhaus. „Thomas und ich werden noch einmal zum Tatort fahren, um uns ein eigenes Bild zu machen. Und wir wollen noch einmal mit den Menschen vor Ort sprechen, von denen keiner etwas gesehen haben will.“

Vlado schlug, auch zur Überraschung seines Chefs, seine Handfläche auf die Tischplatte, „was doch nicht sein kann.

Irgendjemand muss doch irgendetwas gesehen haben!"

„Ich habe noch ein paar Telefonate zu erledigen, aber gegen eins bin ich fertig", sagte sein Chef ganz ruhig. „Du wirst mich ins Krankenhaus begleiten. Ich will Thomas sprechen und Ivan sehen." Danach warf er einen Blick in Richtung Tür. Das Gespräch war für ihn beendet.

„*Dobre*"[24], Vlado schüttelte zustimmend den Kopf, „dann bis später."

Es wäre gar nicht schlecht, wenn sich das im Hause herumsprechen würde, dass der Chef Zeichen menschlichen Verhaltens zu zeigen in der Lage war, überlegte Vlado. Mit einem Hauch von Anerkennung verließ den Raum.

Dieses Mal konnte er ohne Probleme die Dateien von Ivan öffnen. Er glaubte, genügend Abstand zu den Dingen gefunden zu haben, und wollte sich noch einmal in die Aufzeichnungen vertiefen, die ihn beim ersten Mal so angewidert hatten. Thomas hatte ihm aufgetragen, eine Liste der Leute anzulegen, die ihm namentlich bei der Durchsicht der Unterlagen auffielen. Warum nur kam es zu der Schießerei?

Raub fiel als Tatmotiv gänzlich weg, es wurde ja nichts geraubt. Was wollte man auch von zwei Polizisten stehlen? Die Denkarbeit wollte er Thomas überlassen, damit konnte er sich nicht aufhalten. Er wollte ihm gut zuarbeiten, ihm mit seinen Recherchen helfen, einen schnellen Durchblick zu finden. Vlado widmete sich konzentriert dem Bildschirm. Ab und zu warf er einen Blick auf seine Uhr. Auf keinen Fall durfte er die Verabredung mit seinem Chef verzögern. Er rief im Sekretariat der Gemeinde an, aber nachdem er unter zwei verschiedenen Anschlüssen mit vier verschiedenen Angestellten gesprochen und keine konkrete Aussage erhalten hatte, knallte er den Hörer verärgert auf die Gabel. Dann eben nicht. Es konnte ja nicht alles auf einmal klappen. Beim nächsten Versuch würde er mit größerem Nachdruck vorgehen. Das wollen wir doch mal sehen, dachte er kampfeslustig. Voller Genugtuung rief er sich noch einmal den Verlauf des Gespräches mit seinem Chef in Erinnerung. War doch gar nicht so schwer und irgendwie fühlte es sich richtig gut an, klar und eindeutig zu sprechen, ohne großes Drumherumgerede.

7.

Mit einem leisen Knarren öffnete sich die Haustüre. Milen zog sie hinter sich zu und verharrte. Mit Begeisterung vernahm er die Kraft der frühen Sonnenstrahlen. Die frische Luft atmete er intensiv ein. Das Frösteln auf der gestrigen Fahrt war vergessen. Was für ein Tag! Rein, frisch und klar. Kein Mensch war zu sehen. Nach allen Seiten schaute er sich um und war versöhnt. Hier stehe ich, inmitten der Pracht einer Vollkommenheit, wie sie nur die Natur erschaffen kann, dachte er. Sein Skalpell könnte er nirgendwo ansetzen, um irgendetwas zu korrigieren, geschweige denn zu verschönern. Jeder Eingriff wäre eine nicht wieder gut zu machende Verletzung und würde seine unrechtmäßige Handlung sofort offen legen.

Drei flache Stufen führten ihn aus dem Vorgarten heraus. Noch einmal blieb Milen stehen. Unschlüssig schaute er nach rechts und links. Mit langen Schritten entschied er sich für die Richtung, die er für den Ortseingang hielt, und folgte dem ungepflasterten Weg. Ab und zu stieß er auf Steine, die er mit der Fußspitze aufnahm und gekonnt durch die Luft hieb.

Eine alte Frau, barfuß und nur mit einem Nachthemd bekleidet, öffnete die Türe ihres Hauses, um einen zotteligen Hund in der Größe eines Schafes ins Freie zu lassen. Sie lächelte freundlich zu ihm herüber. Es sah so aus, als erhob sie ihre Hand zum Gruße, bevor sie wieder hinter ihrer Türe verschwand. In schlafwandlerischer Sicherheit trottete der Vierbeiner vor ihm her. Wenigstens einer, der den Weg kennt und weiß, wohin die Reise ging, beneidete Milen das zerzauste Etwas. Das faltenüberzogene Gesicht der zahnlosen Alten hatte ihn fasziniert und beschäftigte seine Gedanken. Nur kurz hatte er es betrachten können, aber alles gesehen, was er für wesentlich erachtete. Es war vollkommen. Es war alt. Nein, es war uralt, das war unübersehbar. Aber es war alt und schön. Sein fachmännischer Blick hatte es sofort erkannt. Ihre wachen Augen gaben diesem Gesicht eine Lebendigkeit, wie sie nur das reiche Innenleben eines Menschen hervorbringen konnte. Milen dachte an seine *babi*[25], die beide, väterlicher- wie mütterlicherseits, nicht mehr lebten. Ob sie heute ähnliche Gesichtszüge aufweisen würden, wie diese alte Frau in dem kleinen abgelegenen Ort? Er wusste keine Antwort darauf und gestand sich ein, dass er sich noch nicht einmal ein Urteil über alte Menschen erlauben durfte. Mit seinem Handwerk, das er ausübte, suchte er mit allen Mitteln seinen Patienten zu einem ewig jüngerem Aussehen zu verhelfen. Und wer waren denn seine Patienten und die Menschen, die seinen Tagesablauf bestimmten?, fragte er sich. Zumeist junge Frauen, die schön sind, aber noch schöner, noch vollkommener sein wollten, und Frauen mittleren Alters, die sich in einem Grenzbereich bewegten. Nicht mehr wirklich jung, aber noch zu jung, um sich alt zu fühlen, geschweige denn alt aussehen wollten.

Milen war sich oft nicht sicher, ob es nur das angeblich äußere Diktat war, dem die Frauen glaubten sich unterwerfen zu müssen. Oftmals hatte es für ihn den Anschein, dass es nur das Diktat in den Köpfen der Frauen war, das sich durchsetzen wollte. Immer wieder hatte er es anfangs versucht, gerade jüngeren Frauen eine Brustkorrektur auszureden. Gab es wirklich so viele Männer, die ihre Frauen nur mit straffen formvollendeten Brüsten, schmalen Hüften und wohlgeformten Hinterteilen begehrten? Er wusste es nicht, und es war nicht seine Bestimmung, es jedes Mal aufs Neue zu hinterfragen und zu überprüfen. Dass es die Extravertierten gab, denen nichts groß genug sein konnte, erlebte er in seiner Praxis ebenfalls. Er konnte sich in seiner Fantasie hervorragend vorstellen, wie sich im Showbiz und in halbseidenen Milieus bestimmte Körperteile in außergewöhnlichen Formaten medienwirksam darstellen ließen. Aber auf die Masse gerechnet, war das eine verschwindend geringe Anzahl.

Irgendeine Stimme in ihm ließ ihn wissen, wenn auch immer undeutlicher, dass viele der Menschen, die ihn aufsuchten, in Wirklichkeit eine Korrektur ihrer inneren Vorstellungen vornehmen müssten, anstatt an ihrem äußeren Erscheinungsbild herumwerkeln zu lassen. Aber war das sein Problem? Er war kein Therapeut oder Seelenheilkundler, sondern er war Chirurg. Er hatte eine expandierende Praxis, sogar eine eigene Klinik an einem der begehrtesten Plätze in direkter Meereslage, und mit all dem verbunden, extrem hohe finanzielle Belastungen. Und da immer mehr Männer seine korrigierenden Dienste gleichfalls in Anspruch nehmen wollten, gab es einen gewissen Ausgleich für seine geschlechtsspezifischen Betrachtungen, stellte er befriedigend fest.

Wieso sollte ausgerechnet er weltverbessernden Überlegungen nachhängen, die ohnehin zu nichts führten, gerade jetzt, wo er drauf und dran war, ein internationales Publikum zu begeistern? Mit der Palette seines Angebotes und seinem handwerklichen Geschick würde er es noch weit bringen. Bei alledem hatte er in erster Linie den kaufmännischen Erfordernissen seines Unternehmens zu entsprechen. Daran wurde er gemessen, davon leitete die Gesellschaft seine medizinischen Verdienste ab und daran konnte er sein eigenes Ansehen aufrichten. Die frische Luft tat ihm gut und verdrängte die Verunsicherung, die ihn gestern Nacht vorübergehend übermannt hatte. Dass er seinem Freund beweisen konnte, was alles in ihm steckte, gefiel ihm zunehmend.

Wie würde aber seine Frau reagieren, wenn er ihr von

alledem erzählte? Wäre sie so ohne weiteres in der Lage, seine Entscheidung nachzuvollziehen? Milen blickte auf seine Armbanduhr; höchste Zeit, sich auf den Rückweg zu begeben.

8.

Sie trafen Thomas vor dem Krankenzimmer an, als Vlado im Gefolge seines Chefs über den Flur schritt. Der Spielraum, den man Thomas mit seinem Engagement eingeräumt hatte, war groß, und die Ärzteschaft honorierte seine Bemühungen mit Achtung. Aber er hatte ihre Anweisung zu akzeptieren, das Krankenzimmer zu verlassen, wenn sie es für notwendig erachteten. Thomas respektierte es, er hielt die Spielregeln ein. Keiner hatte ihm eine eindeutige Antwort erteilen können, wie lange ein solches Koma andauern würde. Dass es keine Verschlechterung seiner Werte gab, war für die Ärzteschaft ohnehin mehr als sie zu hoffen gewagt hatten. Sie waren zufrieden. Thomas war es nicht. Voller Ungeduld wollte er eine positive Entwicklung herbeizwingen oder durch irgendeine Maßnahme mindestens beeinflussen. Er wollte hören, dass Ivan die lebensbedrohliche Phase überstanden hätte. Aber immer wieder sprachen die in weiß gekleideten Menschen von den Selbstheilungskräften, die sich aktivieren müssten. Thomas verstand diese Sprache nicht.

Mit leerem Gesichtsausdruck empfing er die beiden bekannten Männer. Keiner von ihnen machte sich die Mühe, nach großartigen Worten zu suchen. Im Flüsterton informierte Vlado seinen Chef und Thomas über die bisherigen Recherchen und darüber, was er in Ivans Computer aufgefunden hatte. Als er die Irritationen in den vier Augen, die ihm aufmerksam folgten, nicht mehr ignorieren konnte, wurde er unsicher. Aber nicht für lange Zeit. Schnell fand er in seinen Gesprächsfluss zurück. Seine erfolglose Anfrage im Amt des Bürgermeisters ließ er unerwähnt.

Thomas hörte die Worte wohl. Nur mit Mühe brachte er

eine Erwiderung zustande. Es gelang ihm noch nicht, zu funktionieren. Er litt. Er war so nah an diesem Leiden, das er unaufhörlich vor sich sah, dass er keinen Abstand dazu fand. Sein Horizont reichte über die Grenzen des Krankenzimmers nicht hinaus. Thomas konnte und wollte seinen Freund nicht verlassen.

Welche Bewandtnis sollte es haben, den- oder diejenigen zu suchen, die seinen zum Bruder gewordenen Freund in diese Lage gebracht haben? Und was, wenn sich an dieser Lage nichts änderte oder wenn der schlimmste Fall eintrat? Wäre dann nicht ohnehin alles sinnlos? Nein, sein Platz war hier. Niemand würde ihn davon abbringen.

Nachdem die Ärzte das Krankenzimmer verlassen hatten, gaben sie Thomas ein Zeichen, dass er wieder eintreten konnte. Thomas öffnete die Tür. Der Chef warf einen kurzen Blick auf die im Bett liegende Gestalt und er verstand, dass man aufgrund bestehender Infektionsgefahren den Kreis der den Raum betretenden Personen noch so klein wie möglich halten musste.

In stiller Eintracht lief der Chef mit Vlado durch den Korridor zum Ausgang Richtung Fahrstuhl. Es vergingen viele Minuten. Von einem Aufzug weit und breit nichts zu sehen. Die Lichtzeichenanlage war defekt. Einmal hatten sie auf den Knopf gedrückt. Sie würden warten. Ungerührt standen sie beieinander. Irgendwann mühte sich ein Gefährt krächzend heran, öffnete quälend seine Pforten, nahm die geduldig Wartenden auf, verschloss die abgekratzten Schiebetüren und versank mit ihnen in der Tiefe eines dunklen Schachts.

„Brauchst du Unterstützung?“

Vlado glaubte nicht richtig gehört zu haben. Hatte sein Chef ihn, Vlado, wirklich gefragt, ob er Unterstützung benötigte?

„Komme zu mir, wenn du nicht weiterkommst, wir werden das regeln. Alles, was möglich ist."

Vlado öffnete die Tür seines Arbeitszimmers. Sein Chef folgte und öffnete unaufgefordert das Fenster, um den kalten Zigarettenrauch zu vertreiben, wie er es immer tat, wenn er ihren Raum betrat. Es war eine gewohnte Geste. Der Chef rauchte zwar auch wie ein Schlot, aber frische Luft war ihm wichtig. Nicht nur in seinen eigenen vier Wänden. Doch den, der dieses Zimmer so gleichbleibend und gleichmäßig beräucherte, hatten sie gerade erst andernorts aufgesucht. Und ob er jemals wieder eine seiner geliebten *Victory*[26] zwischen seinen Lippen halten könnte, darüber wollte Vlado lieber nicht spekulieren. Aufmerksam verfolgte er das Treiben seines Chefs.

„Zeig mir die Bilder, von denen du gesprochen hast", forderte er Vlado auf. Er machte keinerlei Anstalten das Zimmer zu verlassen.

Vlado schlug eine Mappe auf, der er Kopien ausgedruckter Seiten entnahm. Er reichte sie dem Chef herüber. Während dieser sich in die Blätter vertiefte, öffnete Vlado die Bilddokumente am Computer. Im Stillen sann er darüber nach, wann er seinen Chef je so interessiert erlebt hatte.

„Wie kommen wir an Leute heran, die etwas davon verstehen und denen wir diese Aufzeichnungen zeigen können?", mit dem Handrücken klopfte er gegen die ausgedruckten Blattseiten.

„Chef, ehrlich, ich weiß es noch nicht. Aber ich weiß, wen ich fragen werde."

„Wen willst du fragen?"

„Ivan hat doch diesen Freund. Dimo, der ein Unternehmen hat, das sich mit alledem, Computern und all dem ganzen Drumherum beschäftigt."

„Bist du sicher, dass das eine gute Idee ist?"

„Das weiß ich noch nicht, aber Dimo hat einen ziemlich

guten Überblick über alle möglichen Unternehmen, die in unserer Stadt und in der Umgebung aktiv sind."

„Und du glaubst, dass uns das hilft? Dass du Leute findest, die sich mit uns über diesen Fall unterhalten wollen? Ich sehe keinen Zusammenhang, wie uns das bei der Lösung des Falles behilflich sein könnte."

Vlado überlegte, wie er vermeiden konnte, nun zum dritten Mal wiederholen zu müssen, dass er es auch nicht wusste, ob das, was er vorhatte, irgendwo hinführen würde. Aber irgendwie musste er doch irgendwo anfangen. „Also", fing er umständlich an, „Dimo brauche ich bestimmt nicht zu überzeugen, uns zu helfen." Nicht nur zur Bekräftigung seiner Aussage erhob er sich, irgendwie musste es doch möglich sein, die ungewollte Umklammerung seines Chefs wieder aufzulösen.

„Gut! Ich rufe Marietta." Der Chef ergriff den in seiner Reichweite stehenden Telefonapparat. Nachdem das erledigt war, und Marietta einige Anweisungen des Chefs auszuführen bekam, verließ er das Büro. Im Hinausgehen bezweifelte er, ob es klug war, Vlado in eigener Regie agieren zu lassen. Aber hatte er eine bessere Idee?

Dimo hatte nur darauf gewartet, dass er angerufen und seine Hilfe beansprucht wurde. Unfähig und hilflos zu sein, nichts tun zu können, war für ihn nicht vorstellbar. Ivan gehörte zu seinem engsten sozialen Netzwerk. Dieses feinmaschige Gebilde bestand aus einer Arbeit, die ihm Spaß machte, in einem Land, das seine Heimat war, und aus den Menschen, die er um sich haben wollte wie das tägliche Brot. Mit ihnen die Höhen und Tiefen des Alltages zu teilen, bildete die Grundlage, aus der sich sein Dasein gestaltete. Ein wesentlicher Kontakt war aus seinem Netzwerk herausgebrochen. Alles würde er unternehmen, um einen Totalausfall zu verhindern. „Ich schicke dir meinen besten Mann." Dimo hatte Vlado gar nicht lange reden lassen. Er wusste, was man von ihm wollte. Sie hatten sich darauf verständigt, dass Dimo einen Mitarbeiter vorbeischickte, der die Festplatte von Ivans Computer kopierte. Vlado hatte zwar nicht die geringste Ahnung, wie sich das vollziehen würde, aber das war nicht sein Job, und darüber war er froh. Andererseits betrachtete er wohlwollend seine Fortschritte, die sich unter dem Druck der Geschehnisse beschleunigten. Vielleicht sollte er dem Drängen seiner Frau endlich nachkommen, einen Computer mit Internetanschluss zu Hause zu installieren. Wenn er sich allerdings vorstellte, wie teuer ihn ein solches Vorhaben käme, und welche aus seiner Sicht notwendigeren Anschaffungen Vorrang hatten, war er gleich bereit, alles wieder zu verwerfen. Bevor er weitere Überlegungen anstellen konnte, geschweige denn zu einer Entscheidung kam, klopfte es an seiner Tür.

Vlado kam nicht dazu, „*molja*[27]", zu rufen. Bobby, Dimos Mitarbeiter, war bereits eingetreten.

„Wo steht er?" Ohne Umschweife und weitere Begrüßung formulierte Bobby den Grund seines Kommens.

Vlado ließ den jungen Mann hantieren, der sich trotz seiner Leibesfülle überraschend flink bewegte. Blindlings verknüpfte dieser verschiedene Kabel mit seinem mitgebrachten tragbaren Computer. Mit einer unglaublichen Geschwindigkeit fing Bobby an über die Tasten zu rasen, und erweckte nicht im mindesten den Eindruck, dass er sich dabei irgendeiner mühevollen Kraftanstrengung unterzog. Vlado verließ das Zimmer. Das konnte er nicht mit ansehen, er wollte einen Kaffee trinken. „*Ißkasch li edno kafe?*[28]", fragte er Bobby, bevor er das Zimmer verließ.

„*S udovolstvie, blagodarja*[29]", erwiderte dieser „*dulgo sys sachar i ß mljako*[30]."

Vlado verzögerte seine Rückkehr. Als er mit den Bechern über den Flur schlenderte, traf er auf Marietta. Verdutzt schauten sie sich an. Sie hörten lautstarkes Gelächter, das aus dem Raum herausdrängte, in dem Bobby saß. Etwas ungehalten betrat Vlado mit Marietta das Zimmer. So hatte er sich die Mithilfe von Dimos Mitarbeiter nicht vorgestellt. Bevor er noch tiefer mit seinen Fingern in den heißen Kaffeebechern versank, stellte er sie auf der kleinen verbliebenen Restfläche ab, die nicht von den mitgebrachten Utensilien des jungen Mannes zugestellt worden war.

Zu ihrer Überraschung machte Bobby einen hochzufriedenen Eindruck. „*Elate wednaga pri men!*[31]“ Breit grinsend winkte er die Beiden zu sich herüber, um ihnen etwas zu zeigen. Was hatte er gefunden, dass ihn so amüsierte?

Bobby hatte seine Arbeit beendet. Beim Kopieren der unterschiedlichen Dokumente hatte er eine Datei gefunden, die Ivan zwar verschlüsselt hatte, aber nicht genug verschlüsselt, um sie dem Zugriff eines Profis vorzuenthalten. Es war nichts wirklich aufregendes. Nur eine kleine Spielerei. Eine Spielerei, wie sie aber so charakteristisch für Ivan war. Dieser hatte sich eine Sammlung von Humoresken angelegt, die er offensichtlich aus Zeitungen herausgeschnitten und eingescannt hatte.

Angestrengt versuchte Vlado dem Gespräch zu folgen, das Bobby und Marietta über den Modus diverser technischer Abläufe in einer ihm unverständlichen Sprache führten. Seine Ohren wuchsen förmlich über ihre Form hinaus.

Bobby wollte sie teilhaben lassen an seiner Freude und fing an, ihnen den Witz vorzulesen, über den er so lachen musste:

„In einer von der UNO weltweit durchgeführten Umfrage wurde folgende Frage gestellt:

„Sagen Sie bitte ehrlich, wie das Problem mit dem

Nahrungsmangel in den anderen Ländern Ihrer Meinung nach gelöst werden könnte?"

Die Umfrage erwies sich als Flop, und zwar aus folgenden Gründen:

In Afrika wussten die Menschen nicht, was „Nahrung" ist.

In Osteuropa konnte man sich unter „ehrlich" nichts vorstellen.

In Westeuropa wusste man nicht, was „Mangel" bedeutet. In China war für die Menschen das Wort „Meinung" unverständlich.

Im Nahen Osten war den Leuten der Begriff „Lösung" unbekannt.

In Südamerika kannten die Menschen das Wörtchen „bitte" nicht. Und in den USA wusste man nicht, was „andere Länder" bedeutet."

Das war doch wieder einmal typisch!

Typisch für Ivan. Ivan war wirklich unübertrefflich. Sogar in seiner Abwesenheit konnte er drei Menschen mit seiner humorvollen Hingabebereitschaft und seiner unverbesserlichen Art und Weise zum Frohsinn treiben. Für die Dauer eines unverfälschten Lachens ließ er sie eintauchen in eine Oase heiterer Ausgelassenheit.

9.

„*Dobro utro,* Darina!“

Vertraulich klang der Gutenmorgengruß, mit dem der junge Bote die Frau begrüßte, die ihm die Türe öffnete. Vorsichtig stellte er einen Pappkarton auf den Boden, der merklich gelitten hatte und kaum noch zusammengehalten werden konnte.

„Was bringst du denn da?“, neugierig bückte sich Darina, um in Augenschein zu nehmen, was vor ihren Füßen abgelegt stand.

„Es tut mir leid“, erwiderte der Angesprochene, und um jeden Vorwurf frühzeitig von sich zu weisen, fügte er ein wenig gehetzt hinterher, „ich kann nichts dafür. Ich habe damit nichts zu tun. Das waren die Leute am Flughafen.“

„Du brauchst dich nicht zu rechtfertigen. Ich glaube dir ja“, erwiderte Darina seelenruhig.

„Es gab einen Wasserschaden im Postdepot am Flughafen und ... einige Pakete, die gestern Abend per Luftpost eingetroffen sind ... wurden in Mitleidenschaft gezogen ... und leider gehört eures dazu.“ Wie ein Getriebener wirkte der junge Mann auf Darina, so gehetzt und schnell wie er sprach.
„Und das ist für mich?“, fragte Darina, die sich gar nicht vorstellen konnte, wer ihr ein Paket übersenden wollte.

„Nein, es ist nicht für dich. Es ist ein Paket für Thomas. Kannst du bitte kontrollieren, ob der Inhalt in Ordnung ist?“
Darina enthielt sich der präzisen Entgegnung, dass sie die Post ihres Mannes grundsätzlich nicht öffnete. Das war jetzt aber nicht die richtige Gelegenheit für Grundsatzdiskussionen und rein gar nichts für das nervöse Befinden dieses jungen Menschen. Sie stand vor einer Ausnahmesituation in Form eines Ausnahmepaketes.

„Gut, trag es mir bitte hinein“, erwiderte sie nachsichtig und bat den Boten, ihr in den Wohnraum zu folgen. Auf einem Holztisch legte er das aufgeweichte Paket ab.

„Setz dich irgendwo hin. Ich schaue alles durch. Willst du etwas trinken“, fragte sie, „währenddessen ich mich mit dem Inhalt beschäftige?“

„Nein, lass nur, mach keine unnötigen Umstände. Ich muss gleich weiter.“

Es war ihm anzumerken, dass ihm das alles unangenehm war, aber mehr konnte Darina nicht tun, um ihn von dieser Belastung zu befreien. Er wollte sich partout nicht setzen. Unruhig wippte er von einem Fuß auf den anderen und kaute mit den Zähnen auf seiner Unterlippe. Nach einigen Minuten blickte Darina ihn aufmunternd an.

„Es sieht so aus, das alles da ist, was Thomas bestellt hat, und der Inhalt hat nicht gelitten, wenn man von den aufgeweichten Blättern absieht, die lose in der Kartonage untergebracht waren. Aber das ist nichts.“ Ihre offene Art, die ihre Worte begleiteten, wirkte auf den jungen Burschen befreiend. Es war ihm anzusehen, dass sie ihm eine Last entriss. „Die Bücher sind in einer Schutzfolie, so dass nur die äußere Pappe Schaden genommen hat.“ Noch einmal verstärkte sie ihr Lächeln. „Es gibt keinen Grund zur Beunruhigung, *„haide, tregwaj!*[32]“

Mit ihrer Unterschrift quittierte sie den vollständigen Erhalt und begleitete den jungen Boten zur Tür hinaus, der so schnell wie möglich zu seinem Lieferauto zurücklief, um nicht doch noch einer Reklamation ausgesetzt zu werden, der er nichts entgegen setzen konnte.

Darina kehrte zu dem Stapel Bücher zurück, den Thomas mit dem privaten Paketservice über seinen Freund aus Deutschland geordert haben musste. Ihr Interesse war geweckt. Das war offensichtlich ein neues Feld, dem Thomas sich zu nähern suchte, und sie zweifelte in keiner Weise, dass ihr Mann diese Bücher aus einer bestimmten Motivation heraus ausgesucht hatte. Andächtig nahm sie die Bücher und trug sie in Thomas Arbeitszimmer. Sie legte sie auf seinem Schreibtisch ab und sank auf den davor stehenden Drehstuhl.

Wie so oft blieb ihr Blick an einer Fotografie hängen, die für sie beide eine besondere Bedeutung hatte. Es war nicht ihr Hochzeitsbild. Von ihrer Hochzeit gab es Bilder. Mehr als genug. Udo, der befreundete Fotograf ihres Mannes aus Hamburg, hatte so viele Bilder von ihren Feierlichkeiten gemacht, dass sie ihr Haus damit von oben bis unten bekleben könnten. Nein, die Bilder ihrer Hochzeit hatten sie sorgfältig aufbewahrt, aber keines davon ausgestellt. Das war nicht notwendig für sie. Sie hatten sich ja.

Diese kleine Fotografie dagegen war unentbehrlich. Unentbehrlich für sie beide. Auf diesem Bild waren aber weder sie noch Thomas zu sehen und doch war es ein Teil von ihnen. Ihre Augen waren es, die diesen Anblick gemeinsam aufgenommen und in übereinstimmender Weise erlebt hatten: Es war der Ausblick aus einem Zimmer an einem Ort, an den sie sich nach ihren Feierlichkeiten für eine knappe Woche zurückgezogen hatten. Nur ein beliebiger Schnappschuss, wie er millionenfach immer wieder von Millionen von Menschen auf der Welt spontan ausgelöst wird, um etwas einzufangen, was gar nicht einzufangen ist. Der aber für die Beteiligten etwas sicherstellt. Immer, und so oft sie es anschauten. Bei der intensiven Betrachtung der kleinen Fotografie wurde alles sprechend, klar und greifbar nah. Mit diesem Bildnis hatten sie etwas in ihre Vergangenheit unverlierbar herübergerettet, was nur ihnen gehörte.

Und dabei ist es doch einige Jahre her, dass wir die Aufnahme gemacht haben. Wo ist nur die Zeit geblieben?, fragte sich Darina.

Das erste Jahr ihrer Zweisamkeit war geradezu verflogen. Und die übrige Zeit? Wie gerührt war sie, Thomas nur wenige Wochen nach seiner ersten Abreise plötzlich und unangemeldet vor sich stehen zu sehen. Sein Projekt war abgewickelt, sein Fall, die beiden Morde aufzuklären, gelöst.

Sie hatten sich kennen gelernt. Ja. Sie hatten sich lieben gelernt. Ja. Aber Thomas war in Deutschland fest verankert. In seiner beruflich aussichtsreichen Position so wie in seiner privaten Wirklichkeit. Diese Wirklichkeit hieß Heike, und wenn auf diese Beziehung auch starke Veränderungskräfte eingewirkt hatten, glaubten alle an eine dauerhafte feste Bindung.

In dieser Hinsicht hatte Thomas sie alle enttäuscht. Bis auf einen, den er nicht mehr enttäuschen wollte. Thomas hatte sich Zeit genommen. Zeit genug, um alles in Ruhe zu bedenken. Als dann nach wenigen Monaten sein Entschluss so weit gereift war, dass er ihm Taten folgen lassen wollte, hatte ihn das nicht mehr überrascht. Die beständig wachsende Sicherheit, auf dem richtigen Weg zu sein, beschleunigte vieles und mobilisierte ausreichend Kräfte, um allen scheinbaren Hindernissen die Stirn zu bieten. Das erste Zusammentreffen mit seiner Familie gestaltete sich unaufgeregter als Darina es sich vorgestellt hatte. Was sie damals nicht wusste, war, dass Thomas seinem ganzen Clan auch keine Alternative gelassen hatte. Entweder man respektierte seine Entscheidung rückhaltlos oder er würde alle Brücken zu ihnen abbrechen. Für ihn war alles unkompliziert. Worauf sollte er warten, wo er doch überzeugt war, das Richtige zu tun. Es hatte lange genug gedauert.

Thomas hatte ihr den notwendigen Raum für eine Entscheidung gelassen. Was er mit seinem unangekündigten Erscheinen ausdrücken wollte, hatte er ihr in einfachen

Worten gesagt. Er wollte sie. Den Rest seiner Tage wollte er mit ihr, Darina, verbringen. Oft genug hatte sie ihn an ihrer Lebensphilosophie teilhaben lassen. Er hatte darüber in Ruhe nachgedacht und sein Entschluss stand fest.

Darina erinnerte sich genau, wie sie ihre eigenen Worte zu hören bekam über den Anspruch, den sie an eine Beziehung stellte. Trotzdem war es Thomas, der sie aussprach. Nicht unkritisch. Er hatte sie geprüft. Was er von ihr wollte, war ein Bekenntnis und die Beantwortung der Frage, ob sie ihn gleichfalls wollte. Mehr nicht.

Mit der bloßen Zusicherung verband er nichts. Keine Forderungen, keine Verpflichtungen. Aber mit diesem Bekenntnis für einander wollte er zurückkehren in ihr Land, in dem er in all dem Chaos so viel Ordnendes für sich vorgefunden hatte. Er wollte keine Sicherheit und er forderte sie nicht ein.

Das war ihre damalige Ausgangsposition, und sie war noch immer tragfähig. Das Restrisiko teilten sie sich mit allen übrigen partnerschaftlichen Verbindungen auf der ganzen Welt. Beide wussten sie nicht, ob die wenigen Monate ihres Kennenlernens ausreichten, um darauf eine dauerhafte Bindung aufzubauen. Was würde passieren, wenn die verrückte Zeit der Verliebtheit sie in die graue Realität zurückspülte? Konnten sich zwei Menschen aus unterschiedlichen Kulturen mit so andersartigen Entwicklungen dauerhaft bereichern?

Würden sie irgendwann ihren eigenen Ressentiments begegnen? Was würden sie ihnen entgegen stellen können, und was würde aus ihnen werden, wenn sie sich wie zwei kantige Steine im harten und unliebsamen Alltag aneinander reiben mussten?

Und nun, was war in der Zwischenzeit geschehen?

Im ersten Jahr hatten sie nichts geändert. Wie in der Zeit

ihres Kennenlernens lebten sie gemeinsam mit ihrem Bruder Ivan in der kleinen Stadtwohnung im Zentrum von Varna. Thomas hatte es so gewollt. Unter allen Umständen wollte er zurückkehren in ihre kleine Dreierwohngemeinschaft. Erst nach über einem Jahr hatten sie sich das Sommerhaus ihrer Eltern in Evskinograd umbauen lassen, damit sie dort ganzjährig wohnen konnten. Oft genug hatte Ivan scheinbar lamentiert, dass er nicht von ihnen verstoßen werden wollte und dass er gegen diese Trennung massiv protestierte. In zahlreichen Begebenheiten hatten sie wie Kinder herumgealbert, sich auf wortreiche, unsinnige spielerische Balgereien eingelassen, die niemandem weh taten, aber deutlich machten, wie kostbar ihnen der andere im täglichen Miteinander war. Am Tag ihres Auszuges brauchte nichts weiter gesagt zu werden, alle wussten, die Veränderung stand an.

Sie machten viele Reisen. Darina liebte es, mit ihrem Mann zu reisen. Jede Reise, ob klein oder groß, war eine Bereicherung für sie beide. Sie ließen sich auf fremde Kulturen ein, so wie sie immer weiter lernten, sich auf den anderen einzulassen. Damit bekamen sie so viele Freiräume zurück, dass sie sich in ihrer Zweisamkeit nie zu viel wurden. Immer hatten sie das Bedürfnis, den anderen noch besser kennen lernen zu wollen. Es war wie ein immerwährendes Geschenk, an dem sich beide täglich zu erfreuen wussten.

Darina schrak auf.

Hilfe suchend blickte sie um sich. Sie weinte, und sie hatte es nicht einmal bemerkt. Ihre Tränen waren wie ihr Lachen ein Ausdruck ihrer Empfindungen. Selbstvergessen hatte sie sich ihren Erinnerungen hingegeben. Stand jetzt der Ausgleich an?, fragte sie sich. Wollte das Schicksal es so? Sollte dem Glück, dass sie mit einem Menschen erlebte, nun ein Opfer gebracht werden müssen? Wollte das Leben so erbarmungslos sein, ihnen den Verlust eines anderen geliebten

Menschen aufzwingen, um sie auf den Boden der Realität zurückzuholen? War das nichts weiter als ausgleichende Gerechtigkeit, gegen die man sich nicht aufzulehnen hatte?

„Nein, nein, nein!“, Darina fühlte, wie sich ihr Magen in einen Stein verwandelte. „Die Hoffnung stirbt zuletzt“, schrie sie wütend. Daran würde sie festhalten. Der Schmerz dehnte sich schneller aus, als sie ihn abwehren konnte. Sie ließ die Welle über sich ergehen, aber sie ging nicht mit ihr unter. Geduldig wartete sie auf das Abflauen ihrer inneren Regung und kehrte zurück in ihre kämpferische Position. Sie hatte noch etwas zu klären: „Du Scheißleben“, schimpfte sie lauthals. Gib mir gefälligst eine Antwort, wenn du mir so viel zumutest?“ Sie hatte kein Taschentuch, um sich die Nase zu putzen. Mit aller Kraft zog sie die Nase hoch. War ohnehin besser für die gereizten Schleimhäute. Unzählige Male hatte Darina den ärztlichen Rat einer Freundin an ihre Schüler weitergegeben und sie aufgefordert, daran zu denken. Sie hatte keinerlei Probleme damit, wenn sie im Unterricht ihrer eigenen Aufforderung Folge leistete. Und da sie sich nicht nur als Lehrerin, sondern auch als Schülerin begriff, fiel es ihr leicht, den eigenen Ratschlägen zu folgen. Bevor sie sich erhob, nahm sie das Bildnis noch einmal in ihre Hände. Mit dem Unterarm, der mit der dünnen Wolle eines langärmeligen Pullovers bekleidet war, wischte sie eine dünne Staubschicht fort:

Vor dem Hintergrund eines wolkenlosen Himmels sah man am Horizont ein winziges Eiland. Den Vordergrund füllte eine kleine Hafenmauer, in deren Schutz Fischerboote auf- und ab schaukelten. Auf der Mole standen weiße Bänke. Auf einer dieser Bänke hatten sie am ersten Abend wie Teenager ineinander verkeilt gesessen und geknutscht, als gäbe es keine bequemere Alternative, wo doch ihre kleine Appartementwohnung in Reichweite auf sie wartete, von deren Balkon sie die Erinnerung eingefangen hatten. Wie oft hatte sie mit Thomas darüber gelacht, wenn sie dieser Zeit gedachten?

Drei Palmen, zum Greifen nahe, bildeten das Schattendach vor ihrer Unterkunft. Sie hatte nicht gewusst, dass es ein solches Paradies in Europa gab, in der Nachbarschaft ihres eigenen Landes, aber sie hatten es gefunden. Es gehörte ihnen, und für die Dauer ihres Aufenthaltes waren ihnen alle Götter gewogen. Umfangen von einer Energie, die sie wie ein Schild schützte und sich auf alles übertrug, mit dem sie in Berührung kamen. Die Welt wollte ihnen gut gesonnen sein und breitete alle vorstellbaren Schätze vor ihnen aus. Sie kamen ohne Erwartungen und fanden den Himmel auf Erden.

Mehrfach hatte sie vollkommene Augenblicke genießen dürfen. Aber jener war mehr als ein vollkommener Augenblick. Sie hatten einen vertieften Blick ins Paradies werfen dürfen. Manchmal hatte sie sich in den Arm gekniffen, um zu prüfen, ob sie sich wirklich in der Realität bewegte oder ob das alles nur ein Traum war. Es war Wirklichkeit. Und es war unbeschreiblich. „Kehre gefälligst in deine Wirklichkeit zurück, die dich dringend braucht", trieb sie sich an. „*Nadeschdata umira posledna*![33]" wiederholte sie ungebrochen, nicht bereit, ohne weiteres einen Schlachtplatz zu räumen, auf den man sie ungefragt geschleudert hatte. Hingebungsvoll stellte sie das Bild an seinen Platz zurück. Thomas hat mir gar nicht erzählt, dass er die Bücher aus Deutschland bestellt hatte, grübelte sie, während sie die Treppe herunterstieg. Aber wie sollte er?

Seitdem Ivan mit dem Tode rang, hatte sich ihre kleine Welt von einer Sekunde auf die andere jäh verändert. Nichts war mehr wie es war. Sie konnte sich doch immer auf ihre eigenen Wahrnehmungen verlassen. Warum fand sie keine Antwort auf die Frage, ob alles wieder gut werden würde?

10.

Nach dem Mittagessen, als er mit der Vermutung, eventuell ein klein wenig zu ausgiebig gespeist zu haben, wieder in seinem Büro saß, erklärte Vlado die Zeit für gekommen, die gesammelten Ergebnisse seiner Erkundigungen vor sich auszubreiten. Von unerwarteter Seite hatte er Hilfe erhalten, denn im Rathaus traf er auf einen alten Freund. Dessen Ärger über eine Entscheidung des Bürgermeisters erwies sich als ergiebige Quelle für einen Hintergrund, nach dem er bisher ohne Erfolg gesucht hatte. Wenn er ins Archiv des Rathauses ging, wusste er wenigstens, wonach er zu suchen hatte. Vorher sollte er aber seinen Freund noch einmal anrufen. Unmittelbar ergriff er den Hörer des Telefons.

„*Da, molja*!", meldete sich die vertraute Stimme seines Freundes nach dem ersten Klingelton.

„Sitzt du direkt vor dem Telefon, dass du dich so schnell meldest?", entfuhr es Vlado verwirrt.

„Zeit ist Geld, das weißt du doch oder nicht?", unterbrach ihn der Freund ungehalten. „Ich habe dir doch von meinen Problemen erzählt. Was glaubst du, wie ich meine Tage verbringe?"

Vlado wusste, dass er keine langen Vorreden mehr halten durfte. Wenn er noch eine Information wollte, musste er seine Frage so schnell und so geschickt wie möglich vortragen, bevor sich der Unmut seines Freundes auf ihn erstreckte und seine kleine Gesprächsquelle verstummen würde ehe sie zu sprudeln begann. Nach dem Telefonat ließ Vlado etliche Minuten verstreichen, bevor er unvermittelt aufstand, um in das Büro seines Chefs zu wechseln. Wissend pfiff er durch die Zähne. Daher weht also der Wind. Und ausgerechnet jetzt war der Chef nicht da. Vlado hätte ihm die Information gerne noch *toplo*[34] zugetragen.

„Nun gut, dann nicht“, hinterließ er in Mariettas Büro. Sie informierte ihn, dass der Chef nicht im Hause war und heute auch nicht mehr zurückkommen würde.

Den Nachmittag nutzte Vlado, um über das, was ihm sein Freund erzählt hatte, nachzudenken. Es war zum Haare raufen, musste er sich also doch wieder mit einem Thema beschäftigen, das ihm zuwider und nicht geheuer war. Das Unbehagen kehrte zurück, wenn er sich an die Bilder in Ivans Dokumenten erinnerte. Du musst dir die Fotos ja nicht wieder anschauen, beruhigte er sich. Was du suchst, sind Namen. Das sind deine Anker, motivierte er sich. Wenn es ihm gelang, eine Übereinstimmung mit den Auskünften zu finden, die ihm sein Freund erteilt hatte, hätte er eine konkrete Spur. Das würde Eindruck machen bei seinem Chef und bei Thomas.

Es war kurz vor sechs, als Vlado den Computer von Ivan ausschaltete. Die ausgedruckten Seiten legte er zu einem ordentlichen Dokument zusammen. Es sah nicht nur so aus, als habe er den Nachmittag vornehmlich seiner Arbeit gewidmet, er hatte sich völlig in sein Tun verloren und war überrascht, bei einem kurzen Blick auf die Uhr festzustellen, wie spät es geworden war. Seine Frau war schon zu Hause. Geräuschvoll ließ er sich auf einem Stuhl nieder. Der Stuhl war alt, „antik“ würde seine Frau einwerfen. Er mochte ihn nicht. Er war nicht schön, und er war nicht bequem, aber es war ein Stuhl ihrer Großmutter, das letzte Erinnerungsstück an sie. Diesem Argument konnte er nichts entgegensetzen, weshalb er es vor vielen Jahren aufgegeben hatte, sich um einen Austausch des Vierbeins zu bemühen.

„Du kommst aber spät“, empfing sie ihren Mann.

„Ja, ich habe viel zu tun. Ich muss schnellstens herausfinden, warum es zu der Schießerei am Goldstrand kam."

„Du hast mir nichts davon gesagt, dass du die Leitung dafür hast."

„Na ja, habe ich auch nicht. Nicht vollständig, aber teilweise. Thomas will das Krankenhaus nicht verlassen. Also hat der Chef mich beauftragt, die ersten Ermittlungen einzuleiten."

Vlados Frau, die aus den Tönen ihres Mannes heraushörte, dass dies ein längeres Gespräch werden würde, hantierte ein wenig schneller mit den Vorbereitungen für das Abendessen, um sich ihrem Mann zuzuwenden.

Vlado erzählte seiner Frau von dem Telefonat mit seinem Freund und dem Baugrundstück am Goldstrand, das sich in der Entwicklungsphase zu einem Streitobjekt zwischen drei Investoren entwickelt hatte. Dieses Filetstück mit seiner bevorzugten Lage in dem Tourismuskomplex hatte jeder der drei Investoren für sich reklamiert. Alle suchten und fanden hiesige Partner, die sie zur Stärkung ihrer Interessenslage einsetzen wollten. „Und jetzt rate mal, wer damals den Zuschlag für dieses Objekt bekommen hat?"

„Woher soll ich das wissen?", entgegnete seine Frau mit einer Gegenfrage. „Was weiß ich denn von Investoren, die sich für Objekte in einem Touristenkomplex interessieren, in dem ich seit Jahren nicht einmal mehr gewesen bin?"

„Ja, schon", erwiderte Vlado enttäuscht, „aber zähle doch mal eins und eins zusammen", forderte er seine Frau auf.

„Was soll das heißen, zähle mal eins und eins zusammen?" Sie verstand nicht, worauf ihr Mann hinaus wollte.

„*Gadsche*[35]", rief Vlado. „Ich habe dir doch von dem Projekt erzählt, das der Bürgermeister so lobend in der Presse unterstützt", erinnerte er seine Frau an eines ihrer letzten Tischgespräche.

„Vlado!", maßregelnd blickte seine Frau ihn an. „Ich

finde es nicht richtig von dir, dass du mit deiner Arbeit prahlst und mich in ein Frage- und Antwortespiel verwickelst, dessen Zusammenhang ich weder ahnen, noch konstruieren kann."

Die Entgegnung seiner Frau war Vlado peinlich. Normalerweise stellte er sich mit seinem Wissen nicht so in den Vordergrund. Wie sollte seine Frau seinen Gedankengängen folgen können? Sie hatte nicht alle Informationen. Es stand ihm nicht zu, sie zu Rückschlüssen aufzufordern, nur um ihr zu zeigen, für wie clever er sich hielt. „Ja, du hast Recht. Das war dumm von mir." Reumütig verstummte er.

Vlados Frau quittierte die Entschuldigung ihres Mannes mit einem freundlichen Blick, die Atmosphäre entspannte sich wieder. „*Prodolshawaj!*[36]", forderte sie ihren Mann auf: „Erzähle mir endlich, was du in Erfahrung gebracht hast. Ich will es ja hören."

Begeistert setzte Vlado seine Ausführungen wieder in Gang: Er erzählte ihr, was er herausgefunden hatte, und wie er sich freute, in Ivans Dokumenten einen Namen gefunden zu haben, den sein Freund ihm zugetragen hatte. Und dieser Name war nicht nur ein Name. Dieser Name hatte ein Gesicht. Ein Gesicht, das er kannte. Dieses Gesicht war mit einem der Investoren ins Geschäft gekommen, damit sie ihren Plan gemeinsam realisieren konnten. Für genau dieses Geschäft machte der Bürgermeister ihrer Stadt Werbung. Und wenn die Stadt schon kein Geld hatte, solche Investitionen zu subventionieren, war die mediale Wertschätzung für die Investoren umso zwingender, um in der Öffentlichkeit breites und unterstützendes Interesse zu erwirken. Der Redefluss von Vlado wurde durch das Klingeln des Telefons unterbrochen. Seine Frau reichte ihm den Hörer herüber. Es war Thomas, der ihn sprechen wollte. Sie verabredeten sich für den nächsten Tag.

„Ich glaube, ich habe begriffen, was du herausgefunden hast“, quittierte Vlados Frau lobend die Zusammenfassung des ausgefüllten Arbeitstages ihres Mannes. „Was ich aber nicht verstehe, ist, wie du aus diesen Informationen das Motiv für die Schießerei ableiten willst“.

„*ßpokoijno, tschakaj*[37], erwiderte Vlado. „So weit bin ich noch nicht. Das ist ja erst der Anfang.“

„Vlado! Das soll doch hoffentlich nicht heißen, dass Krassimir und Ivan Opfer von drei zänkischen Investoren wurden, um ein dämliches Grundstück für sich zu beanspruchen. Das ist doch unlogisch, was du sagst. Da läge es doch näher, dass sie sich gegenseitig umbringen. Warum zwei völlig Unbeteiligte, zwei kleine mittellose Polizisten?“ Der Angesprochene spielte mit den Knöpfen an seinem Hemd. „Ich habe keine Ahnung“, gestand Vlado. „Aber du musst gestehen, dass es einen Zusammenhang geben könnte, oder nicht?“

„Ich muss gar nichts gestehen. Es ist eure Pflicht, herauszufinden, wer für diese abscheuliche Tat verantwortlich ist. Du hättest gleichfalls eines der Opfer sein können“, erinnerte sie ihren Mann. „Und Gnade uns Gott“, fuhr sie unbeirrt fort, „wenn sich herausstellen sollte, dass unser Staat zwar nicht mit finanziellen Mitteln solche Investitionsprojekte stützt, sich aber durch eine schönfärbende Informationsverbreitung zum Helfershelfer krimineller Elemente aufschwingt.“

Vlado versuchte zu denken. Das, was seine Frau sagte, war nicht unberechtigt. Ihm fiel darauf keine Erwiderung ein, stattdessen streckte er die Hand aus, um seiner Frau anzudeuten, sie möge ihm die Salatschüssel noch einmal herüberreichen. „Die Ermittlungen laufen“, lautete seine stereotype Gegenrede. Das Erfolgserlebnis seines heutigen Tages schrumpfte gerade auf die Größe einer Olive zusammen, in die er ein wenig zu barsch mit seiner Gabel einstach.

„*Dobre*“, entgegnete seine Frau einsilbig.

Sie hatten einen Endpunkt erreicht. Das war unbefriedigend. Vlado folgte der Aufforderung seiner Frau, den Fernseher einzuschalten.

Als er kurz vor dem Schlafengehen den Müll hinuntertrug und in das fahle Licht einer Straßenlaterne vor ihrem Haus trat, begleitete ihn nur noch die Trauer über den tragischen Verlust seiner Kollegen, die das Gespräch mit seiner Frau schmerzlich wieder hervorgeholt hatte.

So erhebend das kleine gestrige Erfolgserlebnis für ihn persönlich war, bei der Lösung ihres Falles brachte es Vlado tatsächlich nicht voran. Er war froh, dass er sich heute mit Thomas besprechen konnte.

Ins Büro zurückgekehrt, empfing ihn Marietta mit der Information, dass Thomas angerufen hatte. Es gab Neuigkeiten. Ivans Zustand hatte sich erstmalig stabilisiert. Er war zwar nach wie vor im Koma, aber die Blutungen waren gestillt und die inneren Organe hatten ihre Funktion selbsttätig wieder aufgenommen. Vlado sollte ihm einen Ordner mitbringen, den Marietta zusammengestellt hatte. Das waren gute Nachrichten.

„Ah, Vlado“, rief der Chef ihm über den Flur zu, der sich gerade auf den Weg zum Krankenhaus machen wollte, „gibt es Fortschritte?“

„Die Ermittlungen laufen“, echote Vlado und erinnerte sich, dass er mit den gleichen Worten gestern Abend das Gespräch mit seiner Frau abgewürgt hatte. „Ich bin auf dem Weg zu Thomas“, rief er hinterher, als würde das dem Ganzen etwas mehr Gewicht verleihen.

Man konnte annehmen, dass der Chef auch nicht mehr als eine gängige Floskel erwartet hatte, er erwiderte ein zerstreutes „*dobre, dobre*“, grüßte kurz und verschwand geräuschvoll hinter der Tür seines Büros.

Vlado war neugierig, wie Thomas mit den Informationen umgehen würde, die er gestern herausgefunden hatte. Wenn sich Ivans Zustand tatsächlich stabilisiert hatte, könnte er damit rechnen, dass Thomas die Leitung des Falles übernehmen würde. Dem würde er sich nicht widersetzen. Er war ein guter Zuarbeiter. Mit seinem Platz im Hintergrund hatte er niemals ein Problem. Auch in der Zusammenarbeit mit Ivan hatte es nie irgendein hierarchisches Kompetenzgerangel gegeben. Ivan war wie Thomas strategisch und offensiv. Er, Vlado, war eher defensiv. Dass er umständlich sein sollte, gefiel ihm nicht, aber er befürchtete, dass Ivan mit dieser Aussage nicht ganz daneben lag.

Bei Ivan gesellte sich eine Form von Gelassenheit und ein humorvolles Wesen hinzu, wie man sie nur selten in einer solch ausgewogenen Kombination antrifft. Neidlos gestand Vlado seinem Kollegen diese Eigenschaften zu.

Thomas war anders. Thomas war nüchterner. Typisch deutsch, hatte Vlado anfangs gedacht. Aber dieses Vorurteil erwies sich bald als haltlos, es wurde diesem merkwürdigen Typ nicht gerecht. Seitdem Thomas die Schwester von Ivan geheiratet hatte und wie sie alle in Varna lebte, hatte Thomas sich verändert. Die Kollegen frotzelten, wenn sie unter sich waren, dass ihm auch gar nichts anderes übrig bleiben würde.

Wenn man in Bulgarien leben oder überleben wollte, musste man flexibel sein. In alle Richtungen. Ohne Unterlass. Humor war dabei ein unverzichtbares Überlebenselixier. Insbesondere musste man über sich selbst lachen können, in Momenten, in denen einem das Lachen geradezu verging. Und wenn dann einer wie dieser Thomas, freiwillig in ihr Land zurückkehrte, nachdem er alle Seiten kennen gelernt hatte, um mit ihnen zu leben und zu arbeiten, obwohl er andernorts bessere und angenehmere Voraussetzungen hatte, konnten sich auch die hartnäckigsten Frotzeleien nicht dauerhaft halten. Da Thomas nicht verrückt war, obgleich man ihn lange so titulierte, hatte sich die Einstellung auch der größten Skeptiker gewandelt und in Luft aufgelöst.

Vlado wusste, dass Thomas kein Aufhebens um seine Person wollte. Dass er immer eine Sonderstellung unter ihnen haben würde, ließ sich nicht vermeiden. Er war ein Deutscher, und er würde immer ein Deutscher bleiben. Aber er hatte niemandem etwas weggenommen. Im Gegenteil. Er hatte etwas mitgebracht. Er hatte sich eingebracht, mit allem, was ihm zur Verfügung stand. Thomas hatte mit seinem deutschen Netzwerk und seinem ausgeprägten Organisationsverständnis Veränderungen in ihrem Hause angeschoben, die sich leise, aber nachhaltig durchsetzten. Nicht immer und nicht immer sofort. Aber immer mal wieder und immer öfter. Vlado kannte seine Landsleute:

Die Bulgaren sind in Bezug auf Veränderungsprozesse in ihrem eigenen Land sehr empfindlich und durchschauen ein falsches Spiel. Schließlich sagt man ihnen nicht umsonst nach, dass sie die größten Schlitzohren seien und eine Bauernschläue besitzen, die ihresgleichen in Europa sucht. Ihren Respekt und ihre Hochachtung gewinnt man aber grenzenlos, wenn sich, glaubhaft nachvollziehbar, aufrichtiges Bemühen mit gelassenem Durchsetzungswillen vereinen.

Mit seiner direkten, offenen und klaren Art und Weise fand Thomas eine breite Zustimmung. Im Laufe der Zeit wurde Thomas auch zunehmend schlagfertiger. Die Zusammenarbeit mit Ivan hatte Früchte getragen. Sogar mit dem Chef hatte Thomas einen fruchtbaren Modus Vivendi gefunden. Man hatte eine Art Sonderkommission eingerichtet, speziell im Kampf gegen die organisierte Kriminalität, die seine

Daseinsberechtigung sicherstellte. Die organisierte Kriminalität weitete sich immer mehr zu einem unübersichtlichen Terrain aus, dessen Grenzen nicht mehr klar gesteckt werden konnten.

Thomas akzeptierte die Stellung seines Vorgesetzten wie jeder andere Mitarbeiter, und umgekehrt fand er die Akzeptanz für sein eigenes Dasein. Um das Ansehen seines Chefs in der Außenwirkung zu erhöhen, hatte Thomas dafür gesorgt, dass dieser für mehrere Monate nach Hamburg gehen konnte, um gleichermaßen einen Einblick in deutsche Ermittlungsarbeiten zu erhalten. Er hatte für Rahmenbedingungen gesorgt, die den Aufenthalt in eine unvergessliche Studienreise verwandelten. Seither wurde ihr bulgarischer Chef regelmäßig zu allen möglichen Foren eingeladen, um an einem europäischen Gestaltungsprozess teilnehmen zu können.

Ihrem Chef konnte man alles nachsagen. Und von allem traf irgendetwas auch immer zu. Unwidersprochen würden sich alle einer Aussage ganz besonders anschließen: Würdigte man ihren Vorgesetzten mit dem gehörigen Respekt, den er glaubte, Kraft der Autorität seines Amtes, das er inne hatte, für sich beanspruchen zu müssen, konnte er in der Rolle des großen Gönners nahezu völlig aufgehen.

Für ihn, Vlado, war es manchmal noch unbegreiflich, wie dieser gut situierte Kommissar aus Hamburg, der doch lediglich im Rahmen einer Projektarbeit für ein halbes Jahr zu ihnen gekommen war, es geschafft hatte, einen Veränderungsprozess nie gekannter Art zu initiieren, einen Doppelmord aufzuklären, eine Bulgarin zu ehelichen und seitdem mit ihnen zu leben. Einfach so. Freiwillig. Wie ein völlig gewöhnlicher Mensch.

Vlado verließ das Kommissariat. Er stieß die Eingangstür

auf und lief die Treppen rasch hinunter. Er mochte es nicht, wenn er mit seinen Gedanken all zu lange in der Vergangenheit verweilte. Die Gegenwart verlangte seine volle Aufmerksamkeit. Es gab zu viel zu tun.

11.

„Solltest du nicht zuerst einmal schlafen, eventuell kannst du dann besser denken?“, hörte Thomas seine Frau durch das Telefon fragen.

„Ich finde, ich denke im Moment sehr gut“, erwiderte er. Die Erleichterung war ihm anzumerken. Es war gar keine Frage, dass er übermüdet war. Nach der ärztlichen Visite heute morgen hatte man ihm mitgeteilt, dass eine Veränderung eingetreten sei, die Anlass zur Hoffnung gab. Die Werte von Ivan hatten sich über einen längeren Zeitraum erstmalig stabilisiert. Das setzte Energiereserven frei.

Es klopfte, die Tür ging auf. Thomas erkannte Vlado, der zögerlich wirkte. Thomas erhob sich und wies auf die beiden Stühle. Sein kurzer Blick verriet Vlado, dass er eintreten konnte. Beide setzten sich.

„Es gibt viel zu besprechen“, sagte Thomas. Vlado bemerkte die eingetretene Veränderung an Thomas. In alter Gewohnheit übernahm Thomas die Gesprächsführung.

„Ja“, bestätigte Vlado befreit. Seine Miene blieb abwartend.

„Gib mir bitte noch einmal eine Zusammenfassung und zeige mir deine Aufzeichnungen“, forderte er Vlado auf.

„Ja, Thomas“, wiederholte Vlado mit festem Blick. Es gelang ihm, sich kurz und knapp auf die Inhalte zu beschränken, die sich aus dem Gespräch mit seinem Freund und der Überprüfung der Dokumente im Rechner von Ivan ergaben. „Hast du es denn auch gelesen?“, fragte Vlado mit erwachter Neugierde und spielte auf die Schlagzeilen des Bürgermeisters an, der sich über das Engagement der Investoren zur Fertigstellung einer plastisch-chirurgischen Privatklinik im Touristenzentrum am Goldstrand lobend geäußert hatte.

„Nein, wie sollte ich?“, entgegnete Thomas. Ich war doch in Hamburg. Seit meiner überstürzten Rückkehr bin ich ohne merkliche Unterbrechung hier im Krankenhaus. Außerdem kannst du dir sicherlich vorstellen, wie Darina reagieren würde, wenn ich plötzlich ein Blatt der *schilta pressa*[38] zu Hause anschleppen würde.“ Thomas hörte förmlich die Stimme seiner Frau bei einem ihrer rebellischen Feldzüge.

Vlado hielt inne, um abzuwägen, wie er sich verhalten sollte. Was immer er in diesem Moment in Thomas Augen zu lesen fand, ermunterte ihn. „Das kann ich mir sogar sehr gut vorstellen.“ Er lachte und entblößte seine nicht ganz makellosen Zahnreihen. Die dunkelbraune Iris seiner Augen weitete sich und strahlte mit ihm um die Wette. Dieses Lachen befreite sie beide von den Anspannungen der letzten Tage. Vlado kannte Darina, und im Gegensatz zu seiner Frau hatte sie als Lehrerin wenig Interesse und noch weniger Freundlichkeiten übrig für die Boulevardpresse ihres Landes.

„In der Regel ist es doch so, dass die negativen oder kriminellen Auswüchse, die durch die mediale Verbreitung freigesetzt werden, ohnehin irgendwann auf unseren Schreibtischen landen. Damit haben wir mehr als genug zu tun. Und große Teile unserer Dienstzeit müssen wir damit verbringen, uns Lügengeschichten anzuhören. Insofern ist mein persönlicher Bedarf an schlagzeilenheischendem Journalismus eher unterentwickelt“, erklärte Thomas. Aufmerksam blätterte er die mitgebrachten Schriftstücke durch. „Der Unterschied zwischen den Lügengeschichten in der Presse und den Lügen“ fuhr er fort, „die wir uns berufsbedingt anhören müssen, liegt meines Erachtens aber darin, dass wir die Lügner vor das Gericht und hinter Schloss und Riegel bringen können, wenn wir ihre Lügen entlarven und die Wahrheit herausfinden.“ Umständlich packte Thomas den Blattsalat zusammen.

„So“, sagte er, reichte Vlado die Unterlagen zurück und vervollständigte: „Im übrigen teile ich deine Auffassung, dass es mit Sicherheit eine Verbindung gibt, zwischen dem damaligen Investorenstreit am Goldstrand und dem Gemisch an Informationen, die du in Ivans Rechner gefunden hast. Welche Rolle das Amt des Bürgermeisters dabei spielt, ist erst einmal sekundär. Dass sich die Verwaltung unserer Küstenregion für angemessene Investitionen einsetzt und dies in den Medien begleitet, ist weder kriminell, noch macht es per se eine Verschleierung deutlich. Ob sich dahinter andere Interessen verbergen, werden wir herausfinden. Dann sehen wir weiter.“ Nur in Gedanken vervollständigte er seine Ausführungen:

Ob aber alle Investitionen, für die sich die Stadt, respektive der Staat, einsetzt, wirklich nachhaltig für das Land und seine Menschen sind, steht auf einem anderen Blatt Papier, ebenso wie die Tatsache, dass da, wo sich Kapital kumuliert, immer die niedrigsten Instinkte sammeln, und zwar in aufsteigender Tendenz jeder gesellschaftlichen Klassenpyramide. Doch diese Themen vertiefte Thomas nur mit seiner Frau und mit Ivan, die seinen Standpunkt grundlegend zu differenzieren wussten. Es war ihm aber auch aus einem anderen Grunde nicht möglich, darüber mit Vlado zu sprechen. Seine bulgarischen Sprachkenntnisse waren für eine unkomplizierte Konversation mittlerweile komfortabel ausgebaut. Dafür hatte er viel getan und noch mehr gelernt. Für anspruchsvolle Themen würde er sich aber noch mehr anstrengen müssen, um behaupten zu können, die bulgarische Sprache zu beherrschen.

„Das macht aber die Lügen, die von den Machthabern verbreitet werden, umso gefährlicher, oder nicht?“, wusste Vlado zu entgegnen.

„Absolut“, erwiderte Thomas, erfreut über die Aufmerksamkeit, mit der Vlado ihm gefolgt war. „Solange uns keine Indizien für eine fortdauernde kriminelle Aktivität in eine bestimmte Richtung weisen, werden wir unsere Aufmerksamkeit in gewohnter Weise gleichmäßig verteilen. Womit willst du anfangen?“, fragte Thomas.

„Ich schlage vor, dass wir eine Ortsbesichtigung machen“, erwiderte Vlado. „Ich war zwar am Tatort, aber vier Augen sehen mehr als zwei.“

„Wann?“

„Wann du willst. Je früher desto besser.“

„Bist du mit einem Dienstwagen gekommen?“

„Ja.“

„Das heißt, wir könnten direkt losfahren?“ Thomas blickte auf seine Armbanduhr. Er kalkulierte den Zeitraum seiner Abwesenheit.

„Totschno taka![39]“, bestätigte Vlado.

„Gut, dann los. Die Fahrt zum Goldstrand wird mir gut tun. Ich kann eine Luftveränderung gebrauchen.“

Bevor sie das Krankenlager ihres Kollegen verließen, informierte Thomas die Krankenschwester über seine Abwesenheit. Auf einem Zettel hinterließ er für den Dienst habenden Arzt die Nummer seines *mobifons.* In spätestens drei Stunden wollte er zurück sein.

Der Tag war grau und kühl, mindestens so grau wie die Wände im Inneren des Krankenhausgebäudes. Eine vierköpfige Familie, beladen mit Tüten und Taschen, begegnete ihnen im Treppenaufgang. Vermutlich waren sie auf dem Weg zu einem Angehörigen, der wie Ivan irgendwo hinter einer der anonymen Türen ebenso unfreiwillig untergebracht war. Auch sie hatten ihr Schicksal zu tragen. Als sie über den Parkplatz zu ihrem Dienstwagen liefen, wurde sich Thomas der Tatsache bewusst, dass er gerade einen Mikrokosmos dieser Welt verließ und ihn gegen einen anderen eintauschte.

Jeder Mikrokosmos ist ein System und verlangt die Einhaltung bestimmter Regeln, aus dem heraus er existiert. Ein Gespräch mit Ivan fiel ihm dazu ein. Ivan hatte mal wieder etwas Hochkompliziertes auf ein einfaches Maß heruntergebrochen. Für ihn war ein System kein feststehendes Etwas, nichts Unumstößliches, keine unüberwindbare Hürde. Seinem Grundverständnis nach verstand Ivan sich als ein Systembrecher, der Regeln für eine Groborientierung anerkannte, wenn sie sich mit seinen Grundwerten deckten. Nach seiner Meinung ist jedes System eine menschliche Konstruktion, die irgendwann für irgendeine Orientierung des Urteilens und Handelns entwickelt und installiert worden ist. „Weißt du eigentlich, was das im Klartext bedeutet?", hatte Ivan ihn hitzig gefragt, indes sie sich die Köpfe unter der Last des großen Weltgeschehens wieder einmal heiß geredet hatten. „Du musst jedes System permanent urteilsfähig hinterfragen. Immerfort müssen die Regeln auf ihre Gültigkeit hin überprüft werden. Das gleiche gilt für den Menschen. Auch er ist ein System, das aus Regeln besteht. Damit ist jeder Mensch nicht nur ein Teil eines Systems, vieler Systeme, aller Systeme, sondern er ist auch ein eigenes System. Er ist damit verpflichtet, sich als Systementwicklungshelfer zu begreifen, der nicht nur innerhalb äußerer Systeme zu funktionieren hat. Er muss auch seine eigene innere Systematik erkennen, nach der er handelt und an der er sich orientiert. Wenn er das begreift, ist er bei aller Unfreiheit in einem hohen Maße frei."

Danach hatte Ivan ihnen in aller Seelenruhe „*oschte dwe naliwni biri*[40]" geordert und Thomas ein kräftiges „*nasdrawe*" zugeprostet, als die von der Kälte beschlagenen Glaskrüge ihren kleinen quadratischen Tisch erreichten, der zwischen ihren Holzsesseln mitten im weißen Sand unmittelbar am Meer stand. Seine Bestellung hatte den gleichhohen

Stellenwert wie sein geistiger Höhenritt, und seine Rede ans Volk noch nicht ihr Ende gefunden. „Ich fasse also zusammen:“, lustvoll schlürfte er die Krone seines frischen Bieres herunter, wischte sich mit dem Handrücken die weißen Spuren aus den Mundwinkeln und zwinkerte Thomas fröhlich entgegen:

„Erstens! Der Mensch ist frei und erwachsen, wenn er weiß, wozu er lebt und was seinem Leben einen Sinn gibt.

Zweitens! Wenn er in der Lage ist, seine Stärken und Schwächen zu benennen und sich zu ihnen zu bekennen.

Drittens! Wenn er weiß, wie seine Werte aussehen, nach denen er lebt und für die er einsteht.

Wenn Punkt eins, zwei und drei erfüllt sind, bin ich bereit, das menschliche Wesen als ein vollwertig denkendes Mitglied in unserer Gemeinschaft der bewusst Denkenden zu akzeptieren.“

„Deine Messlatte ist hoch, gibt es Ausnahmen?“, hatte Thomas von ihm wissen wollen.

„Zweifelsohne!“

„Wer sind die Ausnahmen?“

„Kinder und Kopfverletzte!“, hatte Ivan ungerührt geantwortet: „Das sind Schutzbefohlene. Für sie gelten andere Regeln, für sie muss die Gesellschaft Fürsorge übernehmen.“ Das Gespräch fand in einem der Strandrestaurants in der Nähe des Hafens statt, die jede Saison ihre Gesichter sowie ihre Pächter wechselten, und die vorwiegend von den Einheimischen aufgesucht wurden. Jedes Jahr kürten sie eine der Lokalitäten zu ihrer Sommerresidenz, in der man sich zwanglos verabredete oder regelmäßig aufeinander traf. Nicht nur philosophischen Theorien hatten sie sich ausgeliefert, bereitwillig hatten sie sich allen kulinarischen Verführungen flüssiger und fester Konsistenz ergeben.

„Kopfverletzte?“, hatte Thomas nachgehakt. Langsam

aber unaufhaltsam, löste eine höher strebende Heiterkeit ihre Gesprächstiefen ab und ersetzte zusammenhängende Sätze durch unzusammenhängendes Lachen, als wären ordinäre Witze die Basis ihrer lebensgestaltenden Theorien. „Das ist aber ein weit zu fassender Begriff, den du da gewählt hast", konstatierte Thomas.

„Eben drum!", hatte Ivan gekichert, „und du glaubst ja gar nicht, wie viele Kopfverletzte es auf dieser Welt gibt."

Was danach folgte, löste sich in der Sphäre warmer Sommerlüfte auf. Sie verließen die geistigen Tempelstätten und tummelten sich in den Niederungen kindlicher Unbekümmertheit.

Thomas lachte in Erinnerung an diesen Abend. „Vlado?", fragte er seinen Kollegen, „willst du wissen, warum ich lache?"

Thomas erzählte es ihm.

Wozu hatte er, Thomas, so viele Bücher inhaliert?

Eigentlich benötigte er sie nicht. Sein Freund Ivan vereinigte in spielerischer Leichtigkeit Philosophie, Psychologie und Religion in wenigen Sätzen zu einem überschaubaren Ganzen. Ivans Zorn loderte jedes Mal zu einer Stichflamme auf, wenn er sich mit der Dummheit der Menschen konfrontiert sah. Dabei wusste er diese Dummheit klar zu begrenzen. Es hatte nichts mit falsch verstandener Gutmütigkeit zu tun. Die Dummheit fing für ihn da an, wo Menschen sich ihrer Verantwortlichkeit aus Bequemlichkeit entzogen. Dass Ivan mit dieser Betrachtung in seinem Job in Grenzbereiche geriet, die ein wenig abseits von geltenden Regeln standen, hatte er in internen disziplinarischen Ermittlungsverfahren mehrfach durchgestanden, wenn er mit einer seiner unorthodoxen Methoden die Zielgerade verkürzte.

„Was um alles in dieser Welt hatte dieser verrückte Kerl bloß mit Krassimir am Goldstrand gesucht?", Thomas war in die Gegenwart zurückgekehrt. Seine Stimme klang scharf und bitter.

„Ich weiß es doch wirklich nicht!“, rechtfertigte Vlado seine wahrheitsgemäße Auskunft. Zu Unrecht fühlte er sich angegriffen.

„Entschuldige!“, lenkte Thomas ein. „Es hat nichts mit dir zu tun.“

Thomas wurde sich seiner Rückfälligkeit bewusst. Es brachte nichts, immer wieder ein und die gleiche Frage zu stellen, die nur Ivan beantworten konnte. Und sein Unverständnis sollte er für seine Umwelt etwas gefasster nach außen tragen.

Um an den Goldstrand zu gelangen, befuhr man entweder die Uferstraße oder die höher gelegene Hangstrecke. Da sie aus der Innenstadt kamen, lag es nahe, gleich auf der Uferstraße zu bleiben. Thomas war froh, dass er das Meer sehen konnte. Niemals verlor es seinen Reiz. An Tagen wie diesen vermischten Himmel und Wasser ihre Grenzen. Nichts Trennendes lag zwischen ihnen. Die Schiffe standen scheinbar freischwebend in der Luft. Thomas hatte mehrfach versucht, das unverfälschte Schauspiel in einem Foto festzuhalten. Aber auch mit der neuesten digitalen Technik ließ sich die Stimmung eines solches Anblicks nur rudimentär einfangen. Um so unerbittlicher stellten die vielen Baustellen in unmittelbarer Meeresnähe ihre unharmonischen Gerüste zur Schau. Wetterunabhängig. Mit einer Geschwindigkeit, die sich von Jahr zu Jahr steigerte, hatte sich die Tourismusindustrie aller möglichen und unmöglichen Bauplätze bedient, um noch das letzte Stückchen Land zu bebauen. Verschandeln war nach dem Dafürhalten von Thomas die passendere Umschreibung. Er war ein unerbitt-licher Gegner des Massentourismus in seiner geliebten Wahlheimat geworden. Er wünschte sich, dass es Bulgarien schaffen würde, mit seinen Ressourcen gewissenhafter umzugehen. Beispiele, wie man es nicht machen sollte, gab es doch in vielen Ländern zur Genüge, die einstmals auf der Hitskala der Karawane der Urlauber standen, bevor diese gleichgültig ihre Verwüstungen hinterließen und gedankenlos weiterzogen. Nach Thomas dafürhalten sollte Bulgarien auf Touristen verzichten, die ohne Hirn und Verstand das Land besuchten und mit ihren schlechten Manieren nicht dazu beitrugen, die zwischenmenschlichen Kontakte konstruktiver zu gestalteten. Weg von der Masse und hin zur Klasse, ohne Anbiederungen und Verbiegungen der einheimischen Bevölkerung, war seine Maxime. Diejenigen, die sich wirklich für das Land interessierten, würden das zu honorieren wissen, davon war Thomas überzeugt. Wie oft hatte er auch darüber mit Ivan gesprochen. Aber selbst diesem gedanklichen Höhenflug hatte Ivan die Krone gebrochen, indem er Thomas ketzerisch gefragt hatte, „in welchem Zauberwald lebst du denn? Bist du vom Kapitalisten mit schlechtem Gewissen zum Moralapostel aufgestiegen? Seit wann hat denn Kapital Moral, und wen interessiert denn Nachhaltigkeit, wenn kurzfristig auf schnelle Art und Weise Geld verdient werden kann? Wir werden doch nicht von Kuscheltieren regiert!“

Ivan hatte bei diesem Redebeitrag das gesamte Repertoire seiner Körpersprache zur Geltung gebracht und theatralische Kreise gezogen, um Kuscheltiere kreativ nachzubilden.

„Es kann ja gut sein, dass es Machthaber gibt die morgens wach werden, und Gutes tun wollen. Aber dann, wenn sie ihre liegende Position verlassen und im vertikalen Wachzustand ihr Dasein aus einer anderen Perspektive erleben und die eigenen Verstrickungen ihrer Lebensabhängigkeit deutlich werden, verschwimmt der gute Vorsatz wie eine untergehende Sonne am Horizont.“

Thomas hatte sich von Ivans Worten nicht provozieren

lassen, denn falsch war die Feststellung seines Freundes ja nicht. Und er, Thomas, hatte es nicht bei seinem stillen Protest belassen. Es gibt in Bulgarien Umweltschutzorganisationen und Initiativen, die sich für einen gemäßigten Tourismus und den Erhalt der Natur einsetzen. Wenn ihre Stimmen in der Öffentlichkeit auch noch nicht laut genug waren, konnten sie doch nicht mehr überall totgeschwiegen werden. Thomas hatte es persönlich miterlebt, wie der stellvertretende Bürgermeister der Stadt Varna auf einem internationalen Kongress in Sofia von einer Nichtregierungsorganisation gehörig in die Enge getrieben wurde, als er Rede und Antwort stehen musste, wie die Stadt den Verkauf unverkäuflicher Grundstücke im Meeresgarten beschönigte. Ein Professor von der Universität in Blagoevgrad hatte unter großem Beifall der Zuhörer die Ängste seiner Landsleute in klaren Worten beim Namen genannt. Mit seiner Organisation, die immer mehr Zuspruch bei bewusst denkenden Menschen fand, bildete er ein notwendiges Korrektiv, um Machthabern nicht nur auf die Zehen, sondern ihnen die Füße gehörig platt und wund zu treten, wenn sie sich nicht ihrer Verantwortung gemäß verhalten sollten. Präzise und unmissverständlich hatte der Umweltschützer dem Vertreter der Küstenregion die Mahnung und die wachsame Überprüfung seiner Handlungen mit auf den Heimweg gegeben mit der Versicherung, jeden seiner Schritte unter Beobachtung zu halten. Der Vertreter aus dem Rathaus war dem brillant formulierten Angriff in keiner Weise gewachsen, vor den Zuschauern löste er sich förmlich in Schweiß auf und sank auf dem Podium immer weiter auf seinem Stuhl herab, bis er kaum noch sichtbar blieb.

Thomas wurde von einer Hitzewelle ergriffen. Mit einer Hand lockerte er seinen Hemdskragen, aber das körperliche

Empfinden war stärker.

Immer wieder kreisten seine Gedanken um Ivan. Wie sollte es auch anders sein? Ivan und Darina waren die wichtigsten Menschen in seinem Dasein. Er hatte zwei Diamanten gefunden, die so groß waren, dass sie das Negative, das Destruktive, das Rückständige in dem Land, in dem er lebte, auf den Stellenwert reduzierten, der ihm zukam. Beide machten nichts größer als es war, aber auch nicht kleiner. Damit hatten sie ausreichend Munition, um der Realität zu begegnen, nicht nur in Bulgarien, sondern an jedem Ort, an dem sie aufgestellt sein würden. Durch diese beiden Menschen hatte er einen Zugang gefunden zu den Dingen, die ihm wertvoll geworden sind. Er konnte sie benennen und er wollte für sie einstehen. In seiner alten Welt war sein Blick unscharf geworden. Als Hamster hatte er in einem gut ausgepolstertem Gefängnis gelebt, der seine Kreise unreflektiert lief und lief und lief. Über Glück zu reden, ist aber etwas anderes, als so zu leben, dass man glücklich ist. Thomas wusste, wie er glücklich lebte. Und einen großen Teil dieses glücklichen Lebens verband ihn mit Ivan. Wie sollte es ihm da nicht heiß werden bei dem Gedanken, diesen kostbaren Lebensrohstoff verlieren zu müssen? Hilflos ergab er sich der Reaktion seines Körpers.

Die Einfahrt in das Touristengebiet am Goldstrand stand offen. Die Einlasskontrollen waren noch nicht besetzt. Es würde aber nicht mehr lange dauern. Mit den ersten Touristen, die die Saison eröffneten, würden sich auch die Tore zur Sicherheit der Gäste wieder schließen. Thomas bat Vlado, die Anlage so weit wie möglich zu durchfahren. Er wollte einen Gesamteindruck, bevor sie den Tatort ansteuerten. Überall wurde gearbeitet. Von allen Seiten hörte man das rhythmische Schlagen von Werkzeugen. Ein

Betonmischer versperrte ihnen die Durchfahrt, so dass sie die Hälfte des Bürgersteiges überfahren mussten. Menschen arbeiteten in den Grünanlagen, um Pflanzen auszusetzen, die in den nächsten Wochen, bei verstärktem Einsatz der Sonne, ihre volle Pracht entfalteten. Bis zur Hauptsaison durfte gearbeitet werden. Das war der Preis, den Touristen in der Vorsaison zu zahlen hatten. Da ihre Reisekosten niedriger ausfielen als in der Sommerzeit, mussten sie die Belastungen, wie Baustellen sie üblicherweise verursachten, hinnehmen. Da galt es, die richtige Entscheidung aus dem großen Angebot zu treffen, was für Stammgäste, die regelmäßig wiederkehrten, kein unlösbares Problem darstellte.

„Halt an", forderte Thomas seinen Kollegen auf.

„Aber es ist noch ein Stück zu fahren, bis wir da sind", mahnte Vlado seinen Kollegen.

„Macht nichts. Ich will ein Stück laufen. Wir treffen uns am Tatort. Fahre voran."

Ehe Vlado etwas erwidern konnte, hatte Thomas den Wagen verlassen und die Türe hinter sich zugeworfen.

Auf einer großen regionalen Karte, die Auskunft über die gesamte Anlage gab, verschaffte sich Thomas einen Überblick. Wie ordentlich und übersichtlich doch ein Plan sein konnte, auf dem mit viel Grün alles angemessen eingezirkelt wirkte, dachte er. Er folgte dem gepflasterten Weg. Der Tatort war nicht außergewöhnlich. Nichts erinnerte an die Schießerei. Die Natur hatte die Kreidespuren polizeilicher Kennzeichnungen und alle Blutspuren mit dem letzten Regen weggespült.

Vlado hatte einen Platz für den Wagen gefunden. Er gab Thomas ein Zeichen. Auf der Motorhaube hatte er die Bilder vom Tatort ausgelegt. „Das ist es", sagte Vlado und verwies auf eine Seite. Ein Auto und zwei stilisierte Personen, die Ivan und Krassimir darstellten. Von den Einschüssen ausgehend, war die Entfernung zwischen dem oder den Tätern eher kurz und sie mussten auf Augenhöhe erfolgt sein. Es sprach alles dafür, dass es ein Zusammentreffen mit einem anderen Auto gegeben haben musste.

Krassimir war der Beifahrer gewesen. Seinen Körper fand man auf der rechten Seite ihres Fahrzeuges. Ivan etwa zwei Meter links versetzt vom Fahrzeug.

„Beide waren ausgestiegen. Was hatte sie veranlasst, den Wagen zu verlassen?“, fragend kommentierte Vlado die Zeichnung.

„Ja, wenn wir das wüssten!“ Unschlüssig lief Thomas einige Schritte auf und ab. „Wie weit, sagst du, ist es bis zu dem fraglichen Objekt?“

„Du kannst es sehen, dort ist die Zufahrt.“ Mit einer Hand wies Vlado in die vom Meer abseits gelegene Richtung. Der Ort, an dem die Schießerei stattgefunden hatte, war kein in sich geschlossener. Es war ein Platz, der sich in verschiedene Richtungen öffnete. Die eine führte geradewegs zu einem unauffällig und elegant wirkenden Gebäude, das die chirurgische Klinik mit Kuraufenthalt beherbergte, die anderen Richtungen führten zu modernen Hotelbauten mit den üblichen Spa- und Erholungsangeboten. Von Baumaßnahmen war nichts mehr zu sehen. Zumindest nicht im Außenbereich. „Und es gab nicht einen einzigen gottverdammten Zeugen, der irgendetwas gesehen hat?“, Thomas kannte die Antwort, trotzdem wollte er sie noch einmal hören.

„Nein, es gab keinen Zeugen“, bestätigte Vlado gehorsam.

„Aber schau! Das Gebiet ist nicht gerade einsichtig. Wer bemüht sich an einen solchen Platz, wenn er nicht einen konkreten Anlass verfolgt?“

„Niemand.“

„Genau.“

„Jedenfalls nicht außerhalb der Saison. Nicht einmal die Einheimischen machen sich die Mühe herauszufahren, um eine Ansammlung von Hotelbetten zu bestaunen. Wer nicht gerade in der Tourismusbranche tätig ist, weiß in der knapp bemessenen freien Zeit Besseres zu tun."

Thomas wusste, dass die Kollegen in allen drei Gebäudekomplexen erfolglos nach Zeugen gefragt hatten. Es gab zwar eine Reihe von Angestellten, die während der Tatzeit anwesend waren, aber alle hatten glaubhaft nachweisen können, dass sie zu der fraglichen Zeit und zu dem fraglichen Ort keine sachdienlichen Aussagen zu machen hatten. Dabei hatte man von den Balkonen der beiden Hotelanlagen einen unverstellten Blick auf den Ort des Geschehens. Aber wohin führte diese Feststellung, wenn auf keinem dieser Balkone ein menschliches Lebewesen gestanden hat?

Die Hotelklinik war zu weit weg, um den Tatort einsehen zu können. Der schmiedeeiserne efeuumrankte Zaun versperrte zwar nicht völlig die Sicht, begrenzte aber den Blick. Weitere Spekulationen verkniff sich Thomas. „Komm, lass uns noch einmal in jedes Objekt hineingehen."

„Ja, in Ordnung."

„Sonst noch etwas?", fragte Vlado erwartungsvoll.

„Nein, sonst fällt mir nichts weiter ein."

Das erste Objekt konnten sie gar nicht erst betreten. Es war geschlossen. Die Saison beginnt nicht für alle Hotels zur gleichen Zeit. Für diejenigen, die mit den größeren Reiseveranstaltern zusammen arbeiteten und die keine Buchungen für die ersten Wochen in der Vorsaison hatten, bestand keine Notwendigkeit, allzu früh ihre Mitarbeiter zu beschäftigen. Das zweite Objekt hatte geöffnet.

Die Hotelmanagerin stand ihnen persönlich zur Verfügung.

Thomas war nicht überrascht, dass sie deutsch mit ihm

sprach, nachdem er sich vorgestellt hatte. Die meisten Direktoren in den Hotels sind Frauen, viele von ihnen sprechen ausgezeichnet Deutsch, meistens sogar noch weitere Fremdsprachen. Darina hatte es ihm erzählt, viele waren wie sie Absolventen der örtlichen Fremdsprachengymnasien. „Dürfen wir eines der Zimmer besichtigen, das in die Richtung des Tatortes gelegen ist", bat Thomas die Frau, die sich ihnen mit dem Namen Miglena Mutavova vorgestellt hatte. Er wusste nicht, was er sich davon versprach, aber es war ihm ein Bedürfnis, den Tatort aus den verschiedensten Perspektiven einzusehen.

„Aber bitte, gerne", erwiderte sie. „Warten Sie. Ich hole Ihnen eine Karte."

Vlado schaute interessiert. Er hatte zwar davon gehört, dass man zum Öffnen der Zimmer immer seltener Schlüssel benötigte, sondern mit codierten Karten den Zugang zu den gemieteten Räumen fand, aber wann hätte er in einem solchen Hotel übernachten sollen?

„Soll ich sie begleiten?"

„Nein Danke, lassen Sie nur. Wir finden den Weg", kam Vlado Thomas zuvor. Er wollte ungestört die Handhabung der Karte ausprobieren, die ihm die Direktorin übergab.

Thomas ließ ihn gewähren und sagte nichts, so lange Vlado die Einsteckquelle für das Öffnen der Zimmertüre aus eigenem Antrieb suchen wollte. Es gab keine. Die Blicke der Männer kreuzten sich. Wortlos wies Thomas mit den Augen auf ein flaches beschichtetes Feld neben der Zimmertür. Vlado folgte dem Blick, betrachtete die Karte, dann verstand er die Funktionsweise. Die Karte musste nur gegen die markierte Fläche gehalten werden, um den magnetfeldgesteuerten Mechanismus zu betätigen. Die Tür öffnete sich. „Na bitte, geht doch", freute er sich.

Türkisfarbene Fliesen und sonnengelbe Wände vermittelten dem Raum auch ohne direkte Sonneneinstrahlung eine warme mediterrane Heiterkeit. Helle Möbel verteilten sich großzügig in dem Raum und verbreiteten einen unaufdringlichen Luxus. Sie befanden sich in der zweiten Etage. Von der Seitenlage aus hatte man nur einen begrenzten Blick auf das Meer. Sie sahen, was sie sehen wollten.

Thomas steckte die Visitenkarte der Direktorin ein, die sie ihm überreichte, als sie wieder herunterkamen.

„Was denken Sie übrigens über die neue Klinik, die sich in Ihrer unmittelbaren Nachbarschaft befindet?", fragte Thomas eher beiläufig als sie die beiden Männer zum Ausgang geleitete.

„Ich denke nicht", erwiderte sie.

„Was heißt das, Sie denken nicht?", entgeistert schaute Thomas in das gleichbleibend freundlich dreinblickende Gesicht.

„Das heißt, dass in Sofia gedacht wird. Hier nicht. Aus diesem Grunde denke ich nicht."

Sie hatte es weder scherzhaft, noch resignierend geäußert. Sie hatte eine Feststellung getroffen. Eine Feststellung, wie sie sich aus einer langen Folge von Erfahrungen herausbildet, resümierte Thomas.

Auf dem Weg zu ihrem dritten Besichtigungsobjekt konnte er sich nicht weiter in seine Gedanken vertiefen, die Entfernung war zu kurz.

Vlado wollte wissen, ob er immer in Hotels übernachtete, die ihre Häuser mit dieser Kartentechnik ausgestattet hatten. Und ob das in Deutschland oder in anderen europäischen Ländern mittlerweile Standard sei.

„Vlado!", korrigierte Thomas seinen Kollegen, „komm runter von dem Denken, dass ich permanent in irgendwelchen Hotels nächtige. Ich lebe hier, wie du", erinnerte er ihn kollegial.

„Die wenigen Male, die ich in Deutschland bin, verbringe ich bei meiner Familie oder bei Freunden, und die haben alle noch Schlüssel zu ihren Eingängen und keine Karten“, neckte er seinen Kollegen.

Erleichterung stand in Vlados Augen geschrieben, die so etwas ausdrücken sollten wie: so ohne Weiteres kommt man eben nicht heraus aus seiner Haut.

Erneut verfing Thomas sich in seinem „systemischen“ Denken, das ihn intensiv gefangen nahm. Die Äußerung der Hoteldirektorin hatte ihn daran erinnert, dass auch sie in einem System zu funktionieren hatte, selbst wenn es nicht ihren Vorstellungen entsprach.

Sie hatten das schmiedeeiserne Tor erreicht und bedienten den Klingelknopf.

„*Da, molja?*“, ertönte eine sanfte Frauenstimme durch den Lautsprecher.

„Mein Name ist Thomas Jeromin. Ich komme von der hiesigen Polizeidienststelle und habe einige Fragen an Sie“, erwiderte Thomas gekonnt lässig, gekonnt bulgarisch.

Sichtlich genoss er es, sich in der Sprache seiner Wahlheimat zu artikulieren. Einfache Phrasen und Floskelsätze konnte er mittlerweile mindestens so schnell und fehlerfrei sprechen wie ein Muttersprachler. Oft genug hatte er dafür Anerkennung und Überraschung in bulgarischen Augen lesen können.

Eine attraktive junge Frau empfing sie hinter einem halbmondförmigen Tresen, der die untere Hälfte ihres Körpers verhüllte, obgleich der Oberkörper vermuten lässt, dass sich Vollkommenes in ihm vereinte. Rotbraune, bis über den Brustansatz herunterreichende, gewellte Haare umrahmten ein mandelförmiges Gesicht mit großen braunen Augen, die ihnen aus einem dichten Wimpernkranz einladend entgegenblickten.

Der Körper dieses jungen Wesens war in eine Arbeitskleidung gehüllt, die sich Thomas spontan für alle Berufsgruppen wünschte, die eine solche für sich beanspruchten. Ein goldfarbener Anzug aus einer matten, elastischen Faser schmiegte sich um den vor ihnen sitzenden Körper und gewährte ihnen einen unverschämt tiefen Einblick auf zwei appetitlich frische Rundungen, die vorwitzig oberhalb der Arbeitszone auf sich aufmerksam machten. Thomas konzentrierte sich, beim Sprechen den Blickkontakt auf die braunen Augen gerichtet zu halten. Noch einmal stellte er seinen Kollegen und sich vor und wünschte den Chef des Hauses zu sprechen.

„*Da, rasbira se*[41]“, bekamen sie zu hören.

Der Chef der Klinik war Dr. Milen Stalev, und er war im Hause. Die junge Frau betätigte einen Computer, den sie entweder noch nicht vollständig beherrschte oder aber mit dessen Programmen es Probleme gab. Irgendetwas, was sie ihm entlocken oder durch ihn erledigen wollte, gab er nicht frei. Es sah so aus, als ob er sich wehrte, seine Leistungen durch einen Knopfdruck zu offenbaren. Einige Male wiederholte die junge Frau ohne Erfolg ihre Eingabe.

Thomas und Vlado waren nicht im mindesten ungeduldig. Sie hatten keine Eile. Es gab genug zu sehen, und sie sahen aufmerksam zu. Allem. Als sich das von ihr gewünschte Ergebnis nicht einstellen wollte, erhob sie sich abrupt, bat die Männer um Entschuldigung und um Geduld. Sie verließ ihren halbmondförmigen Arbeitsplatz und klapperte auf hohen Absätzen über einen spiegelblanken Fußboden in die Richtung einer Glastür, die lautlos ihre Flügeltüren für das engelsgleiche Wesen öffnete und die sie alsbald vier Männeraugen vollständig entzog.

Auf eine solche Chance hatte Thomas gewartet. Mit einem gekonnten Sprung hechtete er zu dem Computer herüber. Eilig hasteten seine Finger auf den Computertasten hin und her. Noch bevor die junge Frau in Begleitung eines Mannes zurückkehrte, stand Thomas unbeteiligt und geduldig wartend neben seinem schwitzenden Kollegen.

Der Chefarzt stutzte, als er den Namen von Thomas hörte.

„Sie sind Deutscher, nicht wahr?“, parlierte er gekonnt auf deutsch. Thomas bestätigte, bat aber darum, das Gespräch weiterhin auf bulgarisch zu führen.

„Ja, meine Herren, womit kann ich Ihnen denn dienen?“, fragte der Chefarzt verbindlich.

Thomas bemerkte die langen, gepflegten Hände des Arztes, die sich wie zwei Muschelhälften vor dem Kittel verschlossen. Der Kittel des Arztes hatte die gleiche Farbe wie das Trikot des Schmuckstücks hinter dem Mondtresen, löste aber eine völlig andere Wirkung aus.

Thomas erklärte den Anlaß ihres Besuchs.

„Und was habe ich damit zu tun?“, fragte der Arzt etwas weniger zugänglich.

„Wir hätten gerne von Ihnen gewusst, ob Sie oder einer Ihrer Angestellten an dem Unglückstag anwesend waren und ob einer von ihnen etwas gesehen oder bemerkt hat, was uns weiterhelfen könnte.“

„Wann, sagten Sie, ist das geschehen?“

Thomas nannte ihm das Datum. Der Arzt blickte in Richtung Tresen, die junge Frau zuckte mit den Schultern und verwies auf ihren Computer.

„Kommen Sie bitte mit in mein Büro“, forderte der Arzt sie auf.

„Wir haben erst seit wenigen Tagen den vollständigen Praxisbetrieb aufgenommen und leider gibt es noch Probleme mit unserer neuen Software“.

Der Klinikchef ging ihnen voraus, bot ihnen in seinem Büro Platz an, während er seinen Terminkalender durchblätterte, der auf einer gläsernen Platte eines stahlgebürsteten Gestells lag, das wie ein Kunstwerk wirkte. Das Glas der Tischplatte war ein gefälliger Kontrast zu den Farben im Raum und bettete den Arbeitsplatz transparent und unaufdringlich in seine Umgebung ein.

„Ich war für drei Tage ortsabwesend und gar nicht in der Stadt“, versicherte er ihnen, nachdem er den fraglichen Tag in seinem Kalender herausgesucht hatte. Meine Sekretärin war aber da, um die letzten Installationen zu überwachen, und vermutlich die eine oder andere Reinigungskraft. Das lässt sich aber feststellen, wenn es dringend ist.“

Vlado fragte den Arzt, wie seine Sekretärin hieß, und als der ihm den Namen nannte, schüttelte er bulgarisch zustimmend den Kopf. „Mit ihr haben wir gesprochen, sie hat nichts gesehen.“

„Schauen Sie sich unsere Fenster an.“ Mit einem gewissen Stolz verwies Milen Stalev auf die bodentiefen Fensterflächen. „Wir haben das gesamte Haus mit Doppelverglasung versehen, um jedwede äußere Ruhestörung zu verhindern und um im Winter besser gegen die Kälte geschützt zu sein. Unsere Klinik will ihren Klinikgästen in allen Jahreszeiten zur Verfügung stehen, da empfiehlt sich eine solche Maßnahme.“

Alle Anwesenden wussten, wovon die Rede war, und waren sich einig bei der Feststellung der klimatischen Verhältnisse ihres Landes: Im Sommer westlich mediterran, im Winter beinahe so kalt wie das sprichwörtliche Russland im Osten.

„Sie sagten, die Klinik sei eröffnet“, hakte Thomas noch einmal nach. „Gibt es bereits Patienten?“

„Nein!“, die Antwort kam klar und deutlich. „Erst in den nächsten Tagen haben wir Termine für verschiedene chirurgische Eingriffe. Meine alte Praxis in der Stadt ist noch nicht vollständig aufgelöst und der neue Anästhesist steht mir erst in den nächsten Tagen zur Verfügung."

Thomas Blick wanderte an einer Wand entlang, die von Stuhlhöhe aufwärts mit Fotografien bedeckt war. Auf den ersten Blick wirkte es wie eine geschlossene Einheit. In gleichmäßigen Abständen hingen quadratische Rahmen mit je einer Abbildung.

Der Arzt bemerkte Thomas Blick. Er forderte die Männer auf, ihm zu folgen. Der Doktor betrachtete die Bilder und fragte: „Möchten Sie, dass ich Ihnen meine Arbeit etwas näher erkläre?"

„*Da*!", sagte Thomas, „*Ne*!", entfuhr es Vlado wie aus der Pistole geschossen, in Erinnerung an die Bildkollektion in Ivans Computer.

Fragend blickte der Arzt sie an.

Thomas bot Vlado an, draußen auf ihn zu warten.

„Na, was ist?", fragte Thomas.

Vlado hatte sich im Foyer auf einer lederbezogenen Couch niedergelassen. Sofort sprang er auf, als Thomas ihn ansprach.

„Thomas! Ehrlich, es tut mir leid, wenn ich es vermasselt habe", sagte Vlado betroffen auf dem Weg zu ihrem Wagen.

„Red keinen Unsinn", entgegnete dieser. „Du hast nichts vermasselt. Du weißt doch, wie es ist. In der Regel schafft ein Vieraugengespräch sogar die bessere Basis, um sich zu öffnen."

„Du bist nicht sauer?", wollte Vlado wissen.

„Nein, wieso sollte ich sauer sein? Wir haben das Gespräch, nachdem du gegangen bist, ohnehin auf Deutsch weiter geführt." Das war keine gefällige Lüge. Der Fachterminologie derer sich Dr. Stalev zur Untermauerung und Präzisierung bediente, um sein Handwerk, wie er es nannte, zu erklären, hatten Thomas Bulgarischkenntnisse in arge Not gebracht. „Soll *ich* dir jetzt etwas davon erzählen, was ein plastischer Chirurg heute zu leisten im Stande ist?“, fragte Thomas treuherzig.

„*ßtiga be*, Thomas!“, rief Vlado, „tu mir das nicht an.“

„Wo bist du?“, fragte Darina ihren Mann.

„Augenblicklich sitze ich bei Vlado im Auto. Wir sind am Goldstrand und fahren gerade zurück in die Stadt“, erklärte Thomas.

„Und warum rufst du an?“

„Zum einen wollte ich deine Stimme hören und zum anderen möchte ich heute gerne zu Hause schlafen.“

„Ich bitte darum!“, hörte Thomas die freudige Stimme seiner Frau. „Bis vor einer Stunde war ich bei Ivan. Kommst du gleich jetzt nach Hause?“

„Nein. Ich fahre noch ins Krankenhaus. Ich muss noch mit Ivan sprechen, aber dann komme ich.“

„*Dobre*, ich verstehe.“

„Gibt es etwas zu essen?“, fragte Thomas. „Ich verspüre nicht nur Hunger, ich habe richtiggehend Appetit“.

„Was willst du haben?“, fragte seine Frau. „Ich mache dir alles, was du willst.“ Er hörte ihre Begeisterung.

„Alles?“, neckte er sie.

„Thomas! Alles, das weißt du doch!“

„Ich hätte gerne meine Lieblingskartoffeln, irgendetwas Fleischiges und, wenn du mich nicht für total unverschämt hältst, dann bitte noch ein Stück Kuchen.

„Etwas Flüssiges dazu?“, hörte er sie fragen.

„Alles, was wir haben“, entgegnete er.

„Oh“, Thomas hörte die Überraschung in der Stimme von Darina, „das kannst du haben. Wie viel Zeit habe ich?“, fragte sie.

„So viel, wie du brauchst“.

„So viel brauche ich nicht“.

„Gut, sagen wir zwei Stunden.“

„*Obitscham te!*[42]“.

„*Aß ßyschto!*[43]“. Thomas verstaute sein *mobifon* in der Innentasche seiner Jacke, zog ein kleines Heft heraus und fing an, sich Notizen zu machen.

„Thomas, habe ich das gerade richtig gehört?“, platzte Vlado heraus, dem eine Bemerkung seines Kollegen zu schaffen machte.

„Was meinst du denn?“

„Du hast doch gerade zu Darina gesagt, dass du noch ins Krankenhaus fährst, um mit Ivan zu sprechen.“

„Ja, das habe ich gesagt.“

„Ja, aber ...“, stammelte Vlado verlegen.“... Ivan liegt doch im Koma. Wie kannst du da mit ihm reden ... ich meine, das geht doch nicht... ?“

„Ach so, das meinst du“, antwortete Thomas gedankenverloren. „Schau Vlado. Ich weiß nicht, ob es stimmt und ob alles zutrifft, was ich darüber gelesen habe. Jedenfalls glaube ich, dass Ivan, obwohl er sich im Koma befindet, über eine Wahrnehmung verfügt. Selbst wenn er nicht mit den uns bekannten Sinnen reagiert, so lebt er dennoch. Aus diesem Grunde habe ich begonnen, mit ihm zu sprechen.“

„Und das geht so einfach?“, fragte Vlado ehrlich interessiert.

„Nein, das geht überhaupt nicht einfach“, antwortete Thomas wahrheitsgemäß. „Es ist verdammt schwer. Es ist so schwer, dass ich manchmal glaube, es nicht aushalten zu können“, Thomas ballte seine Hände. „Aber ...“, er stockte ... „ich muss mich in diese Situation ja auch irgendwie einfinden, sonst werde ich noch verrückt“, sagte er mit bebender Stimme „und so geht es ..., irgendwie jedenfalls.“ Thomas

Rede brach ab. Er blickte aus dem Seitenfenster, schluckte und biss die Zähne zusammen. Unübersehbar war er im Begriff, seine Schmerzgrenze zu überschreiten. Erst zögerte er, aber dann stand seine Entscheidung fest. Vlado sollte wissen, was in ihm vorging. Sie kannten sich lange genug. Und er war bestimmt nicht der einzige Mann, der in der Auseinandersetzung mit seelischen Regungen, Schmerzen, Verlust und Trauer, ein hohes Maß an Defiziten in sich vereinte. Thomas hatte ohnehin beschlossen, aus der Rolle unverwundbarer Helden herauszutreten. Es konnte nicht schaden, sich einem anderen Mann anzuvertrauen. Vielleicht bedurfte es im Leben erst eines besonders großen Schmerzes, um eine neue Sichtweise zuzulassen und alte Verhaltensweisen zu hinterfragen. Nun gut, dachte er beklommen. Seine Lektion hatte er erhalten. Er sollte sie nutzen. „Vlado, ich weiß nicht, was hilft, und ich weiß nicht, was richtig ist. Ich suche. Es hilft mir, wenn ich mit Ivan spreche, und zwar so umfassend, wie ich immer mit ihm gesprochen habe“, er sagte es ein wenig trotzig. „Und deshalb werde ich wie gewohnt zu ihm ins Krankenhaus fahren. Wenn ihn die Krankenschwester noch nicht rasiert hat, werde ich das ebenfalls tun, und dann werde ich ihn in aller Länge und Breite über unseren Besuch am Goldstrand informieren. Und was denkst du, wie unser brünstiger Ivan reagiert hätte, wenn er die goldene Sonne hinter dem Tresen dieser Klinik erblickt hätte?“

Vlado fand es nicht merkwürdig, dass Thomas ihm das alles so offen erzählte. Er fühlte sich in hohem Maße in das Vertrauen des anderen einbezogen, aber er behielt es für sich, fand keine Worte, die ihm angemessen erschienen.

12.

Darina traf Stanka wie erwartet im Lehrerzimmer an. Sie war müde und nahm neben ihrer Freundin Platz. „Du hast mir noch nicht das Ende der Geschichte erzählt“, sagte sie statt einer Begrüßung.

„Was soll ich dir nicht erzählt haben?“ Stanka schob das Klassenbuch beiseite.

„Wie du das Gespräch mit deiner Schülerin geführt hast, nachdem du deine Wut an einem hilflosen Blatt Papier ausgelassen hast“, erinnerte Darina ihre Freundin unbefangen.

„Du sagst das so, als stünde ich vor Gericht.“

„Das wohl kaum, meine liebe Freundin“, lenkte Darina ein. „Aber du weichst mir aus. Soll ich meinen Mund halten?“

„Glaubst du, dass du das schaffst?“

„Nein“, erwiderte Darina gelassen. An dem Ton und an der Art, wie ihre Freundin reagierte, wenn sie auf ein Thema zu sprechen kamen, das noch nicht abgeschlossen war, wusste sie, dass sie den Druck ruhig ein wenig erhöhen konnte. Bevor Stanka etwas erwidern konnte, fuhr sie fort: „Ich hatte gerade Unterricht in deiner Klasse und mir ist aufgefallen, dass Fanny sich irgendwie komisch verhält.“

„Und du glaubst, dass das mit mir zu tun hat?“

„Das weiß ich nicht. Sag es mir!“

Stanka drehte einen Stift in ihren Händen hin und her und überlegte. „Ach, diese gottverdammte Geschichte. Ich hatte geglaubt, das alles läge längst hinter mir“, jammerte Stanka.

„Reden wir jetzt über deine beendete Affäre oder reden wir über den Vorfall in der Schule oder bin ich nur in einem falschen Film gelandet?“, fragte Darina aufrichtig irritiert.

Stanka ließ eine Pause verstreichen. „Das ist ja das

Verrückte, das eine hängt mit dem anderen zusammen."

Dass sie begriffsstutzig sei, hatte man ihr bislang nicht nachsagen können, und dass ihre Freundin oftmals sprunghaft in ihren Gedanken war, war bis heute auch nie ein Problem gewesen, aber jetzt hatte Darina den Eindruck, irgendwie auf der Leitung zu stehen. Sie begriff nichts. „Gut, eins nach dem anderen", schlug sie vor. „Ist das die richtige Umgebung für ein Gespräch oder sollen wir einen kleinen Spaziergang machen?"

Beide hatten eine Freistunde. Sie entschieden sich für einen Aufstieg zu dem nahe gelegenen Denkmal. Darina schob die Hände in ihre Jackentasche und Stanka tat es ihr nach. Die ersten Schritte liefen sie wortlos miteinander. Stanka ließ eine lange Minute verstreichen, unverwandt hatte sie auf das Pflaster der Straße gestarrt. Endlich sagte sie: „Du weißt doch, dass mir vor kurzem mein *mobifon* abhanden gekommen ist, nicht wahr?"

„Jaaa", erwiderte Darina gedehnt, „aber du hast ein neues, oder nicht?"

„Ja, aber darum geht es nicht. Höre mir doch einfach zu."

„*Dobre*."

„Also gut, das *mobifon* ist verschwunden. Auf diesem *mobifon* hatte ich eine Ansammlung von Kurzmitteilungen abgespeichert, die ich mit C ausgetauscht hatte und von denen ich mich nicht trennen wollte."

„*Dobre*", sagte Darina. „Ich verstehe", dabei verstand sie überhaupt nichts, aber das würde sich im Verlaufe des Gespräches möglicherweise noch ändern.

„Nun gut. Weiter", forderte Stanka sich selbst auf. „Du erinnerst dich an unser letztes Treffen, als wir bei mir zu Hause gekocht hatten?" „Wie sollte ich das vergessen?, ich erinnere mich gut."

„Nachdem ich alleine war, hatte ich die Idee, das zerrissene Blatt Papier zusammenzusetzen, damit ich es Fanny mit einer Entschuldigung zurückgeben könnte."

„Ja und? Findest du, dass das eine schlechte Idee war?"

„Nein, der Gedanke war richtig. Aber der Inhalt auf dem Blatt Papier war falsch."

„Wie falsch?"

„Na eben falsch!"

Wie soll ich das verstehen?"

„Auf diesem verfluchten Blatt Papier habe ich in mühevoller Kleinarbeit einen Text zusammengeklebt, den ich bis auf den letzten Buchstaben auswendig kenne."

„Und das ist so schlimm?"

„Ja, das ist verdammt schlimm", Stanka blieb stehen und stampfte mit dem Fuß auf. Sie rang nach Luft, und das lag nicht an den vielen Treppen, die sie im Aufstieg hinter sich gelassen hatten. „Es ist ein Dialog, den ich mit C geführt habe. Einer von vielen," fügte sie der Vollständigkeit halber ein, „die ich alle auf meinem verloren gegangenen *mobifon* gespeichert hatte. Und es ist verdammt schlimm, dass ich mit all diesen Erinnerungen noch einmal konfrontiert werde. Und das alles ist deshalb so außerordentlich schlimm, weil ich geglaubt hatte, alles längst hinter mir und überwunden zu haben und die richtige Entscheidung getroffen zu haben, als ich die Beziehung beendete. Und jetzt ist alles doppelt und dreifach so schlimm, weil es mich mit voller Wucht mit dem konfrontiert, was mir in meinem Leben fehlt. Und es ist unaushaltbar schlimm, weil ich das, was ich wollte, zwar in dieser Beziehung gefunden hatte, aber trotzdem nicht leben konnte." Wie aus einem Wasserfall sprudelte es aus Stanka heraus, die letzten Worte kündigten die Tränen bereits an, die sich in einem Sturm wilder Emotionen ihre Bahn suchten.

Darina ergriff Stanka und nahm sie einfach in ihre Arme. „Ja, das ist alles sehr schlimm", sie wiederholte die Worte ihrer Freundin und streichelte ihr dabei unaufhörlich über den Rücken. Sie wusste, wie sich der Schmerz anfühlte, und was ihre Freundin gerade durchmachte. Kein Wort war notwendig. Es galt einfach nur inne zu halten. Erst als Stanka den Höhepunkt ihres Schmerzes überschritten hatte, löste Darina die Umarmung auf. Sie reichte ihrer Freundin ein ganzes Paket Taschentücher. Mit geröteten und vom Weinen verquollenen Augen nahm Stanka es dankbar entgegen.

Die letzten Stufen gingen sie Hand in Hand. Gemeinsam erreichten sie die Plattform des Denkmals, welches zu Ehren der Freundschaft mit der Sowjetunion aufgestellt wurde, heute aber eher der sozialistischen Vergangenheit mahnt. Dass sie einen Gipfel bestiegen, war eine gute Voraussetzung für einen klärenden Prozess, befand Darina.

Beide blickten nach vorne, in dieselbe Richtung. Sie konnten weit schauen und noch mehr sehen. Die Dimensionen verschoben sich, unter ihren Füßen, vor ihren Augen. Was gerade noch riesig erschien, schrumpfte auf ein übersichtliches, handgroßes Format zusammen.

In ihren Lebenswirklichkeiten hatten sie jeder für sich einen Verlust zu bewältigen. Verlust ist Verlust, erkannte Darina. Ein Leiden kann nicht mit einem anderen Leiden gemessen werden. Es geht nicht darum, abzuwägen, welcher Verlust größer, bedeutsamer ist. Es geht auch nicht darum, eine Schuldfrage zu stellen oder die Antwort in einem Schuldigen zu finden. Es geht um nichts anderes als die Tiefe der persönlichen Bindung und die Stärke des empfundenen Schmerzes.

Aufrichtig fühlte Darina mit ihrer Freundin. Ihr eigener Schmerz und ihre eigene Sorge lösten sich geradewegs auf.

13.

Thomas war damit beschäftigt, aus seinen Notizen eine Liste mit Arbeitsaufträgen zu erstellen, die er Vlado telefonisch weiterleiten wollte. Es war kurz vor acht, als er sehnsüchtig an das Abendessen zu denken begann. Der Aufenthalt im Krankenhaus hatte sich wieder einmal länger als erwartet hingezogen. Aber er wollte erst dann gehen, wenn er innerlich dazu bereit war. Fast hatte er erwogen, seine Planung über den Haufen zu werfen und eventuell doch besser im Krankenhaus zu nächtigen. Nachdem er seinen Freund rasiert hatte, betrachtete er ihn. Aufmerksam schaute er auf den leblos wirkenden Körper, fühlte ihn, vernahm seinen Geruch und stellte bestürzt fest, wie schnell auch das kräftigste Gesicht seine Konturen verliert und in sich zusammen fällt. Eine schmerzende Woge erfasste seine Gedanken. Die zarte Pflanze seiner neuen Haltung widerstand der Unmittelbarkeit seines Schmerzes nur zögerlich. Thomas fand die Zeit für gekommen, dem Bild gestandener Männer herbe Risse zuzufügen.

„Das Theaterstück muss abgesetzt werden, in dem Männer ausschließlich als Helden aufgestellt werden“, brüllte er seiner inneren Hilflosigkeit entgegen. „Die Rolle ist falsch! Und sie wird nicht dadurch richtiger, dass man sie immer wieder neu besetzt. Es wird Zeit, die Rolle zu ändern. Ich werde sie umschreiben. Vor allen Regeln, die Menschen für ihre Mikrowelten, Systeme, Verhältnisse, Zirkel und alle anderen wortkreativ benannten menschlichen Organisationsformen geschaffen haben, hat an erster Stelle der Mensch als Mensch zu stehen und nicht seine Rolle als Mann oder Frau. Schließlich bin ich erst Mensch und dann Mann.“

Da Thomas Ivan ohnehin mit allen seinen Befindlichkeiten zutextete, würde er diese gleichermaßen akzeptieren. Wie gerne wäre Thomas bereit, sich Ivans Süffisanz sofort auszuliefern. Jedem verbalen Schlagabtausch würde er bedenkenlos zustimmen, wenn es nur wieder möglich wäre, sich mit seinem Freund von Angesicht zu Angesicht, auf gleicher Augenhöhe, als gleichberechtigte Partner zu verständigen.

Würde dieses körperliche Wrack jemals wieder wirklich wach werden? Wen sollte er anrufen, wenn er immer wieder die gleiche Frage stellte? Wer könnte ihm eine verlässliche Antwort erteilen? Etwa doch ein Gott? Ich kann nicht beten, dachte Thomas widerspenstig, weil ich nicht an *den* Gott glaube. Jedenfalls nicht an einen Gott, wie ihn die Kirchen für sich in Anspruch nehmen. „Aber bei Gott“, stöhnte er, es ist so leicht, in einen Abgrund zu stürzen, und so unermesslich schwer, sich aus ihm zu befreien.

Die Aufforderung des Arztes der Abendvisite an ihn, beruhigt nach Hause zu gehen, verkleinerte nicht die Ohnmacht in Thomas. Aber andere Stimmen meldeten sich gleichermaßen zu Wort und verlangten eindringlich um Gehör. Er musste nach Hause fahren. Dringend. Er fühlte Sehnsucht in sich aufsteigen, nach Darina und ihrem gemeinsamen Heim. Er nahm seine Freude darüber wahr. Sie wurde genauso stark wie sein Schmerz und seine Angst vor dem Verlust. Irgendwie musste es ihm doch gelingen, das alles miteinander zu verbinden.

Darina hatte den Tisch für sie beide bereits gedeckt, als Thomas zu Hause eintraf. Bevor Thomas nach oben ging, um sich umzukleiden, küssten sie sich feucht und intensiv auf den Mund. In Vorfreude auf das, was ihn erwartete, ließ er sich von Darina ein großes Stück frisch geschnittener grüner Paprika in den Mund schieben. Den Rest des grünen

Gemüses würde sie schmoren und mit geschlagenem Ei in eine köstliche warme Vorspeise verwandeln.

In dem behaglichen Wohnraum stand die Flasche *mastika*[44] an ihrem heimischen Platz. Die beiden Haustiger hatten vor dem Kamin ihre Position bezogen. Sobald die Glut der ersten Holzscheite Wärme verbreitete, betrachteten sie es als eine persönliche, nicht übertragbare Einladung, sich möglichst nah an die Wärmequelle zu begeben. Floh lag auf dem Rücken und hatte alle vier Pfoten von sich gestreckt. Sie sah keine Notwendigkeit, ihre Stellung eine Kralle breit zu verändern, als Thomas sich ihr näherte. Nur mit den Augen verfolgte sie ihn. Pü war in der Knäuelphase. Es war nicht zu erkennen, wo Anfang und wo Ende war. Die Atmosphäre, die ihn umgab und nichts weiter als Normalität verbreitete, war der Stoff, aus dem sein Glück gewebt wurde. Das war es, was er wollte und das war es, was er gesucht hatte. Mit Hingabe goss Thomas sich einen Mastika ein.

Ob er dieses Glück gerade deshalb so intensiv begriff, reflektierte er, weil es sich neben seinem Leid so deutlich abzeichnete? War das das Geheimnis? Lag der Schlüssel also darin, eine Balance zu finden? Galt es, sowohl das eine als auch das andere gleichermaßen anzunehmen wie auch intensiv wahrzunehmen? Brauchten wir menschliche Wesen geradezu diese Polaritäten, weil wir sonst nicht wüssten, wie sich das eine oder das andere anfühlt, und wir dadurch abstumpften?

Thomas kam nicht umhin, seine Frage zu bejahen, wenn er aufrichtig bleiben wollte. Konnte man Glück auf der einen Seite erst dann wahrhaftig wertschätzen und wahrnehmen, wenn es sich auf der anderen Seite mit einer riesigen Portion Unglück vermischte?

Nein, sagte sich Thomas. Jetzt wurde er trotzig und wusste, dass er infantil reagierte. Aber er war schließlich auch kein Übermensch. Dass dieses Thema in ihm noch keine Ruhe geben würde, war ihm klar, und auf dieser Ebene war er wieder ganz rational.

Zum warmen Paprika hatte Darina ihnen einen Blumenkohlsalat bereitet. Das frisch gebackene Brot, das sie brachen und abwechselnd mit Knoblauch und buntem Salz aßen oder in dem gewürzten Ölsud tunkten, den die weißen Blumenkohlgebilde goldgelb zurückließen, hatte Darina von ihrer Nachbarin. Über den Zaun, der ihre Grundstücke voneinander trennte, reichten sich die Frauen in lockerer Abfolge, ohne jegliche Verpflichtung oftmals die eine oder andere Köstlichkeit herüber. Ihre Katzen profitierten von diesem pflegeleichten Miteinander, wurden sie doch nachbarschaftlich mitversorgt, wenn die eigenen Besitzer für längere Zeit ausschwärmen wollten.

Die in Weißwein geschmorte Hähnchenbrust hatte Darina mit gelbem Käse vom Schaf überbacken und mit Kräutern belegt. Die Portion auf seinem Teller war so groß, dass Thomas kaum wusste, wo er die gebackenen Kartoffelstücke unterbringen sollte. Erst jetzt merkte er, wie ausgehungert er war. Zwischendurch legte er das Besteck hin, um ihre Gläser zu füllen. Aus ihrem Bestand hatte er eine Flasche Mavrud Riton 2001 aus Assenovgrad geöffnet.

Seitdem ihr bevorzugter Supermarkt auch einen *Pikadili-Park* direkt an der Uferstraße eröffnet hatte, vergnügte sich Thomas so oft es ihm möglich war in der gut sortierten Abteilung mit den heimischen Traubengenüssen. Die Auswahl und das Angebot hatten sich von Jahr zu Jahr immer weiter entwickelt und mit ihnen seine Begeisterung. Den Sport, den er diesbezüglich betrieb, sie der Reihe nach durchzuprobieren, konnte er jedem empfehlen, der mit den Begriffen Maß und Disziplin umzugehen wusste. Eine solche

Betätigung war nichts für Hardcoretrinker. Nachdem Thomas es einmal angefangen hatte, seinem Freund Udo aus Hamburg den einen oder anderen Karton nach Deutschland zu übersenden, bettelte dieser geradezu nach immer neuem Stoff aus edlen bulgarischen Trauben.

Darina erzählte ihrem Mann von dem Treffen mit Stanka. Thomas mochte Stanka, ihr Befinden interessierte ihn.

„Es geht Stanka momentan überhaupt nicht gut", teilte sie ihm mit. „Sie war völlig aufgelöst und hat wie ein Schlosshund geweint."

„Was ist denn passiert?", fragte Thomas betroffen. Er kannte zwar in groben Zügen ihre unglückliche Beziehungsgeschichte, aber er hatte geglaubt, dass sie bereits der Vergangenheit angehörte.

„Nun", sagte Darina und fing an, ihrem Mann die Situation zu erklären. „Stanka hatte geglaubt, einen Verlust längst bewältigt zu haben und wird jetzt erneut damit konfrontiert. Das macht ihr zu schaffen."

„Willkommen im Club!", sagte Thomas leichthin, trotzdem war ihm anzumerken, dass er es nicht leichtfertig meinte. „Oder darf man es so nicht nennen?"

Beide reflektierten seine Worte und schwiegen.

Thomas legte erneut sein Besteck aus den Händen und verschränkte für eine Weile seine Hände vor sich.

„Doch, ich stimme dir zu", sagte Darina teilnahmsvoll, „aber dieser Club ist kein exklusiver Club für Auserwählte, sondern es ist einer, der alle Menschen irgendwie in sich vereint, findest du nicht?"

Als Thomas nichts sagte, fuhr sie mit weicher Stimme fort: „Vermutlich war dein Tag aber viel schwieriger zu bewältigen als meiner. Du siehst wirklich müde aus."

Darina befreite ihre Hände und stand auf, um ihren Mann zu umarmen. Er hielt ihre Hände, die sie ihm von hinten über seine Schultern legte, „willst du sprechen?“, fragte sie ihn leise.

„Ja, ich will sprechen. Nein, ich muss sogar sprechen“, korrigierte Thomas, „denn ich habe augenblicklich den Eindruck, dass ich mich permanent um die eigene Achse drehe. Und wenn ich erschöpfend darüber nachdenke, war ich heute auch immer wieder von Tränen umgeben, und zwar meinen eigenen ..., ja, ich muss sprechen“, wiederholte er nachdrücklich.

„Dann sprich mit mir“, forderte Darina ihren Mann auf, „aber geh erst in die Küche und hol uns noch eine Flasche Wein.“

Thomas Teller verschwand. Darina ersetzte ihn durch einen sauberen Dessertteller und legte ihm einen frischen Löffel dazu. Ihr Dessert, *Aschure,* gekochter Weizen mit Zucker, Rosinen, Zimt, Rosenwasser und Walnüssen angereichert, löffelten sie versunken in ihre Gedanken.

Die zweite Flasche Wein hatte Thomas auf dem Beistelltisch zwischen den beiden Sesseln nahe des Kamins abgestellt, in die sie sich nach ihrem Essen gemütlich vertiefen würden.

„Warum ist alles plötzlich so schlimm?“, sagte Thomas bedrückt.

„Plötzlich kann man wohl nicht mehr sagen, und ist es wirklich alles, was so schlimm ist?“, lautete Darinas Gegenfrage.

„Gute Antwort! Danke!“

„Gern geschehen.“

„Ich sollte wirklich genauer differenzieren.“

„Ich weiß was du meinst, es geht mir ähnlich. Das ist wahrscheinlich in einer solchen Lage so“, ließ sie Thomas wissen, „und du hast Recht, wir dürfen nicht alles miteinander vermischen.“ Darina hielt mit beiden Händen ein

Weinglas umfasst. Bedächtig betrachtete sie die rote Flüssigkeit, führte das Glas langsam ihren Lippen zu, nahm einen Schluck des Rebensaftes in ihrem Mund auf und ließ ihn langsam durch ihren Hals rinnen. Der Genuss, mit dem sie diese kleine Zeremonie vollzog, war ihr anzusehen. „Ich habe die Bücher gesehen. War Udo dabei behilflich, dass es so schnell ging?", sagte sie nach einer Weile, jetzt wieder ganz ihrem Mann zugewandt.

„Ja, sonst hätte ich länger warten müssen. Und? Was sagst du? Ist es eine gute Wahl?"

„Die Beste, die du treffen konntest."

„Du kennst sie?"

„Gott bewahre. Ich bin doch keine wandelnde Bibliothek. Einige ja, andere nicht. Aber die Thematik interessiert mich hochgradig."

„Drei habe ich schon gelesen", sagte Thomas, „das heißt, ich habe sie Ivan laut vorgelesen. Das zerreißt die Stille, wenn ich bei ihm bin."

„Das ist wunderbar."

„Findest du?"

„Unbedingt. Und es klingt ganz nach meinem Mann."

Darina verbarg den Gesichtsausdruck, der ihre Worte begleitete, indem sie ihr Glas erneut zum Mund führte und einen weiteren Schluck Wein durch ihre Kehle fließen ließ.

„Thomas!", Darina sprach ganz ruhig, „du weißt, wir haben keine Sicherheit und wir werden keine bekommen. Es gibt keine Sicherheit für uns und keine für Ivan. Aber du wirst mir in einem zustimmen." Aufmerksam betrachtete sie ihren Mann, bevor sie weitersprach. „Du kennst meinen Bruder mittlerweile aus den unterschiedlichsten Regsamkeiten. Du weißt um seine Höhen, und du wurdest mit seinen Tiefen konfrontiert. Er liebt dich ebenso, wie du ihn lieben gelernt hast. Ivan würde alles von uns wollen, aber niemals, dass wir so stark mitleiden und unser eigenes Leben vernachlässigen. Du kennst seine Sicht und seine Lebenseinstellung, ihr habt oft genug darüber gesprochen."

„Und oft genug darüber gestritten", ergänzte Thomas.

„Ja, auch das", seufzte Darina ein wenig übertrieben. „Für mich ist es ebenso unaushaltbar, mir vorzustellen, dass Ivan uns entrissen werden könnte. Aber es kann passieren, wir sollten darauf vorbereitet sein."

Darina hatte es ausgesprochen. Zum ersten Mal standen die Worte einer möglichen Wirklichkeit in ihrem Raum. Bisher hatten sie es vermieden, diesen Alptraum in Worte zu kleiden.

Keinem anderen Menschen hätte Thomas das zugestanden, nicht zu diesem Zeitpunkt. Seiner Frau gestand er es zu. Er wusste, wie sehr sie selbst an ihrem Bruder hing. Ihr Bruder und sie hatten Erfahrungen mit Verlusten. Gemeinsam hatten Darina und Ivan ihre Eltern zu Grabe getragen und mit ihnen gemeinsam ihre Großeltern. Seine Eltern lebten noch, sogar eine seiner Großmütter. Die Bewältigung der Verluste hatte Darina und Ivan einander näher gebracht. Thomas hatte auch eine Schwester, aber zu ihr hatte er nur relative Bezüge. Man achtete und respektierte sich, aber eine Nähe, wie er sie zwischen Darina und Ivan erlebte, hatte er nicht kennen gelernt, dazu war das Umfeld, in dem er aufgewachsen war, zu sehr auf andere Dinge ausgerichtet gewesen.

„Weißt du Thomas, was ich erlebe?"

„Nein, sag es mir."

„Als unser Vater und dann unsere Mutter verstarb, hatte ich auch meinen Schmerz und meine Trauer. Dennoch fühle ich einen Unterschied zu dem Schmerz, den ich wegen Ivan erlebe."

„Erklär mir das näher, ich will es besser verstehen."

„Unsere Eltern waren alt. Sie hatten ihr Leben gelebt. Vielleicht hört es sich für deine Ohren merkwürdig an, aber meine Mutter hat sich selbst aus ihrem Leben verabschiedet. Nachdem unser Vater gestorben war, verkündete sie eines Tages, das war ungefähr zwei Jahre nach Vaters Tod, sie habe beschlossen, zu sterben. Sie habe alles getan, und sie habe von allem genug. Sie wolle zu ihrem Mann gehen. Unbeschwert legte sie sich ins Bett und ist nach weniger als einer Woche ruhig und friedlich eingeschlafen. Ich konnte sie gehen lassen. Sie hatte keine Furcht und ihre entkrampfte Bereitschaft zu sterben, hat mir jede Angst vor dem Tod genommen.

„Wieso haben wir noch nie darüber gesprochen?“, fragte Thomas. Irgendwie fühlte er sich schuldig und meinte, dass er das doch längst hätte wissen sollen.

„Es gab nicht die passende Gelegenheit, Thomas. Jetzt ist es passend“, erwiderte Darina ruhig.

Thomas war beeindruckt. Das war eine Auseinandersetzung mit dem Tod, der er Bewunderung zollte.

„Ivan ist noch jung“, fuhr Darina fort. „Er ist immer so voller Dynamik. Sein ganzer Werdegang ist für mich der Inbegriff eines bewusst gewollten Wirkens. Und ich weiß, dass der Unterschied des Schmerzes in meinen Bewertungen liegt. Es sind meine persönlichen und egoistischen Ziele, mit denen ich an meinem Bruder festhalte und ihn nicht gehen lassen will. Das ist aber meine ureigene Aufgabe, und damit muss ich alleine fertig werden. Denn, was bedeutet es eigentlich, wenn ich sage, Ivan ist zu jung? Was bedeutet das konkret? Bedeutet es, er ist zu jung zum sterben? Wann ist man alt genug dazu?“ Auf Fragen wie diese gab es keine Antwort, dennoch wartete Darina ein wenig, bevor sie weitersprach: „Jeden Tag sterben Menschen, die jünger, schwächer, verletzter oder ausgehungerter sind. Woher wissen wir, was Ivan will, und ob er überhaupt noch will? Womöglich gibt es dort, wo er ist, das Angebot, sich zu entscheiden?“

Thomas glaubte, sich verhört zu haben. „Willst du damit sagen, dass Ivan die Entscheidung zu treffen hat, ob er ins Leben zurückkehren will oder nicht?“

„Wer oder was sagt uns, dass es nicht so ist?“

Darauf konnte Thomas nichts sagen. Der Tiefgang des Gespräches, in den ihn seine Frau geradezu spielerisch hineingezogen hatte, war ein Teil ihrer Persönlichkeit, der ihn ohne Unterlass faszinierte. Niemals beschwerte Darina ihre Gedanken mit einer absoluten Gewissheit. Immer war sie bereit, ihre Betrachtungen bedenkenlos durchleuchten zu lassen. Leichterdings konnte sich Thomas auf ihre Gedankengänge einlassen, weil ihnen nicht die letzte Wahrheit anhafteten.

Darina ließ eine Pause entstehen: „und, was denkst du?“, fragte sie nach einer Weile.

„Man muss sich von sich selbst nicht alles gefallen lassen!“, sagte Thomas.

„Wie bitte?“, Darina verstand nicht auf Anhieb, was Thomas damit sagen wollte, aber die Redewendung erheiterte sie. Sie lachte. Das wiederum gefiel ihrem Mann.

„Nun“, erklärte Thomas, „das ist eine *der* Kernaussagen, die ein gewisser Viktor Frankl in den Mittelpunkt seiner Betrachtungen von Lebenskrisen gestellt hat“, ergänzte er „und dieser Satz macht mir echt zu schaffen! So weit ich es nach der Lektüre der ersten Bücher richtig begriffen habe, geht dieser Frankl davon aus, dass es in uns Menschen eine Ebene gibt, die über unseren Körper und unsere Seele hinausgeht. Er nennt sie die Ebene der geistigen Dimension. Dafür hat er sogar einen Begriff geschaffen.“ Thomas schnipste kurz mit der Hand durch die Luft, um seiner Suche auf die Sprünge zu helfen. „Jetzt hab ich ihn wieder“, freute er sich nach seiner kurzen Gedankenpause. „Frankl nennt diese Dimension „noogen“. Er behauptet, wir Menschen sind in der Lage, zu unserer noogenen Dimension durchzudringen, und wir können zu einer Kenntnis gelangen, die uns hilft, schwierige Umstände aus einer erweiterten Perspektive zu betrachten.“

Thomas unterbrach seine Rede, um zu sehen, wie seine Frau auf das, was er gerade offenbart hatte, reagierte. Er sah ihr Antlitz und ihre Bereitschaft, ihm alle Aufmerksamkeit zu schenken, die er sich wünschte. „Das heißt, wir sind streng genommen aus eigener Kraft in der Lage, ein unaushaltbares Leiden in eine aushaltbare Leistung zu verwandeln.“ Um beim Sprechen noch denken zu können, und um alles abzurufen, was er zu diesem Thema gelesen hatte, sprach Thomas ungewohnt langsam.

„Und?“, fragte Darina, „gefällt dir eine solche Betrachtung?“

„Es ist nicht die Frage, ob es mir gefällt.“, entgegnete Thomas seiner Frau. „Beim Lesen verspürte ich das Empfinden von Richtigkeit, das war mir erst einmal genug. Und dieser Frankl muss wissen, wovon er spricht.“

„Ach so, und warum?“, fragte Darina neugierig.

„Im zweiten Weltkrieg war er als Jude in vier verschiedenen Konzentrationslagern. Er hat sie überlebt. Seine Familie und seine Frau nicht. Über diese Zeit hat er ein Buch verfasst.“ Thomas Stimme machte den Respekt und die Würdigung deutlich: „Das Buch verkaufte sich alleine in Amerika über zehn Millionen mal und wurde weltweit in sechsundzwanzig Sprachen übersetzt[45]. Es ist unfassbar, was dieser Mensch durchlitten hat. Man muss diesen Menschen als Autorität zitieren, wenn man sich mit den Themen Verlust und Sinn seriös auseinander setzt.“ Nur zu gut erinnerte sich Thomas daran, dass die Schilderungen des Autoren ihn vollständig gefesselt hatten. Die aufwühlende Lektüre hatte ihn eine zeitlang den Klauen seines eigenen Schmerzes entrissen.

„Du wirst keine einzige Anklage finden, wenn er über das Leid berichtet, das man ihm, seinen Angehörigen und seinen Lagergenossen zufügte. Es ist aber kein beifallheischendes Geschreibsel, das sich in Selbstmitleid ergießt. Es ist eine schlichte Darstellung, die dir gehörig unter die Haut geht und die dich gnadenlos mit dir selbst konfrontiert."

Darina spürte die Ernsthaftigkeit in den Worten ihres Mannes. Es musste so sein, wie er es empfand.

„Aus seinen Betrachtungen hat er eine Lehre entwickelt: die Logotherapie und Existenzanalyse", erklärte Thomas, „man nennt sie die dritte Wiener Schule nach Freud und Adler. Es ist eine auf den Sinn des Lebens zentrierte Psychotherapie."

„Was bedeutet Logotherapie also präzise?", fragte Darina, „ich kenne nur Logopädie", fiel ihr dazu ein.

„Ja, diese Verwechslung gibt es häufig. Aber Logopädie ist eine Wortheilkunde, die Sprachstörungen behandelt, die Logotherapie spricht Menschen in Sinn- und Orientierungskrisen an. Plakativ hat Frankl gerne gesagt, dass es eine Sinnlehre gegen die Sinnleere ist, die er betreibt."

„Und, bist du in einer solchen Krise?", fragte Darina ihren Mann.

„Worauf du dich verlassen kannst", sagte Thomas, „und es ist grauenvoll."

„Kannst du dann für uns beide alles Wissen dieser Logosowieso aufnehmen und mich daran gleichfalls teilhaben lassen?", eindringlich und mitfühlend sprach Darina zu ihrem Mann.

„Ja, das mache ich." Thomas versprach es. „Und weißt du was?"

„Nein, was soll ich wissen?"

„Ich habe mich heute einiger Gespräche erinnert, die ich in der Vergangenheit mit Ivan geführt habe, und auch deine Umgangsweise mit Verlust zeigt mir, dass ihr beide in natürlicher und authentischer Weise einen Teil dieses Denkens lebt. Ich kann das erst unzureichend in Worte fassen, aber ich spüre eine Übereinkunft mit dem, was dieser Frankl als Gedankengut anbietet, und dem, was Ivan und du, jeder auf seine unnachahmliche Art und Weise, durch seine Haltung zum Leben ausdrückt. Der Gründervater der Logotherapie schärft mit seinem Gedankenangebot die Erkenntnisfähigkeit des eigenen Bewusstseins. Das wiederum hilft einer inneren Haltung näher zu kommen, die Orientierung bietet und sich in schwierigen Phasen bewähren kann."

„Das heißt, es geht dabei auch um Werte?", fragte Darina.

„Ja, unbedingt", erklärte Thomas, „und zwar präzise um die Bewertung von Werten. Werte, die uns umgeben, Werte, die uns prägen, und Werte, für die wir uns einsetzen." Mit einem Zug leerte Thomas sein Glas Wein, als könne die Flüssigkeit seinen neu entfachten Wissensdurst nähren. „Und das Unglaublichste habe ich dir noch gar nicht gesagt." Überrascht schaute Thomas auf die zweite Flasche Wein, als hätte sich diese durch Zauberhand geleert, dann auf ihre Gläser, bevor er Darina fragte: „schaffen wir noch eine?"

„Aber immer!", bestätigte sie, „beende aber erst deinen Gedanken. Was ist das Unglaublichste?"

„Viktor Frankl ist ein Anhänger und Verfechter davon, Leben unter allen Umständen mit Humor zu würzen und ihn in alles zu integrieren.

Das geht aber nicht auf Kosten der Ernsthaftigkeit, sondern es zielt auf den notwendigen Abstand, den man dabei erfährt, der hilfreich sein kann, die Korrektur eigener Einstellungen zu bewältigen. Und selbstredend ist es der leidende Mensch, der in die Lage versetzt werden soll, zu seinem Lachen zurück zu finden, und nicht ein behandelnder Therapeut", ergänzte Thomas. Angestrengt überlegte er, ob Viktor Frankl mit der rudimentären Wiedergabe seiner Logotherapie und Existenzanalyse zufrieden gewesen wäre. Er beschied, dass dieser ihm seine Zustimmung bestimmt nicht verweigern würde, erfolgte die kleine Darstellung über das Wirken dieses Mannes doch in tiefer Würdigung seiner Verdienste. Um so bedauerlicher war für Thomas die Tatsache, dass er diesem Menschen nie mehr persönlich begegnen konnte, verstarb er doch im Jahre neunzehnhundertsiebenundneunzig im Alter von zweiundneunzig Jahren.

„Darina, ich bin noch nicht so weit", noch bin ich ein stümperhafter Einstiegskandidat. Von einunddreißig verfassten Frankl-Büchern habe ich erst wenige gelesen. Vieles muss ich wiederholen, weil ich es zu gierig unter dem Druck meines eigenen Leidens konsumiert habe." Thomas Stimme wurde leise, im Flüsterton fuhr er fort: „Dieser gottverfluchte und geliebte Ivan hat mich mit einer Seite meines Lebens zusammengebracht, der ich mich freiwillig nicht gestellt hätte", bekannte er aufrichtig. Thomas schluckte, „aber ich hatte keine Wahl. Und nun? Nachdem ich mich anfangs mit der typischen Euphorie eines Leseanfängers auf eine Theorie stürzte und sie umklammerte, weil sie mir Halt in Aussicht stellte, den ich dringend suchte, und ich keine Kraft mehr hatte, wegzulaufen, nehme ich wahrhaftig an meiner eigenen Veränderung teil. Diese Veränderung lässt mich zwar nicht direkt in den Himmel aufsteigen, aber bei aller Schwere verspüre ich deutlich eine neue Wahrnehmung in mir. Auch wenn mir im Leben keine Flügel wie bei einem Vogel wachsen werden, möchte ich diese Empfindungen von Richtigkeit komfortabel in mir ausbauen." Hatte er das wirklich alles gesagt?, Thomas schaute ein wenig verlegen. Die unverstellte Offenbarung seiner Innenwelt war ihm noch nicht ganz geheuer. Seine Frau war vor Überraschung oder Schreck jedenfalls nicht aus dem Sessel gefallen, zu sehr abgehoben und unverständlich konnte er sich also nicht ausgedrückt haben. Oder sollte er Darinas Verhalten nicht als repräsentativ zugrunde legen?

„Ja“, forderte Darina ihren Mann auf, burschikoser als es ihre Art war, „schwing dich in die Lüfte, und hole uns den Wein.“

„Ich bin gleich wieder da!“

Sekundenschnell war Thomas mit einer weiteren Flasche zurück. Konzentriert beschäftigte er sich mit dem Öffnen der Flasche. In aller Ruhe löste er den Korken, der sich mit einem hörbaren „blubb“ aus der Enge des Halses befreite.

„Weißt du,“ fuhr er fort, „Ivan und du, ihr beide seid für mich auf besondere Weise Lebens-Sinn-Experten und ich, ich werde mich beeilen, den Abstand zu euch zu verkürzen“, erklärte Thomas feierlich, während er ihre Gläser füllte. „Du wirst mir bestätigen, was die Verbindung von Humor und Intelligenz anbetrifft, ist dein Bruder ein selten wirkendes Exemplar, wie ein vierblättriges Kleeblatt auf einer Sommerwiese.“

Darina bestätigte es gerne.

„Willst du eine von den Anekdoten hören, die dieser Sinn-Papst auf seinen Vorträgen immer wieder zum Besten gab?“
„Ich will nicht nur eine hören, ich will sie alle hören“, forderte Darina ihren Mann auf.

„Oh, tut mir leid. Für heute Abend habe ich nur eine parat“, gut gelaunt über das unaufhaltsame Interesse seiner Frau, lächelte Thomas zurück. „Frankl wurde bei einem Vortrag von einem jungen Mann attackiert: „Herr Frankl, Sie sprechen auch von Sexualität, aber wie kann ein Professor, der den ganzen Tag im Seminar hockt oder mit Vorlesungen ausgelastet ist, ein gesundes und natürliches Sexualleben führen oder gar für ein solches Verständnis haben?"

Wissen Sie, lieber Freund, hatte Frankl erwidert, „Ihre Diskussionsbemerkung erinnert mich an einen alten Wiener Witz: Jemand trifft einen Bäckermeister und erfährt von ihm, dass er zehn Kinder hat; woraufhin er ihn fragt: „Sagen Sie, wann backen Sie eigentlich?"

Das Publikum lachte und Frankl setzte fort: „Genauso kommen Sie mir vor: „Sie bezweifeln, dass jemand, der sich tagsüber mit seinen akademischen Verpflichtungen abgibt, dennoch des Nachts ein normales Sexualleben führen kann."[46]

„Thomas?"

„Ja, mein Schatz?"

„Ich möchte ein *mobifon.*" Unbekümmert öffnete Darina ein neues Türchen ihrer abendlichen Unterhaltungspalette.

„Du willst was?"

„Ja, du hast richtig gehört. Ich möchte ein *mobifon.*"

„Gerne, kauf dir eines. Kauf dir so viele, wie du willst."

„Nein, eins reicht mir."

„Du hast deine Meinung geändert?"

„Ja, ich habe meine Meinung geändert."

„Was ist der Grund?"

„Das hat mit Stanka zu tun."

„Aha! Bekomme ich weitere Erläuterungen oder muss ich mich mit diesem Fragment zufrieden geben?"

„Ich will wie Stanka erotische Kurzmitteilungen zugesandt erhalten."

„Und dazu brauchst du ein *mobifon*?"

Thomas gefiel die Richtung, die seine Frau einschlug. Er wollte diesen Weg mitgehen.

„Wie erotisch sollen denn die Kurzmitteilungen an dich sein?„Erotisch-erotisch oder dürfen sie ein wenig schweinisch-erotisch sein?", provozierte Thomas seine Frau.

„Thomas, du bist ein Schwein.“

„Worauf du dich verlassen kannst.“ Es klang verheißungsvoll. „Komm, meine geliebte Verrückte“, lockte Thomas seine Frau aus ihrem Sessel hervor. „Ich werde dir meine Auswahl an erotischen Kurzmitteilungen unmittelbar präsentieren und im direkten Kontakt überprüfen, auf welcher Frequenz du sie am besten empfängst.“

14.

Da die beiden Polizisten, die ihn um Auskunft ersucht hatten, im aktiven Wirken von Dr. Milen Stalev keine Rolle spielten, vergaß er deren Anliegen mit dem Verlassen seiner Klinik, oder er verdrängte es zumindest. Die kleine Unrichtigkeit, die er sich bei der Befragung erlaubte, war für ihn belanglos, hatte sie doch mit dem tragischen Vorfall nicht das Geringste zu tun. Er hoffte inständig, dass dieser baldmöglichst aufgeklärt wurde. Das hatte ihm gerade noch gefehlt. Negative Schlagzeilen rund um seinen neuen Standort waren für das Image seines jungfräulichen Unternehmens nicht gerade die Unterstützung, nach der er sich sehnte. „Cilva?", rief er über den Flur. „Was ist mit unserer Computeranlage?"

„Tut mir leid, Milen. Die Firma, die uns die Anlage geliefert hat, kann sich das Problem in unserer Software nicht erklären. Ein Mitarbeiter ist seit Stunden damit beschäftigt, die Ursache zu finden."

„Okay, ich verstehe. Wir müssen einen externen Experten kommen lassen. Haben wir so einen in der Stadt?"

„Keine Ahnung, aber ich werde versuchen, es herauszufinden."

„Bitte mache das. Wann kommt die nächste Patientin?"

„Um drei Uhr."

Der Blick auf die Armbanduhr zeigte ihm, dass es genügend Spielraum gab, sich noch um einen anderen Patienten zu kümmern. Im Vorbeigehen lächelte er dem Goldstück hinter dem Tresen zu. Seine Sekretärin hatte wirklich eine gute Wahl mit der Rezeptionistin getroffen. Ein besseres Aushängeschild hätten sie nicht finden können. Diese junge Frau bewegte sich in einem Körper, der makellos war, wobei ihr

Alter nicht außer Acht gelassen werden durfte. Sie war nahe an dem Ideal, nach dem sich viele Frauen sehnten. Es war also nur eine Frage der Zeit, bis die erste Patientin mit dem Hinweis auf die Figur seiner Empfangsdame ihre Vorstellungen konkret hinterlegte und mit seiner Hilfe verwirklicht wissen wollte. Cilva, seiner Sekretärin, hatte er alle diesbezüglichen Wünsche erfüllt. Die kleinen Schwachstellen, die sich mit zunehmenden Alter und nachlassendem Bindegewebe einstellten, hatte er bereits kompensiert. Dafür würde sie seinen Patientinnen unbefangen zeigen, wie komplikationslos die Schönheitschirurgie arbeiten konnte. Bilder sprechen ohne Worte, und DVD-Clips setzte er ebenso ein, um seine Arbeit eingehend zu erklären, aber ein leibliches Modell vor sich zu haben, war immer noch das überzeugendste Argument. Und gescheit ist sie obendrein, konstatierte Milen zufrieden. Er hatte den Trakt mit den Zimmern erreicht, die für ausgesuchte VIP-Patienten bereit standen. In seiner Hosentasche fingerte er nach der kleinen Chipkarte, um den Raum zu öffnen. Die Vertikallamellen hielten den Raum diskret verschlossen. Der Patient ruhte in seinem Krankenbett.

„Und, wie sieht es aus?“, fragte er den Hereinkommenden.

„Das kann ich noch nicht abschätzen. Ich hatte dir doch erklärt, dass eine Vielzahl von Eingriffen notwendig wird.“

„Ja, aber dieses Rumliegen macht mich total verrückt.“

„Das kann ich verstehen. Aber das ist der Preis“, rutschte es Milen heraus.

„Ja, ich weiß. Und ich weiß, was du für mich tust.“

„Weißt du das?“

„Ja, aber vergiss nicht, ich tue auch etwas für dich.“

„Allerdings.“

„Fehlt dir irgendetwas?“

„Nein. Ich habe alles.“

Aus dem Nebenraum des Doppelzimmers drangen Geräusche zu ihnen herüber. Die Tür öffnete sich. Milen begrüßte den Eintretenden mit einer Kopfbewegung. Was für seine Bewertung wichtig war, nahm er in Augenschein. Mit den Worten, „ich komme heute Abend wieder vorbei, um den Verband zu wechseln“, verließ er den Raum.

Zurück im Büro studierte er noch einmal das Patientenblatt, schaute auf die angefertigten Digital-Aufnahmen und schrieb unleserliche Kürzel auf ein formularähnliches Blatt.

Das Telefon läutete dreimal, bevor er den Hörer ergriff. Er meldete sich mit seinem Namen. „Ich komme“, sprach er in die Muschel. Bevor er sich erhob, faltete er das Blatt und steckte es in die Innenseite der Patientenakte zurück. Die nächste Patientin war eingetroffen. Er hatte es sich schon in seiner alten Praxis in der Stadt zur Gewohnheit werden lassen, seine Patienten direkt am Empfang persönlich zu begrüßen, bevor sie seine Gemächer betraten. Dieses Verhalten war charmant und es schmeichelte, darüber hinaus baute es erste Hemmschwellen ab. Milen machte sich nichts vor. Die meisten Menschen, Männer wie Frauen, die ihn aufsuchten, kamen in letzter Konsequenz aus einem einzigen Grund zu ihm. Ein Grund, den man als das größte menschliche Laster bezeichnen konnte, und dem die Menschheit seit Menschengedenken verfallen war: ihre persönliche Eitelkeit.

15.

„Wonach suchen wir?“, erkundigte sich Vlado bei Thomas.

„Keine Ahnung. Irgendetwas im Zusammenhang mit der Klinik und den anderen Investoren“, warf Thomas ein. Er machte eine ausladende Geste, die verdeutlichen sollte, dass er alles und nichts meinte.

„Magst du Mittagessen gehen?“, fragte Vlado seinen Kollegen, und er merkte, wie leicht es ihm fiel, immer unbefangener mit seinem Kollegen umzugehen.

Thomas hatte den Vormittag im Krankenhaus verbracht. Es war kurz vor ein Uhr, ideal für eine *potschiwka*[47].

„Gute Idee.“

„Gehen wir zu *Trops kuschta* [48]?“

„Noch bessere Idee.“

Der Weg bis zu dem Schnellrestaurant war nicht weit von ihrem Büro. Die Konzeption, bulgarische Hausmannskost á la Kantinencharakter anzubieten, hatte sich schnell etabliert. Jeden Tag konnte man dort von früh bis spät Gäste antreffen, die sich an der langen Theke bequem ihre Mahlzeiten zusammenstellen ließen und mit roten Tabletts beladen, einen Platz in den Räumlichkeiten gefunden hatten. Mittags wurde es immer voll. Es war ein Ort, der nicht nur vom arbeitenden Volk als Treffpunkt genutzt wurde. Man konnte die unterschiedlichsten Leute zu den unterschiedlichsten Zeiten sehen. Rentner kamen häufig mit blechernen Etageren, um sich die preiswerten Speisen für zu Hause einfüllen zu lassen. Schüler und Studenten waren ein gewohntes Bild. Sogar Touristen verirrten sich in den Sommermonaten in diese Stätte. Ihre Neugier zog sie an, um herauszufinden, was die Ursache für das Gedränge war, das in der Mittagszeit bis auf die Straße quillte. Wer nicht mit einem farbigen Plastik-bändchen am Handgelenk plombiert war, weil er sich nicht All inklusive verbucht hatte, konnte sogar in der Schlange der Hungrigen gesichtet werden, um sich wie ein Einheimi-scher unter das Volk zu mischen.

„*Varnentsi snajat saschto!*[49]", hatte Thomas den Werbeslogan seines Supermarktes auf das Restaurant umgemünzt, obwohl man sie auch in anderen Städten finden konnte. Die kleine Schlagfertigkeit fand sogar unter Ivans Augen Gnade. Sie war zutreffend und brauchte nicht weiter kommentiert werden. Thomas mochte die Betriebsamkeit, die von seinen Mitmenschen aus ging. Wenn er alleine kam, gefiel es ihm, Gesprächsfetzen seiner Tischnachbarn aufzufangen, um sein Repertoire umgangssprachlicher Äußerungen kontinuierlich zu erweitern.

Die angebotenen Speisen hatte er alle durchprobiert. Einige kürte er zu Lieblingsgerichten, worunter alle Gerichte fielen, die auf der Basis von Kartoffeln aufbauten. Andere kamen über die Probierphase nicht hinaus und wurden kategorisch gestrichen.

Dazu gehörte eine Suppe: *Schkembe tschorba.*

Auf diese klare Suppe mit klein geschnittenen Magenteilen von Lämmern, musste man als Säugling konditioniert werden, um sie als Erwachsener ohne Zwang essen zu können, verfügte Thomas nach einem wiederholten, aber definitiv letzten Versuch. Trotzdem war er froh, sich dem Selbsttest so tapfer ausgesetzt zu haben. Denn er lieferte ihm das schlagende Argument, das er benötigte, als sein Freund Udo ihn irgendwann lästerlich aufzog, ob er nicht allmählich doch ein klein wenig zu verträumt mit seinen bulgarischen Vorlieben umginge. Prompt servierte Thomas ihm die Suppe, und um allen weiteren Unterstellungen ein für alle Male den Garaus zu machen, legte er triumphierend nach und verwies auf eine weitere begehrte Speise bulgarischer Männer, panierte Zunge zu essen. Eine Vorliebe, die er weder teilte noch jemals zu teilen gedachte. In diesem Fall ließ er sogar die Tatsache entschuldigend unberücksichtigt, dass er Zunge weder paniert noch sonst wie serviert, probiert hatte. Zunge stand nicht auf seinem Programm. Bei *Trops* gab es keine Zunge.

Thomas wählte ein Gericht mit Kartoffeln, mit weißem Käse gefüllt, mit gelbem Käse überbacken und serviert mit frischer Petersilie. Dazu ließ er sich zwei halbe Portionen Salat auf einen Teller füllen und bestellte das obligatorische große Glas *Ajrjan*[50] dazu.

Vlado brauchte Fleisch. Sein Teller quillte über von Grillspezialitäten, vorweg nahm er einen Salat aus fein geraspelten Möhren und weißem Kohl. „Meine Frau kocht heute Abend nicht. Sie ist nicht da", entschuldigte er seinen Fleischbedarf vorweg, ohne dass Thomas sich dazu geäußert hatte.

Sie fanden einen Platz am Fenster und setzten sich nebeneinander. Beide hatten sie einen gleich guten Blick auf die übrigen Gäste im Innenraum. An verschiedenen Plätzen gab es Mikrowellengeräte für diejenigen, die ihre Gerichte erhitzen wollten. Übergangsweise hatte sich Thomas in ihrer Nähe positioniert, um herauszufinden, wie viele Bulgaren sie in Anspruch nahmen. Das Ergebnis hinterlegte repräsentativ, was mittlerweile in jedem bulgarischen Reiseführer zu finden war: Bulgaren essen ihre gekochten Speisen mit Vorliebe lauwarm, viele sogar völlig erkaltet. Dass das lauwarme Essen für den Magen bekömmlicher und verträglicher war, würde Thomas jedem, der ihn danach befragte, bestätigen können. Völlig erkaltet mochte er die Speisen nicht; es gab keinen Grund sich darüber zu beklagen, er wurde damit nicht konfrontiert.

Thomas und Vlado waren mit ihrem Essen beschäftigt.

Sie sprachen kaum. Allenfalls wurde der eine oder andere Gast mit ihrer Aufmerksamkeit bedacht. Irgendwann sichtete Thomas zwei Kollegen aus ihrer Polizeidienststelle, die sich mit der Auswahl ihrer Speisen an der langen Theke beschäftigten. Als einer sich umdrehte und sie entdeckte, begrüßten sie sich.

„*Ima li neschto nowo?*[51] rief einer von ihnen herüber.

„*Ne, njama nischto nowo!*[52], erwiderte Thomas.

„Wir telefonieren“, signalisierte der andere mit unverwechselbarer Geste. Wie auf Kommando schüttelten Vlado und Thomas übereinstimmend ihre Köpfe.

Nach ihrem schmackhaften Mittagsmahl machten sie sich auf den Rückweg. Unterwegs besprachen sie noch einmal den gegenwärtigen Sachstand ihres Falles und überlegten, was es sonst noch zusätzlich zu erforschen galt oder wie sie sich den Fragen nähern sollten, die sie niemandem zu beantworten wussten, noch nicht einmal sich selbst.

Es stand nicht zu befürchten, dass sich die Presse mit dem Vorfall weiterhin beschäftigte oder die Frage aufstellte, wie man einen solchen Anschlag auf die Exekutive der Staatsgewalt überhaupt verfolgte.

Das Bild der Polizei war in der öffentlichen Wahrnehmung noch immer erheblich belastet. Zu viel war durch zu viele korrupte Beamte in der Vergangenheit zerstört worden. Der Amtsmissbrauch, den Menschen am eigenen Leib erleiden mussten, war nicht so schnell aus den Knochen zu lösen. Wer nicht dem sozialen Areal der Betroffenen angehörte, nahm wenig Anteil an dem menschlichen Schicksal, das die Pressemitteilung aufgedeckt hatte.

Stunden schienen vergangen, als Thomas und Vlado wieder in ihr Büro zurückkehrten, aber sie waren kaum mehr als eine Stunde fort gewesen.

Ivan war immer schneller, fiel Thomas ein, wenn es

darum ging, nach einer gemeinsam verbrachten Mittagspause für einen genussvollen Kaffee zu sorgen. Thomas ließ sich hinter seinem Schreibtisch nieder. Die gängigen Telefonnummern der umliegenden Cafés mit Lieferservice hatte auch er sich im Laufe der Jahre in seinem Gedächtnis abgespeichert. Thomas hatte Vlado nicht angeboten, den Arbeitsplatz von Ivan zu besetzen, und Vlado hatte mit keinem Wort darum ersucht. Auch wenn es für ihre gemeinsame Arbeit bequemer wäre, wenn sie sich gegenüber sitzen würden. Thomas hatte Kaffee geordert. Sie trafen sich in ihrem Konferenzraum.

An und für sich ist es ein Gebot der Logik, dass jede Aufgabe und ihre Durchführung einfacher wird, je öfter man sie wiederholt. Und das, was sie in diesem Fall zu tun hatten, hatten sie viele Male wiederholt. Wäre es in ihrem Fall besser, wenn sich Kollegen um den Fall kümmerten, die emotional nicht so beteiligt wären, überlegte Thomas?

Er erkannte, dass sich jeder Arbeitsgang unerträglich in die Länge schob. Oder liegt das alles nur an meiner subjektiven Wahrnehmung?, fragt er sich. Dass die Spurenexperten und die Fotografen an diesem Fall nur am Rande zum Einsatz gekommen waren, lag nicht an ihrem Unvermögen. Und welcher Kollege wäre bei seinem Vorgehen nicht doch irgendwie beteiligt? Ivan war in ihrem Haus bekannt wie ein bunter Hund. Und wenn er es nicht wäre, in einem Fall wie dem ihren gab es keine Unbeteiligten. Jeder wusste, dass er es sein konnte: tot und begraben zu sein wie Krassimir, oder halb tot im Koma zu liegen wie Ivan.

„*Da sapotschwame*[53]“, eröffnete Thomas die Besprechung und zückte sein Notizbuch. „Ich will ein sorgfältiges Profil von Dr. Stalev. Wer ist er und wer sind seine Patienten? Wer oder wie finanziert er seinen Luxustempel? Wer sind seine Freunde und wer sind seine Feinde? Einfach alles.

Wir benötigen eine umfassende lückenlose Auflistung, wer und warum am fraglichen Tage in oder um die Klinik herum beschäftigt war. Jeder Einzelne von ihnen soll noch einmal befragt werden. Es kann nicht sein, dass niemand etwas von der Schießerei mitbekommen hat. Irgendjemand muss etwas gesehen haben. Ein Auto, einen Eselkarren oder sonst irgendein Gefährt. Die Schüsse, die durch die Luft flogen, bevor sie ihre Opfer trafen, fielen nicht in einem luftleeren Raum."

Thomas blätterte in seinen Notizen, hakte den einen Punkt ab, griff den nächsten auf: „Ich will einen detaillierten Plan über die letzten Stunden von Ivan und Krassimir."

Vlado strengte sich an, alles so schnell aufzuschreiben, wie Thomas es formulierte.

„Wir müssen herausfinden, warum die Klinik den Zuschlag in der Standortfrage erhalten hat und nicht die beiden anderen Investoren. Wir sollten in Erfahrung bringen, wer hinter den anderen Investoren steckt und was sie sonst noch treiben." „Fällt dir noch etwas ein?", Thomas Blick richtete sich wissbegierig auf seinen Kollegen.

„Nein."

„Sicher?"

„Ganz sicher."

Thomas klappte das Notizbuch zusammen. „Das reicht auch."

Er stand auf und ging zurück über den Flur in sein Arbeitszimmer.

„Thomas, mir ist noch etwas eingefallen", Vlado hastete ihm entgegen. „Was ist mit den Angaben aus dem Computer?"

„*Uschass*", rief Thomas, „die habe ich vergessen. Gut, dass du mich daran erinnerst." Von neuem kramte er seine Notizen hervor, durchwühlte die beschriebenen Seiten bis er seine Hieroglyphen fand.

„Da sind sie ja“, Thomas war erleichtert. Er riss die gesuchte Seite heraus und reichte sie dem wartenden Kollegen. „Ich habe die Konfiguration des Computers aufgeschrieben. Lass sie Dimo irgendwie zukommen. Ihm fällt dazu bestimmt etwas ein.“ Warum er sich so sicher war, dass die Klinik irgendwie mit dem Attentat in Verbindung stand, vermochte Thomas nicht zu erklären. Nüchtern und rein objektiv betrachtet, gab es null Indizien dafür. Warum die Klinik, und warum nicht eines der beiden anderen Projekte, die gleich nah oder weit vom Tatort entfernt waren?

War er überhaupt auf dem falschen Dampfer, und wünschte er sich diese Verbindung nur herbei, weil sie sonst gar nichts hatten? Hatte ihn sein vermeintliches Radarsystem nicht oft genug getrogen und in die Irre laufen lassen? Und dass es ein Fehler war, mit all zu vorgefassten Meinungen an eine Ermittlung heranzugehen, gehörte in die Kategorie typischer Anfängerfehler. Und doch. Bis in die Knochen spürte er, dass die Klinik irgendein Schlüssel war. Und solange ihn niemand vom Gegenteil überzeugte, würde ihn nichts und niemand daran hindern, das Schloss seiner Verdächtigungen aufrecht zu erhalten.

Unschlüssig lief Thomas in seinem Arbeitszimmer auf und ab. So klar und direkt wie er Vlado mit seinen Arbeitsaufträgen bedacht hatte, so klar und eindeutig sollte er sich seinen eigenen Verpflichtungen widmen. Weder wollte er aber noch länger im Büro verweilen, noch hatte er Lust, sich dem Wust der Papiere anzunehmen, die geduldig und unverrückt anfingen, ein unausgewogenes Gebilde auf seinem Schreibtisch entstehen zu lassen. Heilfroh hechtete er auf das klingelnde Telefon zu, das die Stille des Raumes durchbrach.

„Thomas? Ich bin es, Dimo. Kannst du sprechen?“

„Ja, ich kann. Was gibt es?"

„Vlado hat mir gerade die Computerangaben mitgeteilt."

„Und was ist damit?"

„Vor etwa zwei Stunden haben wir einen Anruf erhalten, dass eine Klinik am Goldstrand dringend einen Computer-Spezialisten sucht, weil sie irgendwelche Probleme mit ihrem Intranet hat."

„Rufst du von deinem Büro aus an oder bist du unterwegs?"

„Nein, ich bin im Büro."

„In welchem?"

„Im Neuen."

„Kann ich kommen?"

„Unbedingt!"

„Gut. Ich bin gleich bei dir."

Thomas legte den Hörer auf die Gabel, warf einen geringschätzigen Blick auf den unberührten Papierberg und verließ eilig den Raum.

Er ging über den Platz der Unabhängigkeit, vorbei an dem Kaufhaus, dann wandte Thomas sich nach rechts, um die Abkürzung über die *Uliza Chopin*[54] zu nehmen. Völlig aberwitzig wäre es gewesen, die kurze Wegstrecke mit dem Auto zu bewältigen. Die Veränderungen im Lande konnte man auch an dem erhöhten Verkehrsaufkommen deutlich ablesen. Bei immer mehr Autos stellt die unverändert gebliebene Anzahl der Parkplätze eine echte Herausforderung an ihre Fahrer dar. Die Stadtverwaltung hatte schnell erkannt, dass sich mit dem Abschleppen von Fahrzeugen gutes und schnelles Geld verdienen ließ. Thomas hatte erlebt, in welcher Geschwindigkeit die Behörden an dieser Stelle zu reagieren in der Lage waren. Eine Frau hatte mit Hilfe ihres *mobifons* ihren Unmut lautstark kund getan, als sie ihre Garage nicht öffnen konnte, weil diese von einem fremden

Auto versperrt wurde. Nach wenigen Minuten erschien ein Abschleppwagen nebst Dienstfahrzeug, hievte geradezu professionell das Fahrzeug auf die Ladefläche des Lasters, um es an einen Ort außerhalb der Stadt zu überführen. Um allen Ein- und Ausreden des Halters vorzubeugen, waren die Uniformierten mit Digitalkameras bewaffnet, die Ort, Datum und Uhrzeit mit der Auslösesequenz unwiderlegbar und beweiskräftig porträtierten.

Thomas hatte sich angewöhnt, so oft es möglich war, seine Stadt zu Fuß zu durchwandern. Auf diese Weise konnte er intensiv alle Veränderungen seiner Stadt nachvollziehen und erkennen.

In ungezählten Variationen hatte er mit Ivan Möglichkeiten für ihre Wetteinsätze gefunden. Irgendwann wurden diese Wetten zu einem festen Ritual. Die kleinen Geldeinsätze waren des Aufhebens nicht wert. Der Wert hing mit dem Spaß zusammen, den sie dabei hatten.

Mit Eifer hatten Sie eine Kollektion von Geschäftslokalen zu ihrem Spielfeld erklärt, die sich durch häufig wechselnde Pächter mit immer aberwitzigeren Geschäftsideen am Markt durchsetzen wollten. Wer mit seiner Einschätzung der zeitlichen Überlebensdauer am nächsten kam, hatte gewonnen. So sehr sie beide für den Fortschritt in ihrem Land und neue Innovationen zu begeistern waren, so sehr fanden sie sich in ihren Zweifeln bestätigt, ob wirklich alle Ideen in ein Geschäft umgemünzt werden mussten. In der Hochsaison konnte man diesem zweifelhaften Trend besonders stark begegnen.

Wollten die Touristen, für die die Auslagen hauptsächlich geschaffen wurden, wirklich einen solchen Schrott kaufen, für den der Begriff geschmacklos noch eine niedliche Umschreibung darstellte?

Kein Bulgare würde sich an der Anhäufung von Missbildungen aus Keramik, Holz oder anderen Rohstoffen vergreifen, denen man in der Sommerzeit an einschlägigen Plätzen nicht ausweichen konnte, geschweige, dass sie ihre sauer verdienten *Leva*[55] dafür hergaben.

Für das unverständliche Treiben ausländischer Besucher war die Jahreszeit aber noch nicht gekommen. Noch gehörte den Bewohnern ihre Stadt. An Tagen wie diesem wirkte sie trotz des verstärkten Verkehrs gemütlich ruhig und ein wenig verschlafen.

Thomas überließ es seinen Füßen den Weg zu bilden, um an sein Ziel zu gelangen. Das neue Bürohaus, in dem Dimo für seine Firma eine komplette Etage gekauft hatte, war das neue Herzstück seines Multiunternehmens. Es war ein architektonisches Schmuckstück. Das Interieur der Büros und sämtliche Geräte wurden allen technischen Standards nicht bloß gerecht, sondern ließen sie gelassen hinter sich.

Gleich nach der ersten Besichtigung war Thomas beeindruckt. Dimos Unternehmungen belegten seine Annahme, dass er in seinem eigenen Land erfolgreich sein konnte. Sein Einsatz und sein Wille war stark motiviert, das Ergebnis die logische Folge. Sein Unternehmen war auf Expansionskurs. Die Prosperität, die man sich überall wünschte, konnte man hier körperlich vernehmen. Der Mix: der Verkauf von Hardwareprodukten rund um den Computer, die Entwicklung unternehmensspezifischer Software und das Betreiben von Internetcafés hatten sich zu einem ertragreichen Cocktail zusammengefunden.

Mit Vorfreude auf einen Espresso, den er gleich aus der ultimativ neuen italienischen Espressomaschine erhalten würde, erreichte Thomas das gepflegte Areal. Der Portier in seinem Glasbüro ließ ihn erst hinein, nachdem Thomas sein Anliegen durch die Sprechanlage vorgetragen und Dimo oder irgendeiner seiner Mitarbeiter den Einlass absegnete. Sobald sich die Tür öffnete, stand man in der belebten Betriebsamkeit eines Büros kreativer Akteure. Drei junge Männer, bekleidet mit schwarzen Jeans und Shirts, arbeiteten an unterschiedlichen Arbeitsplätzen. Auf der Vorder- und Rückseite ihrer Shirts konnte Thomas grüne Buchstaben erkennen, die den Internetauftritt ihrer Firma mit den drei kleinen „w´s“ bewarben.

Von einer solchen Büroausstattung konnten Thomas und seine Kollegen nur träumen. Um so mehr wollte er seinen Aufenthalt genießen, ohne einen Anflug von Bekümmertsein, aber bestärkt in der Erkenntnis, dass ein beharrlicher Wille seinen Weg findet.

Dimo hatte kein Büro, sondern einen Saal. Innerhalb dieses Saales hatte er sich geschickt eine Büroeinheit bauen lassen, zwischen der er je nach Bedarf von einem großen Schreibtisch zu einem noch größeren Konferenztisch hin- und herspringen konnte, ohne auf ein Detail seiner technischen Ausstattung zu verzichten.

„Hast du wirklich genügend Zeit?“, hörte er die Stimme des Freundes, die sich fragend an eine Person richtete, die Thomas nicht sehen konnte, weil die Tür nur halb geöffnet war.

„Nein, bestimmt nicht. Ich werde es aber trotzdem machen“, lautete die Erwiderung. Die Frauenstimme ließ Thomas hellhörig werden. Diese Stimme sprach zwar bulgarisch, aber er würde geradewegs eine Wette darauf abschließen, dass diese Worte keinem bulgarischen Mund entsprangen. Mit dem feinen Gespür eines Lernenden und in Kenntnis seines eigenen Fehlerpotentials erkannte er den Unterschied zwischen einem Muttersprachler und einem Ausländer, der sich wie er in einem Sprachfeld bewegte, das nicht zu den einfachsten zählte.

„Das ist wunderbar.“

„Schon gut, vergiss es."

„Danke, dass du uns wieder unterstützt. Du weißt, ich kann auf dich als Muttersprachlerin nicht verzichten."

„Weiß Kalin Bescheid?"

„Ja, du kannst jederzeit rüber gehen."

„Das ist das einzige, was ich bedaure", erwiderte die Frauenstimme. „Schade, dass die Aufnahmen noch im alten Büro gemacht werden" und nach einer kurzen Pause, „du hast es wirklich gut gemacht."

„Danke", erwiderte Dimo und trat aus seinem Saal in Begleitung einer Frau heraus, die Thomas altersmäßig nicht einzuschätzen wusste. Die Frau hatte das Gesicht einer Mittdreißigerin, aber ihre schulterlangen Haare waren vollständig grau. Das war in Bulgarien ein nicht gerade häufig anzutreffender Anblick. Die allermeisten Frauen, junge wie alte, färbten ihre Haare so ebenmäßig, dass man gewillt war, zu glauben, sie hätten ein Wundermittel für ewige Farbe entdeckt. Ihre Blicke trafen sich. Zwei helle, braune Augen schauten ihn an. Sie lächelte. Thomas lächelte zurück.

„Wer war das?", fragte Thomas neugierig und folgte Dimo in sein hallenähnliches Büro.

„Das war Inge", erwiderte Dimo arglos.

„Inge?"

„Ja, Inge!, sagte Dimo zerstreut, verzog sich hinter seinen Schreibtisch und klimperte auf der Tastatur seines Computers herum.

„Und was macht Inge?", wollte Thomas wissen, nicht bereit, so schnell locker zu lassen.

„Inge arbeitet an verschiedenen Projekten mit uns zusammen, wenn wir eine Muttersprachlerin brauchen.

„Das heißt?", Thomas insistierte ein weiteres Mal.

„Das heißt, sie übernimmt den deutschsprachigen Part für verschiedene Lexika, Sprachprogramme oder ähnliches, die wir im CD-Format produzieren. Wir haben für Anfänger ein Format entwickelt, mit dem diese sich erst einmal ohne Grammatik unserer Sprache nähern können. Daneben ist unser deutsch-bulgarisches Lexikon mittlerweile so erfolgreich, dass wir mit unserem türkischen Partner noch ein deutsch-türkisches Projekt initiieren", leierte Dimo monoton herunter. „Sonst noch was?"

„Das heißt, es gibt mittlerweile eine CD mit einem Sprachprogramm, um sich der bulgarischen Sprache zu nähern, und das für die ersten Schritte vollständig ohne Grammatik?", Thomas wollte es nicht glauben.

„Ja, schon lange."

„Und warum weiß ich das nicht?"

„Wozu willst du das wissen? Du hast die beste Lehrerin, die man sich wünschen kann, um unsere Sprache zu begreifen. Du hast sie zu Hause, und du hast sie geheiratet. Darf ich dich daran erinnern?"

Daran musste ihn niemand erinnern. Aber Thomas fühlte, dass ein wenig Neid in ihm hochkroch. Als er in das Land kam, war an eine solche Vorstellung nicht einmal zu denken. Bis an die Schmerzgrenze hatte er sich gequält, die grammatikalischen Grundstrukturen mit ihren Besonderheiten und Ausnahmeregeln, den vollendeten und unvollendeten Aspekten, zu begreifen. Oft genug erlebte er immer noch sprachliche Engpässe, die ihm den Eindruck nicht ersparten, überhaupt nichts begriffen zu haben und wieder bei Null angekommen zu sein. Und nun sollte man sich dieser Sprache sogar spielerisch nähern können, und er wusste noch nicht einmal etwas davon? Davon hätte er auch gerne profitiert. Das machte ihn richtiggehend neidisch, und zu dieser Vermutung bekannte er sich.

„Und diese Inge? Die ist doch keine Bulgarin?"

„Nein, sie ist Deutsche. Sie lebt in Varna und in Deutschland, und wie du hat sie irgendeinen Narren an unserem Land gefressen. Sonst noch etwas?“, sagte Dimo etwas ironisch.

„Nein, das wär’s fürs Erste“, entgegnete Thomas. Er wollte den Bogen nicht überspannen, aber irgendwann würde er noch einmal nachhaken. Das interessierte ihn. Eine Deutsche, die, wie er, freiwillig in Varna lebte.

Mit geschlossenen Augen sprach Dimo weiter, als könne er auf diese Art und Weise besser rekapitulieren: „Gegen Mittag ging der besagte Anruf ein. Ich war noch bei einem anderen Kunden unterwegs.“

Dimo machte eine kleine Pause. „Sag mir bitte eindeutig, welche Vermutungen du in Bezug auf die Klinik hast und was für dich hilfreich sein könnte, zu erfahren.“ Noch immer hielt Dimo die Augen geschlossen. Mit Daumen und Zeigefinger massierte er in kleinen kreisenden Bewegungen die Wurzel seiner Nase, bevor er weitersprach: „Ich unterliege zwar nicht wie ein Arzt einer Schweigepflicht, aber für mich sind Kundeninformationen gleichermaßen vertraulich, wenn sie sich von mir für ihre Unternehmen ein maßgeschneidertes Softwareprogramm verpassen lassen. Das trifft in diesem Fall nicht zu. Aber ich kenne das Programm, mit dem sie arbeiten. Es ist es nichts besonderes, ein Standardprogramm. Diesen Auftrag werde ich persönlich abwickeln, wenn es für dich hilfreich ist und wenn wir damit einen Schritt weiter kommen, um die Schuldigen zu finden, die Ivan in diese Lage gebracht haben.“ Dimos Augen hatten sich geöffnet. Sie waren leicht gerötet, „Gnade ihnen Gott, wenn sich deine Annahme bestätigt“, ergänzte er. Die letzten Worte hatte Dimo hart akzentuiert und mit einer Brutalität ausgesprochen, die Thomas diesem gar nicht zugetraut hätte. Thomas hatte ihm einen durchgängig gemäßigten Charakter zugeschrieben. Er stellte fest, dass sein Irrtum ihn befriedigte.

Dimo und Ivan kannten sich seit vielen Jahren. Lange bevor weder Ivan noch Thomas ahnten, dass sie sich jemals im Leben begegnen würden. Die Freundschaft mit Dimo beeinträchtigte weder die Freundschaft zwischen Thomas und Ivan, noch die zwischen Ivan und Dimo. Jeder kannte seinen Platz und jeder fand darin genügend Raum. Thomas schätzte Dimo über alle Maßen. Auch ihn bezeichnete Thomas als Freund. Zwanzig Minuten später hatte Thomas Dimo alle seine Vermutungen mitgeteilt, die er in Bezug auf die Klinik hatte. Aus der Tatsache, dass er für seine Annahmen nicht mehr als sein gestörtes Bauchgefühl aufbieten konnte, machte er keinen Hehl.

„Aber wer hätte einen Grund, alle beide umzubringen?", konnte Dimo nicht unterdrücken, unkontrolliert zu artikulieren.

„Wenn ich wüsste, *warum* sie sterben sollten, wäre die Frage nach dem „*wer* hat es getan", sicherlich leichter zu beantworten." Zu seiner eigenen Verwunderung gelang es Thomas, einfühlend zu bleiben ohne sich von der Emotionalität des Freundes anstecken zu lassen.

„Wenn das *Warum* in der Klinik zu finden ist, werde ich es finden", schwor Dimo, kniff die Augen zusammen, die eine hohe Steilfalte zwischen seinen Augen sichtbar werden ließ.

Wie bei Ivan, stellte Thomas fest. Es gab keinen Grund, Dimo zu widersprechen. „Dann werde ich abwarten, bis du mich informierst", ergänzte er lediglich.

„Wann fährst du hinaus?"

„Gleich morgen früh".

16.

„Fanny, warte bitte!“, eindringlich forderte die Lehrerin ihre Schülerin zum Bleiben auf. Den misstrauischen Blick, der Stanka erreichte, ignorierte sie geflissentlich.

„Mache bitte die Tür zu, damit wir ungestört sind.“

Lärmend strömten die letzten Mitschüler links und rechts an der Stehengebliebenen vorbei. Als der Letzte den Klassenraum verlassen hatte und Fanny die Tür schloss, stellte sich eine willkommene Ruhe ein.

„Oh, das tut gut!“, Stanka war erleichtert.

Sie packte ihre Tasche, legte sie auf dem Lehrerpult ab, und setzte sich hinter einen der Schülertische. Die einladende Geste, zu ihr zu kommen, übersah Fanny demonstrativ. Sie bewegte sich zwar in die Richtung ihrer Lehrerin, zog es aber vor, sich auf einem Tisch niederzulassen, damit der Abstand, den sie fühlte, durch die räumliche Entfernung zwischen ihnen gewahrt bleiben konnte.

„Hier“, Stanka überreichte Fanny ein Blatt in einer Plastikhülle, die den demolierten Zustand ein wenig abmilderte.

Verstört ergriff Fanny das Blatt, „Was soll das?“, wollte sie wissen.

Stanka spürte die Abwehr in den Worten. Es würde an ihr liegen, ob es gelang, die Hürde zu nehmen. Spontan wählte sie einen ganz direkten Kurs. „Das soll heißen, dass es mir leid tut.“

„Was tut Ihnen leid?“, fragte Fanny widerspenstig. Ihre Stimme klang noch immer verletzt.

„Es tut mir leid, dass ich mich wie eine Lehrersau verhalten habe.“ Das war die deutliche Formulierung, die sie unmittelbar nach dem Vorfall gebraucht hatte. Warum sollte sie nicht noch einmal zum Einsatz kommen, sie hatte sich noch nicht abgenutzt.

„Wie eine Lehrersau!“, echote Fanny.

„Es war nicht richtig von mir, dass ich dir das Blatt Papier entrissen habe und es unter den Augen deiner Mitschüler in einem Anfall von Wut in eine Million Einzelteile zerlegt habe. Deshalb habe ich es wieder zusammengesetzt, und glaube mir, das war Strafe genug“, behutsam milderte Stanka ihren Ton, er verfehlte seine Wirkung nicht.

„*Dobre, ßeglaßem sym*[56]“, Fanny kam ihrer Lehrerin entgegen.

Stanka sah das flüchtige Lächeln auf dem Antlitz ihrer Schülerin, während sie sich das Blatt Papier von allen Seiten betrachtete. Es schien ihr zu gefallen, dass sich ihre Lehrerin diese kniffelige Aufgabe aus freien Stücken aufgebürdet hatte. Sie fing an zu lachen, war keineswegs mehr gekränkt, als sie sagte: „Ich denke, dass war wirklich eine Strafe. Kann ich jetzt gehen?“

„Nur wenn du musst. Ich bin nämlich noch nicht fertig.“

„Was gibt es denn sonst noch?“ Auf Anhieb nahm die Angesprochene wieder ihre Abwehrposition ein.

„Nein, Fanny, entspanne dich“, Stanka hatte es registriert.

„Komm, lass uns einen Kaffee in der *Villa Jura* trinken.“

Unschlüssig saß Fanny immer noch auf dem Schülerpult.

Stanka sah, wie ihre Schülerin mit der Ablehnung kämpfte. Endlich sagte sie: „Aber nur, wenn sie mir eine Abhandlung über Fehlverhaltensweisen von Schülern im Allgemeinen und meinen Fehlhaltungen im Besonderen ersparen.“

„Das verspreche ich.“

„Um was geht es dann?“

„Es geht um die exklusive Liebe zwischen zwei Menschen.“

Fanny blickte ihre Lehrerin wie vom Donner gerührt an.

„Ist das Thema so aufwühlend?“, erkundigte sich Stanka.

„Für mich schon“, entgegnete die Schülerin verhalten.

„Dann solltest du mich an deiner Sicht der Dinge teilhaben lassen.“ Stanka zog ihre Jacke an, die sie über die Armlehne eines Stuhles gelegt hatte. „Gehen wir?“

Stanka lehnte mit dem Kopf an der Sofalehne und genoss ihre liegende Position. Das Telefon läutete. Sie ignorierte es. Als sie ihre Wohnung am späten Nachmittag erreichte, hatte sie im Hausflur das drängelnde Geräusch ihres Hausapparates auch schon vernommen und nicht geantwortet. Auch ihr *mobifon* hatte sie abgeschaltet. Es gab eine Zeit, da hatte sie sich auf jedes Klingeln gestürzt, allzeit bereit, ihre Bedürfnisse zu ignorieren, um sich dem lärmenden Kasten zu unterwerfen. Diese Phase hatte sie abgeschlossen. Niemandem gestand sie die Macht zu, sie in die Position ständiger Abrufbereitschaft zu manövrieren. Welche Bedeutung hatte ein kleiner unscheinbarer Apparat, der sich mit seinem lächerlichen Klingeln wichtig machte? Das Gespräch mit Fanny ging ihr immer noch nach.

Sie brauchte Ruhe, um ihre Gedanken zu sortieren. Das Gespräch hatte lange gedauert und wurde einige Male von Kollegen unterbrochen, die sich wie sie in der *Villa Jura* eingefunden hatten. Den beliebten Sammelplatz, den das gemütliche Restaurant in Schulnähe bot, wurde von Schülern und Lehrern gleichermaßen frequentiert. Im Sommer draußen, wie im Winter drinnen, in allen Pausen und während der Freistunden.

Das Gespräch begann mit den üblichen Floskeln, bis sie sich in immer schneller werdenden Umdrehungen im Zentrum ihres Themas trafen.

Fanny war vollkommen verändert. Alle Scheu in ihrem

Verhalten hatte sich aufgelöst, als sie das Interesse ihrer Lehrerin erkannte. Fanny offenbarte ihrer Gesprächspartnerin, dass sie seit einiger Zeit Briefe von einem Jungen erhielt.

„Wie bitte?“, Stanka war baff. „Würdest du mir das bitte näher erklären?“

Fannys Erwiderung klang nicht im Mindesten ungeduldig. „Ich sage doch: Ein Junge lässt mir Briefe zukommen. Den einen davon haben Sie ja gelesen. Einmal, vor vielen Wochen, bekam ich einen Anruf von einem Jungen, der mir sagte, dass er mir etwas geben möchte. Und er sagte mir, wo ich es finden würde.“

„Weißt du Näheres über diesen Anrufer?“, fragte Stanka.

„Ich bin mir noch nicht ganz sicher“, entgegnete Fanny, „aber mittlerweile habe ich eine Vermutung.“

„Ich ging am nächsten Tag zu dem besagten Ort und fand dort den angekündigten Brief.“

„Willst du mir verraten, wo dieser Ort ist?“

Langes Schweigen.

Stanka wunderte sich nicht, dass Fanny möglicherweise Skrupel hatte, ihr dazu etwas zu sagen. Ihr, die sich vor zählbaren Minuten selbst noch als Lehrersau bezichtigt hatte.

„Ja, warum nicht. Es bleibt unter uns?“

„Worauf du dich verlassen kannst“, entgegnete Stanka eine Spur zu heftig.

„Es ist in der Schule.“

„In der Schule?“, Stanka war fassungslos. Das hatte ihr gerade noch gefehlt. Sie wusste, dass sie sich einen weiteren Vertrauensbruch nicht leisten konnte. Das würde nicht wieder gutzumachende Schäden verursachen. Da musste sie durch, und zwar vorbildlich. In Gedanken überschlug sie, wie umfangreich die Post sein könnte, die man aus den Kurzmitteilungen gestalten konnte. Umfangreich. Es gab kein treffenderes Wort dafür.

Ordentlich und so gewissenhaft wie sie war, hatte sie den gesamten Speicher ihres *mobifons* mit all den Botschaften bis oben hin angefüllt gehalten, die ihr so kostbar waren, dass sie sie immer um sich haben wollte. Oftmals hatte sie sich vorgenommen, die Schönsten herauszuschreiben, um den Speicher zu entlasten. Nachdem das *mobifon* aber weg war, hatte sich dieser Arbeitsgang erledigt. Sollte ihr das *mobifon* etwa in der Schule entwendet worden sein?, überlegte Stanka kurz. Sie verwarf den Gedanken, um sich nicht noch mit einer weiteren Belastung herum zu quälen.

Dass sie sich mit ihrem Geliebten, einer verrückten Laune folgend, gegenseitig Kosenamen zugedacht hatten, von denen sie in ihren Botschaften nur die Initialen verwendet hatten, befriedete ihre unruhigen Gedankengänge.

„Was sagen dir diese Briefe?“, Stanka wusste nicht, ob das eine richtige Frage war, aber eine andere fiel ihr nicht ein.

„Es ist eine Liebesgeschichte über einen Mann und eine Frau“, erklärte Fanny. „Der Schreiber dieser Geschichte, der über seine Gefühle nicht sprechen kann oder will, hat alles auf zwei Menschen übertragen. Er hat die Regie übernommen. Das heißt, er bestimmt den gesamten Ablauf.“

„Und was bestimmt er?“, wollte Stanka interessiert wissen.

„Er bestimmt ihre Nähe, ihre Zuneigung, ihre Intensität, das Gegenseitig-aufeinander-verrückt-sein. Einfach alles.“

„Und?“, bohrte Stanka nach, „wie wirkt das auf dich?“

„Es ist eine gut ausgedachte Episode, ein bisschen überzogen vielleicht. Denn ich kann mir nicht vorstellen, dass man wirklich so intensiv füreinander empfinden kann.“

„Weil du zu jung bist.“ Es sollte eine Frage werden, aber es war eine Feststellung, die Stanka ohne nachzudenken entfuhr.

„Wie viele Briefe hast erhalten?“, Stanka wollte Klarheit.

„Fünf – nein, mit dem letzten sind es insgesamt sechs."

„Bist du sicher? Sechs?" Gütiger Gott, dachte Stanka, da hatte jemand wirklich ganze Arbeit geleistet.

„Würdest du mir die Briefe, die du erhalten hast, zeigen?" Stanka wurde es ein wenig unbehaglich, trotzdem wagte sie den Vorstoß.

„Alle?"

„Alle!"

„Warum?"

„Es interessiert mich, wie die Geschichte weitergeht", log Stanka.

„Das ist alles?"

„Ja, das ist alles!" Fängt man erst einmal zu lügen an ..., Stanka würgte den aufkommenden Gedanken ab und verbot sich, den Faden weiterzuspinnen. „Machen wir es doch so", schlug sie ihrer Schülerin vor, „Du kommst mich zu Hause besuchen und zeigst mir deine Briefe. Wir werden uns etwas intensiver mit dem Thema exklusiver Liebe beschäftigen, wie sie zwischen zwei Menschen entstehen kann, von höchster Intensität begleitet. Dazu muss man allerdings eine Voraussetzung mitbringen."

„Und was ist das für eine?", fragte Fanny gespannt und neugierig zugleich.

„Wirst du kommen?"

„Ja, ich komme."

„Gut, dann komme, und wir werden darüber sprechen."

Ein weiteres Mal meldete sich der kleine schwarze Apparat kreischend zu Worte und riss Stanka aus ihren Gedanken.

„Wer will unbedingt mit mir sprechen?", rief sie entgegen der üblichen Begrüßungsfloskel unwirsch in den Hörer.

„Was ist los bei dir?", meldete sich Darina am anderen Ende, „Warum gehst du nicht ans Telefon. Ich weiß doch, dass du zu Hause bist.“

„Hab’ zu tun gehabt.“ Stanka war immer noch unschlüssig, ob sie überhaupt telefonieren wollte.

„Soll ich später anrufen, oder willst du mich zurückrufen?“

Stanka hielt kurz an sich und entschied sich für das Gespräch. Bei ihrer Freundin war ein Blatt vor dem Mund nicht notwendig.

„Ich habe heute mit Fanny gesprochen.“

„Das wurde auch Zeit.“

„Ja. Ich weiß, es war notwendig und unvermeidlich.“

In einer Zusammenfassung brachte Stanka Darina auf den neuesten Stand der Dinge.

„Und hilft dir das weiter?“, hörte Stanka ihre Freundin.

„Das weiß ich noch nicht. Gütiger Himmel, Darina. Weißt du, was da heute bei mir abgelaufen ist?“

„Ein junger Mensch, vollkommen unbedarft und unbelastet, erklärt einen realen Teil meines Lebens zu einer ausgedachten Geschichte. Das musst du dir einmal vorstellen. Gleichzeitig provoziert mich dieser Gedanke, ob sie nicht sogar Recht hat. Habe ich mich in etwas hineingesteigert, was es gar nicht wirklich gibt? Existierte alles nur in meiner eigenen kleinen hausgemachten Gedankenwelt? Du kennst ja meinen Hang zum theatralischen Drama.“

„Ich brauche nichts darauf zu erwidern, oder?“

„Ich habe es wohl nicht anders verdient, als dass du dich über mich lustig machst. Aber was glaubst du, wie oft mich die Frage umtreibt, warum ich glaube, dass C und ich so gut zusammen passten?“

„Sag es mir noch einmal. Ich will es noch einmal hören“, spornte Darina ihre Freundin an. Sie wusste, wie bedeutsam Wiederholungen für die eigene Verarbeitung waren.

„Weil wir uns auf der intellektuellen Ebene so ähnlich,

und in unserem Mann- und Frau-Sein so verschieden erlebt haben".

„Och", sagte Darina, „so hast du es bisher aber noch nie ausgedrückt."

„Ja, ich weiß. Ich habe diesen Mann immer als gesamten Mann so intensiv gewollt, wie man einen Menschen nur wollen und bejahen kann. Und sage mir jetzt nicht, dass sich das in deinen Ohren kindisch anhört", griff Stanka ihre Freundin schon vorsorglich aber unberechtigterweise an. Darina nahm es unverletzt hin.

„Denn das ist nicht kindisch, das ist aufrichtig. Hast du jemals intensiv begehrt?", Stankas Stimme bekam eine aufmüpfige Färbung, sie konnte noch keine Ruhe geben: „Ich habe allmählich die Schnauze voll von Menschen, die behaupten, von Dingen sprechen zu können, die sie gar nicht kennen, geschweige denn erlebt noch gespürt haben. Wirklich liebende Menschen verstehen, wovon ich spreche."

„Stanka, ich verstehe dich doch", Darina beschwichtigte ihre Freundin nicht, aber sie sollte wissen, dass sie ihr zuhörte. „Du kennst mich lange genug, um das zu wissen. Und welche Erfahrungen ich gesammelt habe, bevor ich Thomas kennen gelernt habe, weiß niemand besser außer dir. Ich verstehe dich wirklich gut, aber bedenke bitte das Ungleichgewicht eurer Ausgangspositionen."

Stanka ließ ihre Freundin gewähren, sie wusste, dass die Mahnung unbequem sein würde, die jetzt kam.

„Du bist ungebunden in diese Beziehung hineingegangen, C war gebunden, und er ist es immer noch. Das kann die größte Zuneigung nicht unbeschadet überstehen, wenn es nicht nach einer bestimmten Zeit zu einer Entscheidung kommt."

Darina hatte sich dem Wunsch ihrer Freundin kommentarlos gefügt und immer nur sein Namenskürzel benutzt. Ihre

Freundin wollte es so; sie hatte es respektiert, niemals hinterfragt. Sie hielt sich strikt an die Vorgabe.

„Ich weiß, und du hast Recht“, entgegnete Stanka gehorsam.

„C und ich wir waren Täter. Wir haben uns etwas gestohlen. In einer nur uns gehörenden Zeitspanne haben wir so getan, als könnten wir die Wirklichkeit vor der Tür abstellen. Da ich also ein Täter und kein Opfer bin, habe ich die rechtmäßige Strafe für mein Verhalten widerspruchslos anzunehmen.“ Stanka sprach wie ihr eigener Staatsanwalt. „Und dann sollte ich mich nicht darüber wundern und jämmerlich klagen, wie weh es mir tut“, vervollständigte sie ihre Anklageschrift. „Aber verdammte Scheiße noch einmal, ich leide unter dem Verlust. Es gab so viele Momente, da glaubte ich an ein Wunder. Verstehst du das nicht?“ Das war nicht mehr die Stimme einer Anklägerin, das war das verletzte Innenleben eines leidenden Menschen, der die Zwiespältigkeit von Anspruch und Wirklichkeit auszuhalten hatte.

„Doch, ich verstehe dich sehr gut.“

„Das hoffe ich. Weißt du, ich hatte mir tatsächlich eingebildet, C und ich, wir hätten eine gemeinsame Zukunft.“

„Und jetzt, was ist jetzt?“

„Jetzt? Das fragst du mich? Ich bin noch immer voller Zuneigung, und ich weiß gleichzeitig, dass meine Entscheidung richtig ist.

Darina hörte die Worte wohl, aber sie fühlte, dass ihre Freundin nur mit dem Kopf sprach.

„So kann „Welt“ doch nicht funktionieren. Ich will nicht Teil einer verkehrten Welt bleiben. Irgendwann muss man den Teufelskreis durchbrechen. Wenn dir das einmal klar geworden ist, kannst du nicht mehr so tun, als würden dich die Dinge, die um dich herum geschehen, nicht berühren. Ich habe es versucht, und ich bin gescheitert. Ich habe mir immer wieder gesagt, wenn es doch so viele tun, dann mach es doch auch. Scher dich nicht darum, genieße, ohne an die Konsequenzen zu denken."

„Ja", sagte Darina, „ich habe deinen Konflikt erlebt."

„Danke für deine Erinnerung", entgegnete Stanka unwirsch.

„Aber scheinbar trage ich diesen Konflikt immer noch mit mir herum. Dieser dumme Zwischenfall mit meinem *mobifon* hat alles wieder deutlich gemacht".

„Ist das nicht normal?" fragte Darina rücksichtsvoll. „Braucht das nicht alles seine Zeit?"

„Wie viel Zeit, glaubst du, werde ich brauchen? Und wird es jemals aufhören?"

„Willst du meine ehrliche Antwort?"

„Ich bitte darum!"

„Ich glaube, es wird niemals aufhören."

„Na, das sind ja schöne Aussichten."

„Nein, das sind keine Aussichten, das sind nur meine Ansichten, und letztlich weißt du das auch selbst. Es wird verblassen, es wird an Bedeutung verlieren, aber es wird immer da sein, weil es ein Teil von dir ist."

„Und in diesem Prozess muss ich die Penetration regelmäßig wiederkehrender Schmerzen überstehen?"

„Das ist deine Entscheidung. Was wirst du also tun?"

Stanka hielt an sich, entfernte den Hörer und blickte ihn an, als könnte er ihr das Gesicht ihrer Freundin herbeizaubern. Diese Bemerkung war wieder typisch für ihre Freundin. „Du hast ja erlebt, wie es mir ergangen ist, bei unserer kleinen Höhenwanderung."

„Ja, aber es war auch gut."

Widerspenstig stimmte Stanka zu, „Darinka?"

Darina wusste, wenn ihre Freundin sie mit ihrem vollständigen Namen ansprach, würde etwas tiefgründiges folgen.

„Wenn etwas stimmt, dann das: Ich schwöre dir, ich möchte keine einzige Erinnerung missen, aber ich kann sie nicht mehr wiederholen. Deshalb ist es womöglich kein Zufall, dass ich mich auf diese abstruse Weise noch einmal mit meiner Vergangenheit beschäftigen soll."

„Was genau willst du also tun?", Darina wiederholte ihre Frage.

Stanka überlegte reichlich, bevor sie weitersprach: „Ich wünsche mir, dass es mir gelingt, auf eine angemessene Art und Weise die Trennung weiterhin aufrecht zu erhalten und ich mit dem Verlust angemessen umgehen kann. Wir hatten genügend Zeit, um uns kennen zu lernen. Dass C letztlich den Sprung nicht gewagt hat, hat mich verletzt. Seine Entscheidung kann ich aber verstehen. Wir hätten ins kalte Wasser springen müssen, wie jede Verbindung, die Alltag teilen will. Und dass grauer Alltag immer anders ist, nämlich grau, als ausgewähltes farbig exotisches Zusammensein, ist uns ja allen nicht so wirklich fremd. Ob es wirklich nur die Verpflichtung gegenüber seinen Kinder war, die ihn abhielt, vermag ich nicht zu bewerten. Das betrifft nur C. Es ist seins. Meins ist, zu tun, was für mich gut ist, und zu leben, wie es mir entspricht."

Diese Ausführungen hörten sich nach Darinas Verständnis ausgewogen an. Kopf und Gefühl hatten zusammen gewirkt.

„Darf ich dich noch etwas fragen?", vorsichtig wagte sich die geduldige Zuhörerin vor: „Wirst du es Fanny erzählen?"

„Im Leben nicht!"

Das war eindeutig, stellte Darina fest.

„Nein, das würde niemandem nutzen", sagte Stanka kompromisslos. „Wozu? Aber wenn sie wirklich kommt, werde ich mich mit ihr über das Thema exklusive Liebe ausführlich unterhalten. Denn so wirklich normal ist es doch nicht, in welcher Form dieser unbekannte junge Mann seinen Annäherungsversuch praktiziert, oder wie findest du das?“

„Ich glaube, dass viele Jugendliche heutzutage ziemlich verunsichert sind. Das hat Auswirkungen in allen Bereichen. Wer kann schon von sich behaupten, normal zu sein?“, konnte Darina sich nicht verkneifen zu sagen und fing an zu kichern.

„Ich jedenfalls nicht. Und wenn ich es mir bei Licht betrachte, bin ich sicherlich kein gutes Vorbild zur Orientierung für Jugendliche“, legte Stanka nüchtern fest, um dann stillvergnügt zu ergänzen: „Dafür gibt es ja dich und Thomas.“

„Was soll ich dir darauf erwidern? Ich will dich nicht mit irgendeinem Kalenderspruch abfertigen. Aber Du kennst meine diesbezügliche Kollektion. Ich hätte bestimmt einen passenden Spruch für dich.“

„Du hast immer etwas Passendes für mich, nur leider keinen Mann. Wie schade, dass Thomas keinen Bruder hat.“ Unmittelbar als das Wort Bruder ihren Lippen entsprang, und es nicht mehr aufzuhalten war, hätte sich Stanka am liebsten auf den Mund geschlagen.

„Darina, entschuldige bitte. Das war taktlos von mir. Ich bedränge dich mit meinen hausgemachten Problemen, während du um deinen eigenen Bruder in größter Sorge lebst.“

„Lass gut sein. Wir müssen damit fertig werden. Alles gehört dazu, auch das.“

Um das Gespräch mit der Leichtigkeit zu beenden, die sich im Verlaufe des Telefonates für beide Frauen so ungezwungen eingestellt hatte, lockte Darina ihre Freundin nun doch aus der Reserve: „Ich werde mich dafür mit einem Schlusswort verabschieden, das dich sicherlich eine Weile zu beschäftigen weiß.“

„Ich nehme demütig an. Schieß los!“

„Es geht nicht darum, Bescheid zu wissen. Es geht darum,

sich des Geheimnisvollen im Leben bewusst zu sein. Die Frage ist, wie tief willst du in das Geheimnis deines Lebens eintauchen?“

Bevor Stanka den Urheber dieses Aphorismus erfragen konnte, hatte Darina das Gespräch beendet.

17.

Beim Abendessen war Milen ungewöhnlich still. In Gedanken war er immer noch in der Klinik. Der lebhaften Unterhaltung seiner Frau mit ihrer gemeinsamen kleinen Tochter schenkte er nur flüchtige Aufmerksamkeit. Als seine Frau ihn fragte, wo er mit seinen Gedanken wäre, wich er ihr aus. Daraufhin stellte seine Frau ihre Fragen ein. Solange ihr kleiner Wirbelwind das Treiben bei Tisch dominierte, würden sie ohnehin kein vernünftiges Wort miteinander wechseln können.

„Ich wollte dich nur daran erinnern, dass Petja gestern Geburtstag hatte. Ich werde sie nachher anrufen. Willst du noch mit ihr sprechen?“

„Nur wenn es unbedingt sein muss“, erwiderte Milen und gähnte hinter vorgehaltener Hand. „Du machst das viel besser“, versuchte er seine Frau zu motivieren.

„Wenn du meinst. Aber ihr kennt euch viel länger“, wies seine Frau ihn höflich, aber bestimmt zu Recht. Sie wollte das Thema nicht übermäßig strapazieren und würde mit der gemeinsamen Freundin in Deutschland alleine sprechen. Petja würde es verstehen. Aus vielen Telefonaten in der Vergangenheit wusste sie, wie sich der Alltag ihrer Freundin gestaltete, und kannte deren knapp bemessene Freizeit.

Schweigend ging ihre Mahlzeit zu Ende.

Nach dem Essen verschwand Milen im Schlafzimmer. Er streifte die Schuhe ab und warf sich auf das sorgfältig gemachte Doppelbett. Bevor er an den heimischen Schreibtisch ging, wollte er sich eine kleine Verschnaufpause gönnen.

Aus dem Badezimmer hörte er seine Tochter, die vor Freude über das abendliche Planschen im warmen Wasser quietschte. Danach brach die Geräuschkulisse ab. Das bedeutete, seine Frau war mit ihrer Tochter im Kinderzimmer verschwunden.

Nach einer unbestimmten Weile betrat sie das Schlafzimmer. Sie fand ihren Mann vollständig angezogen auf dem Bett liegend vor.

„Hast du Sorgen?“, fragte sie ihren Mann und setzte sich zu ihm auf die Bettkante. Er drehte ihr das Gesicht zu und griff mit der Rechten nach ihrer Hand. „Nein. Ich denke, es ist nichts weiter, nur eine kleine Ermüdungserscheinung. Es läuft nicht alles so glatt, wie ich es mir wünsche. Aber das wird sich bald ändern, ich bin sicher. Mache dir keine unnötigen Gedanken.“

„Milen, du weißt, du kannst mit mir über alles reden. Ich habe irgendwie den Eindruck gewonnen, dass dich etwas belastet, und das belastet mich, weil ich mir vorstelle, dass du nicht mit mir sprechen willst. Können wir nicht mehr über alles miteinander reden?“, fragte sie ihn.

Milen begann mit dem Trauring an dem Finger seiner Frau zu spielen. Er drehte ihn hin und her. „Liebling schau, du kennst mich“, begann er ausweichend. „Ich beklagte mich oft und lautstark über die Mittelmäßigkeit meiner Mitmenschen und werde schnell ungeduldig, wenn sich nicht alles in dem Tempo bewegt, das mir vorschwebt. Im Endeffekt bekomme ich dann doch alles vollständig auf die Reihe, wie ich es mir ausgedacht habe. Es hat nichts mit dir zu tun“, er sah seine Frau aufrichtig an, „glaube mir bitte“.

„Los dreh dich um. Sofort“, befahl seine Frau und fingerte am Gürtel seiner Hose, um ihn zu lockern. „Ich massiere dir deinen Rücken, vielleicht kommst du dann auf andere Gedanken.“

Milens Einwand war gespielt. In Wirklichkeit hatte sich eine so bleierne Müdigkeit in ihm breit gemacht, dass er das

Bett nicht mehr verlassen konnte. Die Aussicht auf eine Massage seiner Frau erschien ihm wie ein verheißungsvolles, unverdientes Geschenk. Mit einem letzten Anfall von Energie knöpfte er sich blitzschnell das Hemd auf und streifte Hose und Socken herunter. In Bauchlage machte er sich so breit, dass seine Frau ihn von allen Seiten bequem erreichen konnte. Hatte er die falsche Entscheidung getroffen, hätte er seiner Frau nicht von Anfang an alles erzählen sollen? Irgendwann müsste er es ihr erzählen. Warum nicht jetzt? Mit einem Ruck wollte er sich zu ihr umdrehen, damit er ihr dabei ins Gesicht schauen konnte, aber seine Frau kam ihm zuvor. Einer geübten Reiterin gleich hatte sie sich auf das Gesäß ihres Mannes geschwungen und drückte ihn kraftvoll zurück in die Federn.

„Nein, mein Lieber", erklärte sie ihm nachdrücklich, „Schluss jetzt mit deinem Herumgehampele. Jetzt machst du, was ich dir sage, und ich werde meine Position vollständig auskosten". Mit einem beherzten Klaps auf sein Hinterteil ließ sie ihn fühlen, dass sie die Zügel in die Hand genommen hatte.

Über die Fernbedienung schaltete seine Frau den kleinen Fernsehapparat ein und wählte das Programm heimischer Popvolksmusik heraus. Für ihre Zweisamkeit würde es nicht abträglich sein, wenn sie sich ein wenig musikalisch berieseln ließen. Dass eine Vielzahl der Sängerinnen ihre perfekten Rundungen den meisterhaften Händen ihres Mannes verdankten, würde ihn daran erinnern, dass er erfolgreich war. Vielleicht half ihm das.

Von dem Babyöl, das sie für ihre Tochter verwendete, stand ein Behältnis auch in ihrem Badezimmer für ihren persönlichen Gebrauch. Mit einigen Tropfen ihres geliebten Rosenöls hatte sie die geruchsneutrale Flüssigkeit in eine Oase für die Sinne verwandelt. Bevor sie das ölige Gemisch auf dem Rücken ihres Mannes verteilte, goss sie sich eine ausreichende Menge in ihre Hände, um sie mit ihrer Körpertemperatur anzuwärmen. Geräuschvoll räkelte Milen sich unter den Händen seiner Frau und stöhnte ob der erquicklichen kraftvollen Bewegungen. In heiterer Unbekümmertheit berichtete sie ihm den neuesten Klatsch aus ihrem Bekanntenkreis, ermahnte ihn an einige organisatorische Entscheidungen, die für ihren eigenen Haushalt anstanden, und verstreute kleine Anekdoten über den Wortwitz ihrer temperamentvollen Tochter. Behutsam erinnerte sie ihn auch an ihre eigene Familienplanung, wenn ihre Tochter nicht ohne Geschwister aufwachsen sollte. Über das Telefonat, das sie mit Petja führte, wollte sie erst zum Schluss berichten. Das Gespräch hatte nicht lange gedauert. Ihre Freundin hatte Besuch und konnte nicht offen reden. Eine Bemerkung von ihr hatte sie nicht ganz begriffen, aber Petja meinte, Milen würde es verstehen, wenn sie es ihm erzählte. Mit Hingabe vollführte sie die Bewegungen, die sie regelmäßig auf ihrem eigenen Körper spürte. Sie machte für ihren Mann nichts anderes, als das, was sie selbst gerne hatte.

Es war kein Luxus, wenn sie sich einmal in der Woche den Händen ihrer Masseurin anvertraute. Eine Massage des Körpers ging für sie immer über die rein physische Behandlung hinaus. Nach jeder Massage fühlte sie sich wie neu geboren. „Petja hat mich gebeten dir mitzuteilen, dass sie dir auf deine private E-Mail-Adresse einige Bilder eines Dokumentarfilmes übersenden wird, die du dir angucken sollst. Es sei dringend. Ruf sie bitte in den nächsten Tagen an."

So intensiv wie sie den Nacken und seinen oberen Schulterbereich durchgewalkt hatte, widmete sie sich nun angestrengt dem straffen, leicht behaarten Rücken ihres Mannes. Dass er sich so gut bei ihr fallen lassen konnte, gefiel ihr. Schweigend vertiefte sie sich in ihr Tun und genoss ihre dominante Position. Nach einer endlosen Weile rief sie leise: „Milen!“ Sie bekam keine Antwort. Behende verließ sie ihre exponierte Position, die sie einer Masseurin niemals zugestehen würde, für sich selbst aber beanspruchte, um sich in jeglicher Weise an ihrem Partner vergehen zu können. Nicht möglich, dachte sie. Eingeschlafen! Ihr Mann war weder zu bewegen noch wachzurütteln. Aus seinem geöffneten Mund drangen die unverkrampften Geräusche eines Tiefschlafenden. In ihrer Fantasie hatte sie den Verlauf ihrer Körpertherapie ein wenig weiter entwickelt: wenn sie ihren Mann auch von vorne bearbeitete, würde sie ihre geübten Hände auf weitere Teile seines Körpers gleiten lassen, und sie könnten gemeinsam in einen noch höheren Genuss intensiver Reibung aufsteigen. Schade, dachte sie, ergriff den bereitliegenden Waschhandschuh und befreite ihre Finger von den überschüssigen öligen Überresten.

18.

Es folgte eine lange Pause. Thomas, der die Gedanken von Vlado nicht zu erraten vermochte, wandte sich von ihm ab. Sein Blick glitt wie zufällig noch einmal auf die aufgeschlagene Akte. Fast gegen seinen Willen fing er in der Stille noch einmal zu lesen an.

Noch mehr Zeit verstrich, bis er sagte: „Mit den Aussagen aller wesentlichen und der vielen unwesentlichen Menschen rund um den Tatort lässt sich nicht gerade ein Blumentopf gewinnen."

Vlado blickte Thomas verwirrt an. Der Satz gab ihm ein Rätsel auf. Thomas hatte eine deutsche Redewendung wörtlich ins Bulgarische übertragen. Für viele gab es ähnliche Entsprechungen; für diese nicht. Thomas konnte sie nicht erklären, er bat seinen Kollegen der Einfachheit halber, den letzten Satz zu streichen, und wählte eine nicht so blumige Ausdrucksweise.

Es veränderte aber nicht die Eindeutigkeit, dass sie nichts in Händen hatten, was sich als brauchbar erwies. Alle Mühen umsonst. Sie waren nur auf Blinde und Gehörlose gestoßen. Thomas hatte Marietta gebeten, eine Kurzfassung über den Fall zu schreiben, die allen umliegenden Polizeidienststellen mit der Bitte um Amtshilfe zugestellt wurde und mit deren Unterschriften versehen zurückzusenden war. Das war kein wirklich glorreicher Einfall, denn bestimmt mäanderte die Unterlage ohnehin nur von Schreibtisch zu Schreibtisch, weil sie keiner unterschreiben wollte, aber das war Thomas egal. Niemand sollte in diesem Fall der Versuchung erliegen, in seinen Bemühungen nachzulassen.

Thomas drehte seinen Kopf und blickte auf den liegenden Körper. Erbleichte sein Freund von Tag zu Tag nicht immer mehr? Wurde die Farbe seiner Haut der farblosen Bettwäsche nicht immer ähnlicher? Thomas war versucht zu glauben, dass auch die schwarzbraunen Haare seines Freundes anfingen an Farbe zu verlieren. Darina hatte seiner diesbezüglichen Bemerkung kategorisch den Garaus erklärt, sie verweigerte ihre Zustimmung.

„Konzentriere dich nicht auf die Äußerlichkeiten“, hatte sie ihm dringend geraten. „Das wird Ivan nicht bekümmern.“ Die Entgegnung, die sich ihm förmlich auf seine Zunge drängte, ersparte er ihr. Der lehrerhafte Blick seiner Frau auf den Stapel Bücher neben dem Krankenbett verhalf Thomas, die klagende Rolle abzustreifen. Seine destruktiven Gedankengänge waren wie wilde Pferde, die sich nicht ohne Widerstand ins Geschirr nehmen lassen wollten. Er musste den Beweis erbringen, wer Ross und wer Reiter war. Thomas hatte gelesen, dass das Unterbewusstsein etwa vier bis sechs Wochen für eine Umstellung benötigte und eine solche nur dann erfolgreich sein konnte, wenn man sich kategorisch und diszipliniert verhielt. So einfach war es aber nicht, innere Häutungen zu vollziehen, lamentierte er. Und wenn er sich nicht auf Äußerlichkeiten konzentrieren sollte, worauf dann? „Ich verstehe nichts“, sagte Thomas und erhob sich, um seiner inneren Unruhe zu begegnen.

Vlado erhob sich gleichfalls. Thomas gab seinem Kollegen ein Zeichen, sich wieder zu setzen. Er verließ das Krankenzimmer, um sich für einen Moment zu sammeln, während Vlado die Unterlage heraussortierte, die das Profil des Chefarztes beleuchtete.

Sein Leumund war gut, er war ein unbescholtener, in seiner Branche anerkannter und wertgeschätzter Kollege, der sein Wissen auf Kongressen und Seminaren gerne an Interessierte weitergab. Die neue Klinik war die Fortsetzung eines erfolgreichen Weges, den seine kleine Privatstation in der

Stadt vorgezeichnet hatte. Namhafte Persönlichkeiten kamen aus dem ganzen Land, um seine Dienste in Anspruch zu nehmen. Für bestimmte Prozeduren galt er als Geheimtipp. Mit der Klinik am Goldstrand wollte er für den internationalen Markt gerüstet sein. Das Gerücht, dass er den Zuschlag für den begehrten Standort nur deshalb bekommen hatte, weil die Frau des Bürgermeisters zu seinen Patientinnen zählte, wurde weder dementiert noch bestätigt. Letztlich war das nicht ausschlaggebend. Ein bulgarischer Investor hatte sich an dem Projekt beteiligt, so dass die Last, die Dr. Stalev finanziell auf sich geladen hatte, nur in dem Maße existierte, wie sie für jeden Unternehmer besteht, der sich auf ein größeres Vorhaben einlässt. Der Konflikt um das Filetstück an der Schwarzmeerküste entbrannte bei näherer Betrachtung schlussendlich erst zwischen den beiden übrigen Interessenten um die zur Verfügung stehenden Ersatzgrundstücke, da diese nicht gleichwertig waren. Hinter dem einen Investor stand ein großes deutsches Tourismusunternehmen, hinter dem anderen ein Unternehmer aus Luxemburg, die zwar beide über das Kapital verfügten, einen Killer beauftragen zu können, aber Thomas schob diese Variante bis auf Weiteres in den Bereich seiner überschäumenden Fantasien. „Denkst du, dass man für ein Grundstück am Meer einen Mord begeht?“, fragte Thomas der Vollständigkeit halber seinen Kollegen.

„Das gleiche hat mich meine Frau schon gefragt“, konterte Vlado brummig.

„Und, was hast du ihr gesagt?’“

„Nichts.“

„Nichts?“

„Was soll man darauf antworten. Wir wissen doch beide, dass für alles gemordet wird, manchmal für weniger als eine Handvoll Kröten, wieso dann nicht für ein Grundstück? Ich traue allen Menschen alles zu."

Bevor Thomas etwas erwidern konnte, schnitt Vlado ihm das Wort ab und ergänzte: „Ich kann doch auch nicht für mich garantieren. Wenn ich den Täter in freier Wildbahn vor mir haben sollte, der Krassimir getötet und Ivan zusammengeschossen hat, hoffe ich, dass ich mich meines Verstandes erinnere und nicht kopflos reagiere."

Mit einem Handauflegen auf Thomas Schulter verabschiedete sich Vlado. Thomas blieb mit der dumpfen Vermutung zurück, er habe sich soeben blamiert; weil er zuerst laut gesprochen und dann erst gedacht hatte.

Nach dem Weggang von Vlado zog Thomas den Stoß Akten zu sich heran und kritzelte mit einem Rotstift einige Anmerkungen an die Ränder. Er spielte mit dem Gedanken, seinen Chef anzurufen. Aber warum sollte er das tun? Das, was dieser wissen wollte, würden ihm Marietta und Vlado jederzeit liefern.

Er konnte das Engagement, mit dem Dr. Stalev sich auf seine Arbeit stürzte, drehen und wenden wie er wollte. Der vertrauenswürdige Eindruck ließ sich nicht von der Hand weisen. Der persönliche Hintergrund gab keinen Makel preis. Der familiäre Rahmen war vorbildlich: Er war verheiratet und Vater einer kleinen Tochter. Das einzige, was man ihm vorwerfen konnte, war der Vorsatz, dass er aus dem, was er konnte, das Beste machen wollte.

Am Tag des Attentats war Milen Stalev nachweislich nicht in Varna, sondern hatte sich mit einem Studienkollegen im Gebirge getroffen. Das waren seine eigenen Worte, und die Angaben wurden von seinen Mitarbeitern bestätigt. Zum Beweis hatte er ihnen unaufgefordert zwei Belege über Mahlzeiten vorgelegt, die er auf der Wegstrecke seiner Reise zu sich genommen hatte.

Thomas gab es auf, sich mit der Wiedergabe wertloser

Aussagen zu beschäftigen. Seine Zeit konnte er auch anders verschwenden. Lieber wollte er sich mit Dimo beraten und darauf vertrauen, dass dieser bei seinem Einsatz in der Klinik eine Entdeckung zu Tage beförderte, die sich mit seinem Störgefühl deckte. Sie hatten eine Verabredung für den Nachmittag verabredet, im Cafe vor dem Kongresszentrum.

„Alter Junge", sprach er auf den leblosen, in die weißen Laken gehüllten Freund ein, „es wird Zeit, dass du auftauchst. Komm endlich zurück. Wie lange willst du mich noch alleine lassen. Die Welt braucht dich, aber vor allem brauche ich dich", beschwor er Ivan. „Menschen, wie du, dürfen sich nicht so einfach davon machen, und du schon gar nicht. Also streng dich an. Ich zähle auf dich."

Thomas stockte der Atem. Hatte sich nicht gerade das eine Auge ein wenig geöffnet? Sein Herzschlag beschleunigte sich. Er beugte sich so nah über das Gesicht des Freundes, dass sein Ohr den Körper des anderen vernahm und Ivan ihm eine Botschaft hineinflüstern könnte. Thomas spürte den leisen Atem. Sein Wunschdenken löste die erhoffte Reaktion nicht aus. Erzwingen wollte Thomas geradezu, dass sich der Liegende rührte. Irgendwann ließ er von ihm ab, legte eine Hand auf den Kopf seines Freundes und umklammerte mit der anderen das Metallgestänge mit der Kunststoffflasche, die Leben aufrecht erhaltende Flüssigkeit über einen Plastikschlauch in den leblosen Körper hineintröpfelte. Dann streichelte er ihm über die Wange und sagte: „Ich muss los. Bleib bitte so lange liegen und warte auf mich." Es sollte ein Witz werden, aber das Lachen stellte sich nicht ein.

In dem verabredeten Café wählte Thomas seinen Platz so aus, dass er einen Zipfel des Meeres in den Blick bekam. Die gasbetriebenen Standheizkörper hatten auch hier ihren Einzug gehalten, damit man in den kühleren Jahresabschnitten behaglich draußen sitzen konnte. In den Korbstühlen lagen wärmende Polster.

Dimo war überfällig, aber Thomas würde den Teufel tun, ihn telefonisch zu bedrängen. Es war ohnehin eine Zumutung, was er von ihm verlangt hatte. Das Allerletzte wäre, ihn noch unter Zeitdruck zu setzen. Notizen konnte er nicht machen, und die alten wollte er nicht noch einmal durchlesen. An eine weitere Lektüre hatte er nicht gedacht. Auf einem der umliegenden Stühle fand er ein abgelegtes Magazin irgendeiner Wochenschrift. Besser als nichts, dachte er und wandte sich den vermischten Nachrichten zu, die über die unentbehrlichen Persönlichkeiten berichteten, die der gesellschaftliche Jahrmarkt auf glitzernde Lebensbühnen empor hob.

Die meisten Tische in dem kleinen Café waren nicht besetzt. Die Sonne blinzelte durch die grauen Wolken, die sich schwerfällig bewegten. Irgendwann würde es regnen.

Thomas blätterte zwischen den bunten Seiten hin und her. Wortfetzen drangen in sein Ohr. Sie ließen sich nicht verdrängen und formten sich zu Sprechblasen, die sein Gehirn nicht ignorieren wollte. Ein verstohlener Blick über die Schulter legte die Störquelle bloß. Er blickte in zwei engstehende blaue Augen, die von einem aufgequollenen, weißlichrötlichen Gesicht und von einem Bart, der einem alten Ziegenbock Ehre machen würde, umrahmt wurden. Der Anblick löste Unbehagen in ihm aus. Der männlichen Ziege gegenüber saß eine junge Frau. Sehr jung. Lange, dunkle Haare schmeichelten einem zierlichen Körper. Ihre Stimme war piepsig, wie die einer Maus. Von einem Ziegenbock und einer Maus wollte Thomas sich nicht aus dem Konzept bringen lassen. Demonstrativ vertiefte er sich auf die Welt poussierender Stars und Sternchen.

Aufdringlich drangen Wortfetzen zu ihm durch, die ihn

aufhorchen ließen. Einige Minuten des Lauschens wollte er sich zugestehen. Seine Neugier war geweckt und ließ sich nicht verdrängen. Was wollte dieser hässliche Mann von diesem schönen Mädchen? Oder war es umgekehrt? Was wollte dieses junge Mädchen von diesem alten Mann?

Der Mann dämpfte seine Stimme nicht. Sie unterhielten sich auf Deutsch. Wieso sollte er seine Stimme dämpfen? Der Ziegenbock sprach mit der unnachahmlichen Überheblichkeit, die durch den Gedanken entsteht, dass einem im Ausland ohnehin niemand zuhört, geschweige denn einen versteht, wenn man in seiner eigenen Muttersprache spricht. Das hatte für Thomas den Vorteil, dass er sich nicht einmal anstrengen musste, um dem Gespräch zu folgen. Ob der Mann leiser sprechen würde, wenn er wüsste, dass ihn jemand belauschte?

Was rechnete er ihr vor? Es ging um Geld. Um Euro. Verschiedene Beträge wurden diskutiert, für die der alte Mann irgendeine Berechnung aufgestellt hatte, und es ging um Papiere. Dokumente, die sie benötigte. Die Mausestimme lachte.

„Was hat man über mich erzählt?", fragte der Ziegenbock argwöhnisch.

„Ich sage es dir nicht", lautete die Antwort der Maus.

„Hast du kein Vertrauen zu mir?" insistierte die Ziege.

„Mist", hätte Thomas beinahe ausgerufen. Musste die Maus gerade jetzt flüsternd antworten. Die Reaktion wäre wesentlich, um einen Zusammenhang zu konstruieren. Möglicherweise werde ich gerade Zeuge, wie sich kriminelle Energie in eine Form gießt, und wenn ich noch ein wenig weiter zuhöre, kann ich noch eingreifen, um Schlimmes zu verhindern.

Thomas hatte Dimo nicht kommen gesehen; unvermittelt stand er vor ihm. Das war das Ende des Maus- und

Ziegenspiels. Glück gehabt, konstatierte Thomas, wobei er nicht eindeutig wusste, wessen Glück genau genommen.

Dimo winkte die Kellnerin herbei, bestellte sich einen Kaffee *dylgo* und einen großen Rakia. Die Tasche, die er bei sich trug, hielt er geschlossen. Achtlos legte er sie auf den freien Platz neben ihm. Dimo mühte sich, die Fakten gedanklich aufzubereiten, um seine Ergebnisse präzise zu formulieren. Beide Hände hatten sich hinter seinem Kopf verschränkt.

Thomas wollte Dimo mit unaufgeregter Miene zuhören und ihn ausreden lassen. Auch das hatte er aus einer seiner Lektüren: wie wichtig die Atmosphäre ist, die man seinem Gesprächspartner bietet. Nur wenn man in der Lage ist, sich auf die Gedankenwelt des anderen vollständig einzulassen, würde man ihn verstehen, wäre der andere in der Lage, sich unbefangen zu äußern, konnte eine Atmosphäre erwachsen, die Nähe und Offenheit möglich macht. Thomas lebte in der Überzeugung, ein guter Zuhörer zu sein. Eine Überprüfung konnte jedoch nicht schaden. Entweder würde er eine Bestätigung erfahren oder aber eine neue Erfahrung machen. Beides tat nicht weh und beides konnte er mit jedem Menschen an jedem Ort durchexerzieren. Er wollte achtsam sein und den anderen nicht mit Fragen attackieren.

„Hmm!“, machte Dimo, nicht so recht wissend, wo er anfangen sollte. „Bis vor einer halben Stunde war ich am Goldstrand“, sagte er.

„Hmm!“, zu erwidern, erklärte Thomas für zulässig.

„Ich habe mit Milen Stalev gesprochen, seiner Sekretärin, der Augenweide hinter dem Eingangstresen und mehrere Stunden an der Computeranlage verbracht. Die Probleme habe ich gelöst, der Klinikchef ist begeistert und seine Sekretärin hat mir einen Exklusivberatervertrag in Aussicht gestellt. Die Augenweide hinter dem Tresen hat mir darüber hinaus durch ihr leichtes Erröten zu verstehen gegeben, dass ich in meinem Alter noch als Mann von einer jungen Frau wahrgenommen werde. Das hebt mein Ego, und es bestätigt mich in meinem unternehmerischen Wirken“, leitete Dimo seine Ausführungen ein. Ich habe mir den Lageplan der Klinik angesehen und bin auf eine Reihe von Räumen gestoßen, die für exklusive Gäste als VIP-Räume bezeichnet werden. Dabei ist mir etwas aufgefallen.“

Unerwartet sprang Dimo auf, schob seinen Stuhl zurück, trat beiseite und lief lächelnd mit einer einladenden Handbewegung zu zwei Männern hinüber, die sich einen Platz in der ersten Reihe gesucht hatten. Ihrer Aufforderung, sich zu ihnen zu setzen, kam er nicht nach, aber er sprach einige Sätze mit ihnen. Einer der Männer zog ein Umschlag aus der Innenseite seiner Jacke hervor und überreichte ihn Dimo, der ihn lässig an sich nahm. Bevor Thomas darüber nachdenken konnte, war Dimo zurückgekehrt.

„Entschuldige, Thomas“, sagte er, „das musste sein. Du weißt, wie es geht. Manche Geschäfte lassen sich durch einen persönlichen Schwatz sofort abschließen, für die man sonst erst kilometerlange E-Mails schreiben müsste. Wo war ich stehen geblieben?“ Dimo verstaute den verschlossenen Umschlag ohne jede Eile in seiner Tasche. Soweit Thomas es beurteilen konnte, hatte keiner der Beteiligten die Notwendigkeit gesehen, ihn zu öffnen. „Ich weiß es wieder. Bis vor einer Stunde hätte ich dir nichts berichten können, das dem Störgefühl deines Bauches gerecht wird.“

Thomas musterte Dimo auffällig. Wollte dieser sich über ihn lustig machen, indem er sich der Worte bediente, die er ihm bei ihrer letzten Besprechung auf dem Silbertablett gereicht hatte? Vorsichtig nippte Dimo an seinem heißen Kaffee, den er mit drei Tütchen Zucker anreicherte und diese mit einem kurzen Löffelwirbel unter die dampfende Flüssigkeit mischte.

Die Hälfte des mit der goldbraunen Flüssigkeit hochprozentigen Alkohols gefüllten Glases gönnte er seiner Kehle, bevor er seine Ausführungen fortsetzte: „Aber das war vor einer Stunde. Denn jetzt kann ich dir etwas liefern“, triumphierte er. „Während der ganzen Rückfahrt habe ich mir den Kopf zerbrochen, und ob du es glaubst oder nicht, ich habe auch schon eine Idee entwickelt, was wir tun können.“ Thomas staunte ob der eigenen philosophischen Gelassenheit, mit der er seinem Gegenüber die ganze Zeit über gefolgt war. Er hatte nichts anderes getan, außer sich auf den anderen einzustellen, und wenn dieser andere jetzt sogar noch einen Teil seiner Arbeit übernahm, wollte er zu Recht stolz über diese Erfahrung sein.

Dimo zog die Tasche zu sich herüber, öffnete sie und nahm eine schützende schwarze Dokumentenmappe heraus, die man für lose Blätter benutzt, damit sie nicht knicken. Einige der Blätter, die einen Grundriss skizzierten, holte er heraus und reichte sie Thomas herüber. „Schau her!“, sagte Dimo. „Ich will dir zeigen, was ich herausgefunden habe und ich will dir erzählen, wie mein Plan aussieht.“

19.

„In fünf Stunden hätten wir uns umarmen können.“

*„Ja, das stimmt. Zürne und hadere nur ein wenig mit mir. Ich bin völlig leer, habe nichts zu bieten, und muss mich erst wieder auffüllen. Ich drücke Dir die Daumen für euren Erfolg. Angenehmen Heimflug. Es ist kalt geworden, wärmende Liebesküsse. *H*“*

*„1. Du hast immer was zu bieten. 2. Du musst ja auch nichts bieten. 3. Ich hatte Dir ja sogar den „steifen Bären“ zugesagt. 4. Liebe ich Dich leer wie voll! Boarding! *C*“*

*„Du bist ein Magier und findest immer und immer wieder mich verzaubernde und umhüllende Worte, die sich zu beglückenden Quellen vereinen. Danke, Du „steifer Bär! *H*“*

*„Weißt Du, dass ich Dich immer schon spüre, wenn Du nur in meiner Nähe bist? Deine Sogwirkung ist unbegreiflich. Ich sehe gerade virtuell Deinen Hintern vor mir – wie herrlich geil! *C*“*

War es nur die vorbehaltlose Offenheit Fannys, die Stanka ergriff, als sie ihr die kleine Blattsammlung zu lesen gab? Aus losen Häppchen lustvoller Wortspielereien hatte der unbekannte Designer mit geschickten Händen kleine Sequenzen kreiert. Er hatte eine gute Auswahl getroffen, Stanka konnte es beurteilen. Wie eine Wölfin wollte sie am liebsten laut aufheulen. Alte Vertraute waren nach langer Abwesenheit zu ihr zurückgekehrt. Sanft umfasste und betrachtete sie das beschriebene Papier. Auf keinen Fall durfte sie sich etwas anmerken lassen.

*„Schönen Tag, meine großartige Liebe! Wenn ich mir vorstelle, wie Du Deine Furchen unbeirrt ziehst, Dir Enttäuschungen und innere Zweifel nie anmerken lässt, dann bin ich ganz bei Dir! *C*“*

*„Als mein mobifon piepste, hatte ich nur einen Wunsch: Dass Du es bist! Manche Wünsche gehen sofort in Erfüllung. Du-fehlst-mir-Kuss. *H*“*

*„Geliebte! Ist es okay, wenn ich so zwischen 14:30 und 15:00 Uhr bei Dir aufschlage, also so wie ein UFO oder eine unguided missile?*C*"*

*„Landebahn ready for landing" – guten Anflug – Freude-kuss!!*H*"*

Eine Miene unbeteiligter Gelassenheit wollte Stanka auf ihrem Gesicht tragen, während ihre Augen begierig die kleinen Dialoge aufsaugten. Alles war wieder lebendig geworden. Alle inneren Regungen, alle Erinnerungen, alle Bilder einer unvergleichlichen Zeit.

Wie dankbar war sie der technischen Errungenschaft, die ihnen in allen erdenklichen Situationen eine Verbindung garantierte. Nur widerstrebend gestand sie den zusammengesetzten Buchstaben ihre Macht zu, deren Einfluss sie gerade deutlich vernahm. Es war einmal, dachte sie. Was war einmal?, kritisierte sie in gleicher Weise. Es war gelebte Realität, beharrte eine Stimme in ihr. Und diese Realität ist gespeichert. Nicht nur in einem kleinen drahtlosen Sender, vor allem in meinem Gehirn, und nun noch in kleinen schwarzen Buchstaben festgehalten und auf weißes Papier abgedruckt.

Stanka vermochte sich den Aufwand gar nicht vorzustellen, wie der Finder ihrem abhanden gekommenen *mobifon* die Texte entlockte, und dann noch diese irre Idee entwickelte, sie für seine eigenen Zwecke einzusetzen. Und warum? Wollte er mit seinen Empfindungen nicht angreifbar sein und sich verletzlich zeigen, oder hatte er schlichtweg gesagt keine eigenen Fantasien?

*„Ich hoffe, ich störe Dich nicht. Liebes-Erotik-Kuss und Hunger auf Dich nach deiner Erwiderung bestimmen mein Innenleben: Du bist „bi": emotional wie klug. Ich vermisse Dich!*C*"*

„Das ist irre! Ich liege im Bett und denke an Dich, und schon kommt Deine sms. Wie sehr ich Dich vermisse, kannst Du Dir gar

*nicht vorstellen. Du stillst meinen Durst, ildwb!*H*"*

*„Deine Größe und Liebesfähigkeit ist herausfordernd und kann nur „live" begriffen werden. Unglaublich: Dich gibt es!*C*"*

Fanny musterte ihre Lehrerin und beobachtete interessiert, wie diese beim Lesen ihre Lesebrille hin- und herrückte, um den optimalen Sitz zu finden. Stanka spürte die Beobachtung. Sie wollte zuerst das Wort ergreifen, aber Fanny war schneller: „Grübeln Sie auch darüber nach, was die Kombination *ildwb* bedeutet ?"

„Ich liebe dich wie blöd!", sprudelte es aus Stanka hervor. „Wow!", Fanny war beeindruckt. Sie hatte das Rätsel der letzten beiden Buchstaben nicht gelöst. Sie war von der Annahme ausgegangen, dass der Überbringer ihr damit die Kürzel seines Namens ankündigen wollte.

„Sind Sie sicher?", fragte sie ehrfurchtsvoll.

„Tod sicher!", erwiderte Stanka kategorisch.

„*Das* ist also die Botschaft für mich!", resümierte Fanny frohlockend.

„Wie kommst du darauf?"

„Na ja, wozu sollte sich der Geschichtenschreiber denn sonst alle diese kleinen Botschaften ausgedacht haben?", schlussfolgerte Fanny.

„Das heißt, du möchtest solche kleinen Botschaften erhalten?", fragte Stanka und ergänzte, „Äh... ich meine in einem unmittelbaren Austausch, nicht in einer solchen indirekten Form."

„Ja", murmelte Fanny vor sich hin, „will das nicht jeder?" Der zähflüssige Einstieg ihres Treffens lockerte sich. Stanka fand Gefallen an der unverbrauchten Art ihrer Schülerin und überlegte, wie sie den weiteren Verlauf noch vertraulicher ausgestalten konnte.

„Wir beide sollten jetzt erst einmal in die Küche gehen und meine Vorräte inspizieren, damit wir nicht verhungern.

Es gibt schließlich Zeiten, da sind Worte allein nicht mehr sättigend.“

Diese Weisung gefiel Fanny augenscheinlich. So interpretierte Stanka jedenfalls den Augenaufschlag, den ihr das junge Menschengesicht schenkte. Ohne dass sie sich berührt hatten, waren sie berührt.

Es gab keinen Unterschied, erkannte Stanka. Was besagten Jahre? Nichts! Der Wunsch, als menschliches Wesen erkannt zu werden, ernst genommen zu werden und Zuneigung zu erfahren, kennt keine Altersgrenzen.

Mit ungekünstelter Überzeugung faltete Stanka die Blätter zusammen und gab sie Fanny zurück. „Hier, nimm sie und pack sie ein“, entschlossen demonstrierte sie ihre neue Willenshaltung. Sie wollte sie nicht mehr sehen. Das dringend verspürte Bedürfnis, jedes Wort erneut aufzusaugen und festzuhalten, hatte sich aufgelöst. Dabei hatte sie noch gar nicht alle gelesen. Der Spuk war vorbei. Stanka fühlte es.

„Glaubst du, du hast noch die Muße, dir meinen Vortrag anzuhören?“, fragte Stanka zweideutig.

Ohne etwas zu sagen, verstärkte Fanny das Strahlen in ihren Augen, das sich auf ihren Mund übertrug. Es legte ein Lächeln mit zwei perlweißen Zahnreihen offen, das vom linken bis zum rechten Ohr reichte.

„Bevor es soweit ist, werden wir uns aber den Bauch voll schlagen.“

Gleichzeitig erhoben sie sich und vertauschten das Wohnzimmer gegen die kleine Küche. Fanny ging Stanka geschickt zur Hand. Unbefangen öffnete sie alle Türen des Küchenschrankes, suchte in Schubladen notwendige Hilfsmittel heraus und bewegte sich in einer so vertrauten Weise, die Stanka faszinierte.

Von den Vorräten des Küchenschrankes hatten sie sich gemeinsam für Nudeln entschieden. Bis diese im Backofen mit drei verschiedenen Käsesorten langsam verschmelzen würden, verwandelte Fanny geduldig breitblättrige Petersilie zu einem ansehnlichen fein geschnittenen Berg fein geschnittener Kräuter.

Stanka hatte ihre Seite der Tischplatte mit verschiedenen Zutaten bestückt, um einen bunten Teller *rasjadki*[57] zusammen zu stellen.

Sie liebte die Vielfalt der heimischen Appetitwecker.

Ein altes Rezeptbuch ihrer Oma begleitete sie seit ihrer Jugendzeit. Zu Recht konnte sie behaupten, dass sie es verstanden hatte, viele dieser Anregungen zu nutzen und um eigene Schöpfungen zu erweitern.

Die Möglichkeiten für die einfache Zubereitung schienen grenzenlos zu sein. Sie hatte sie nie gezählt, aber sie war sicher, dass es Hunderte waren, derer sie sich bedienen konnte. Sie konnten eine vollständige Mahlzeit ersetzen, eine Kombination aus kalten und warmen Speisen ein leckeres Menü bilden.

„*Opitaj*[58]“, forderte Stanka ihre Schülerin auf und hielt ihr ein kleines Tellerchen entgegen.

„*ß udovolstvie*“, bedankte sich Fanny artig, nahm ein Stückchen Brot und tunkte es in das mit gemahlenen Kräutern, Paprika und gerösteten Kürbiskernen verfeinerte Salz.

Bevor Stanka der jungen Schülerin das herübergereichte Schüsselchen abnahm, versank sie noch einmal mit ihrer eigenen Nase in dem wohlriechenden Kräutergemisch und verdrehte die Augen.

Fanny konnte ein unverhohlenes Grinsen nicht unterdrücken. Es war das erste Mal, dass sie ihre Lehrerin in ihrer Privatsphäre erlebte. Immer besser gefiel es ihr, zu sehen, wie aus der schulischen Autoritätsperson ein Wesen heraustrat, das nicht nur menschliche Züge, sondern liebenswerte

Marotten besaß.

Ein Teller mit einer großen Portion *Turtschija:* sauer eingelegte Gurken, Paprika, Blumenkohl und Möhren würden das bunte Bild ihrer kleinen Tafel abrunden.

Sobald die Nudeln aus dem Backofen herausgezogen werden konnten, sollte die vorbereitete *tikwa*[59], die Stanka mit Zimt und Honig bestrichen hatte, der restlichen Wärme zugeführt werden, um ihren Abschluss angemessen zu versüßen und der auf Wunsch mit Vanilleeistupfern gekrönt werden konnte.

Es war spät geworden. Die Küche hatte Stanka allein aufgeräumt. Fanny protestierte nur mäßig, weil Stanka für den notwendigen Nachdruck kurzzeitig die Lehrerkarte ausgespielt hatte.

Zur Belohnung öffnete sie sich eine Flasche Wein. Andächtig las sie das dunkelblaue Etikett der prämierten Flüssigkeit, auf dem in silbernen Buchstaben zu lesen stand: „*MUNDUSvini 2004 „Silber"-Siegel, 2000 Chateau Belitza, Damianitza*".

„Herrje", entfuhr es ihr. Sogar diese dämliche Flasche war voller Erinnerungen. C hatte ihr eine Kiste davon angeschleppt, als er wie so oft für einen mehrstündigen Aufenthalt bei ihr zwischenlandete. C hatte diese Flasche in seinen Händen gehalten, und C hatte sie ihr mit einem seiner frechen, flotten Sprüche überreicht.

Ohne Hektik und Eile öffnete Stanka das kostbare Rot. Sie befand den Moment für gekommen, ihre Erinnerungen würdig zu entleeren. Als sich der Inhalt der Flasche dem Ende neigte, beglückwünschte sie sich. Ihre Therapieverordnung wirkte. Nicht als tägliche Dosis zu empfehlen, aber zu besonderen Anlässen durchaus verschreibenswert. Sie erweiterte ihre Glückwünsche und richtete ihren Dank an den

Winzer für die gelungene Mischung aus Merlot- und Cabernet Sauvignon-Trauben.

Im Gespräch mit Fanny hatte Stanka kurzzeitig erwogen, der jungen Schülerin reinen Wein einzuschenken. Tapfer hatte sie den Impuls jedoch unterdrückt. Dass diese Entscheidung richtig war, verspürte sie in einer wohltuenden Wärme, die sie geradewegs durchflutete.

Gemeinsam hatten sie während des Essens nach einer Begrifflichkeit gesucht, in die sie die unterschiedlichsten Liebesdefinitionen einordnen wollten, um das Wort zu ersetzen, das zu oft als Worthülse strapaziert wird.

„Deshalb gefällt mir „ich liebe dich wie blöd“ viel besser als „ich liebe dich unendlich“, meinte Fanny mit ihren jungen Jahren bekennen zu können.“

„Korrekt!“, hatte Stanka bestätigt, „denn was heißt es schon zu sagen: „unendlich“ oder für „immer“.

Einen anderen Impuls hatte Stanka nicht unterdrückt. Aber das war auch ein Teil und der Zweck ihres Treffens mit Fanny. Mit schnörkellosen Worten fasste Stanka das Denken eines Autoren zusammen, der sich mit der Kunst zu Lieben intensiv beschäftigt hat und zu Festlegungen gekommen ist, die sie als Basiswissen bezeichnete, um das Phänomen Liebe greifbar zu machen. Dabei ließ sie nicht unerwähnt, dass das Buch bereits in den fünfziger Jahren erschienen ist, von seiner Aktualität bis heute aber nichts verloren hatte, und ihrer Kenntnis nach kein Autor der Gegenwart etwas Gleichwertiges in dieser Dichte hervorgebracht hatte.

Dass ihre individuellen Leidenserfahrungen eine große Rolle bei dieser Erkenntnis spielten, erwähnte sie nicht.

Mit dem eigenen Leidensprozess sollte man einen jungen Menschen nicht infizieren, der gerade im Begriff war, sich einer exklusiven Liebe zu nähern, bestimmte sie.

„Wie heißt dieses Buch?“, fragte Fanny aufgeregt.

Stanka nannte ihr den Namen, verließ kurz ihre aufgeweckte Zweisamkeit und kehrte mit einem kleinen, vergilbten, völlig unscheinbaren Taschenbuch wieder an den Tisch zurück.

Sie hatte Recht damit getan, sich noch einmal intensiv mit diesem Gedankengut auseinander gesetzt zu haben. Die alten aufwändigen Unterstreichungen hatten ihre Gültigkeit an den wesentlichen Abschnitten nicht verloren. Schade, dass ich diese Überlegungen damals nicht intensiver verfolgt habe, überlegte sie. Aber sie war gnädig und gab sich mit einer Formel zufrieden, die sie auch ihren Schülern regelmäßig erbot: besser spät als gar nicht.

Mit den Worten „lies es und dann lass uns darüber sprechen. Aber nur wenn du magst!“, hatte sie Fanny das Buch überreicht, die sich erst sorgfältig die Finger an ihrer Serviette abwischte, bevor sie das Buch wie eine randvolle Schatzkiste entgegennahm.

„Es ist ein Schatz“, bestätigte Stanka.

Könnte sie möglicherweise noch zu jung sein, um das Buch zu verstehen, grübelte Stanka. Quatsch, scholt sie sich. Wer in der Oberstufe Deutscher Sprachdiplomklassen am Unterricht teilnahm, wurde mit Lektüren gequält, die weit weniger gehaltvoll, dafür aber viel komplizierter zu verstehen waren, attestierte sie sich selbstsicher. Darina und sie waren deckungsgleich in der Festlegung, dass die jungen Menschen, die ihnen im Unterricht anvertraut wurden, viel zu wenig in ihrer persönlichen Entwicklung unterstützt wurden.

Die Feststellung, dass sie heute eine kleine korrektive Gegenbewegung eingeleitet hatte, erfüllte sie mit Genugtuung.

Den letzten vollmundigen, roten Tropfen einer Flasche zu entreißen, ist keine wirklich erfolgversprechende Aufgabe, da das kühle und glatte Behältnis jedem auszuwringendem Versuch glänzend widersteht, bedauerte Stanka. Formvollendet verabschiedete sie sich von der leeren Flasche und beförderte sie in den Mülleimer. Der Inhalt prophezeite, in Kürze Kreise in ihrem Kopfe zu bilden.

Für den bevorstehenden Absturz befand Stanka, dass eine bequemere Position möglicherweise den Aufprall abmilderte. Ohne jeden Umweg nahm sie Kurs auf ihr Schlafgemach. Bevor sie das Traumland betrat, erhob sich vor ihr ein großes silbernes Schild, auf dem in dunkelblauen Buchstaben eine Botschaft für sie geschrieben stand:

*„Geliebte! Ich halte Deine Eisschrank-Therapie nicht mehr aus! Sie ist vollständig gescheitert! Ich muss Dich bald wieder hören, sehen, küssen, schlecken, spüren – ildwb – *C*"*

20.

„Wieso meldest du dich nicht?“ Milen fiel auf, dass Petjas Stimme unerhört aufgeregt klang.

„Entschuldige bitte!“, rechtfertigte er sich, „aber ich weiß wirklich nicht mehr, wo mir der Kopf steht. Die Neueröffnung der Klinik, die Umstellung, und die Auflösung der alten Praxis, das alles fordert seinen Preis und leider den größten Teil meiner täglichen Schaffenskraft.“

„Ja, ja, ich weiß. Das ist ja auch völlig in Ordnung“, entgegnete seine Kollegin, nicht die Spur ruhiger. „Aber ich habe deiner Frau doch ausdrücklich gesagt, wie dringend dein Rückruf ist“, die weibliche Stimme überschlug sich förmlich. „Hast du dir wenigstens die Bilder angesehen?“

„Welche Bilder?“, Milen hatte keinen Schimmer, wovon Petja sprach, und seine Frau hatte ihm nichts gesagt.

„Das kann doch nicht wahr sein! Milen! Tue mir bitte einen Gefallen.“

„Sofort?“

„Ja, sofort!“ Du wirst nicht mehr als dreißig Minuten benötigen. Lies es und schau dir alles an. Die Bildqualität ist nicht gut, aber besser habe ich es nicht hinbekommen. Da ich keinen Videorecorder besitze, habe ich mich mit meiner Digitalkamera direkt vor den Fernseher gestellt und fotografiert. Und melde dich gefälligst zum Telefonieren endlich im Internet an, damit wir das nächste Mal freihändig telefonieren können, oder trommelt ihr immer noch wie in telefonlosen Zeiten?“

Es war gegen jede Vernunft, der aufgeregten Petja etwas von seinem heutigen Arbeitstag zu erklären, oder dass er gerade im Begriff war, seinen Operationstag vorzubereiten: Die Brust einer Dreißigjährigen wartete auf eine Straffung und

Vergrößerung, eine Vierzigjährige, die vorgab, nicht älter als fünfunddreißig zu sein, wollte ihre Nase und ihre Schlupflider korrigiert erhalten, und ein männlicher Patient, Ende fünfzig, wollte so schnell wie möglich von überschüssigen Körperflüssigkeiten befreit werden. „Um den Leib herum" hatte auf seiner Wunschliste gestanden. Stattlich wollte er aussehen, aber nicht mehr dick sein. Eine Diät oder eine langfristige Reduktion bestimmter Verhaltensweisen bei der Ernährung kamen für den Vertreter der neuen Oberschicht nicht in Betracht. Das war nicht das, was er hören wollte, und er hatte Milen das Wort kurz und bündig abgeschnitten. Er wollte den neuen Körper so schnell wie möglich. Für seine neue, junge Gefährtin wollte er dieses Opfer bringen. Milen fand das gerecht. Er war Handwerker. Ohne Einbildung konnte er sagen, dass er sein Handwerk verstand. Der Fortschritt und die lasergestützten Einsätze hatten das Repertoire erheblich erweitert und ließen heutzutage Modellierungen zu, von denen seine Vorgänger nicht zu träumen gewagt hätten. Die kostspielige Operation war seinem übergewichtigen Patienten lieber. Milen letztlich auch. Wenn die körperlichen Voraussetzungen drängelnder Patienten den operativen Erfordernissen entsprachen, führte er exakt die Schnitte aus, die ihren Vorstellungen entsprachen, auch ohne große Diskussionen und Erklärungen. Deshalb würde er seinem Patienten zu der Gewichtsreduzierung mit Direkteffekt verhelfen. Bulgarien gehörte nach Milens Kenntnisstand noch lange nicht zu *den* Schlaraffenländern, aber eine bestimmte Form der Fettleibigkeit war in der kleinen, neureichen Oberschicht vorzufinden, die ihm je nach Besitzstand mehr oder weniger ungeniert ihre Körper servierten. Er hatte angefangen, sie mit Mülldeponien zu vergleichen. Mülldeponien, die das unkontrollierte Konsumieren ihrer Wirte nicht mehr anders verstecken konnten, als es über unansehnliche

Wölbungen und Auswuchtungen sichtbar werden zu lassen.

Alles das würde seinen Tag ausfüllen, und alles das sagte er seiner aufgeregten Freundin nicht. Erst am frühen Abend, wenn er sein Tageswerk vollbracht hatte, würde er tun, was seine Freundin ihn so dringend geheißen hatte.

Milens Hände zitterten. Hätte dieses Zittern auch nur ein einziges Mal einen seiner heutigen operativen Handgriffe begleitet, könnte er seinen Beruf an den Nagel hängen, auf der Stelle. Und genau danach war ihm gerade zumute. Er war wie gelähmt und konnte sich nicht bewegen.

„Kann ich gehen, Milen? Oder gibt es noch etwas zu tun?" Cilva, steckte den Kopf durch die Tür zu seinem Zimmer. Es war spät geworden, sie wollte Feierabend machen.

„Ja, geh nur", antwortete er automatisch. „Alles in Ordnung. Ich mache auch gleich Schluss."

„Mach das. Morgen ist auch noch ein Tag. Die Nachtschicht hat ihren Dienst aufgenommen. Du brauchst deinen Schlaf", verstehend blickte sie ihn an.

„Nur noch ein Telefonat", sagte Milen, bevor Cilva ging und ihn alleine zurück ließ.

„*Da, molja?*", meldete sich die Stimme am anderen Ende der Leitung.

„Liebling, ich bin´s. Ich bin gleich fertig, noch ein Telefonat und dann komme ich", informierte er seine Frau, die sich wunderte, dass ihr Mann seine Rückkehr ankündigte. Das hatte er schon lange nicht mehr gemacht.

„Liebes, eine Frage. Hat Petja mir etwas ausrichten lassen, als du neulich mit ihr gesprochen hast?"

„Ja, das habe ich dir doch erzählt. Erinnerst du dich nicht?"

„Nein, ich erinnere mich nicht."

„Das war an dem Abend, als du während der Massage

eingeschlafen bist.“

„Oh, ja, dann weiß ich es wieder.“ Er wusste es nicht, aber kein Moment wäre unpassender als gerade jetzt seine Frau mit seinem Problem zu belasten.

„Warum fragst du nach Petja?“

„Sie hat mich heute morgen angerufen.“

„Und“, die Stimme seiner Frau klang völlig unbefangen, „ist jetzt alles klar?“

„Ja, jetzt ist alles klar. Bis gleich.“

Milen betätigte die Off-Taste der Freisprechanlage. Das folgende Telefonat würde nicht geeignet sein, durch den Raum zu schallen.

Es gibt einen Ekel dachte er, der jeden Tod überdauert und der bis in die Ewigkeit hineinreicht. Wenn man über ihn sprechen musste, sollte man den Raum begrenzen, um die Luft nicht weiter zu verpesten.

21.

Dimo freute sich wie ein kleines Kind: „Bobby! Das vergesse ich dir nie!“

„Schon gut, *Chefe*“, erwiderte der Jüngere.

„Die Sache muss in Ordnung gebracht werden. Ich bin dabei.“

Nicht eine Sekunde bezweifelte Dimo, dass Bobby Herr seiner eigener Gedanken war, als er ihm seine Entscheidung verkündete. Einen solchen Dienst würde Bobby ihm nicht erweisen, nur weil er sein Brötchengeber war. Sie teilten eine Gemeinsamkeit, ohne dass sie jemals darüber gesprochen hatten. Beide hatten ein Gespür dafür, ob etwas richtig oder falsch war. Aus welcher Quelle sie diese Wahrnehmung speisten, hätten sie nicht zu erklären vermocht, aber dass es sie gab, war für sie so sicher wie das Amen in der Kirche.

Bobbys Körpervolumen hielt dem Vergleich mit einem gut beleibten Buddha mühelos stand. Das sollte sich ändern.

Bobby war bereit, einen Schritt zu wagen. Dieser Schritt war nicht nur ein Wagnis, es würde schlimmstenfalls einen erheblichen Schnitt nach sich ziehen.

Dimo nahm eine grüblerische Position ein und verstärkte seine Pose mit Daumen und Zeigefinger an einem seiner Ohrläppchen.

„Das bleibt unter uns, worüber wir gesprochen haben, nicht wahr?“, Dimo blickte seinen Mitarbeiter durchdringend an.

„*Estestweno!*[60] Ich bin doch nicht irre!“, versicherte Bobby.

„Gut, dann rufe ich Thomas an und unterrichte ihn.“

Bobby blieb ungerührt vor Dimos Schreibtisch sitzen. Das Telefonat mit Thomas dauerte nicht lang. Thomas war bei Ivan. Er hatte nicht weiter nachgefragt. Dimo sagte ihm, Bobby sei bereit. Das reichte. Er sollte Bobby ausrichten, dass er große Hochachtung vor seiner Entscheidung hätte. Er sollte ihm versichern, dass er, Thomas, dazu nicht in der Lage wäre.

Lakonisch, wie es seiner Art am ehesten entsprach, kommentierte Bobby es ungerührt, bevor er sich erhob und an seinen Arbeitplatz zurückkehrte: „Wenn ich einen Körper wie Thomas hätte, wäre ich für diese Problemstellung wohl auch völlig unbrauchbar.“

Thomas setzte sich wieder an das Bett seines Freundes. Wie oft hatte er die reduzierten Bewegungsabläufe jetzt schon beobachtet? Er wusste es nicht zu sagen. Nur nicht anfangen zu grübeln, rief er sich zur Ordnung, sonst gerate ich wieder in die Fänge meiner eigenen Hilflosigkeit. Seine Erfahrungen im Umgang mit der notwendigen Distanzfindung, von deren Bedeutung er immer wieder las, nahmen zu. Trotzdem war es eine Gratwanderung. Sobald er für einen längeren Zeitraum in das bleiche, liegende Gesicht schaute, wurden seine Bemühungen auf eine harte Probe gestellt, und er schaffte es nicht jedes Mal, die Ohnmacht abzuwehren, die ihn befiel. Empfindet so ein Mensch, der sich als willensstark und unabhängig bezeichnet?, fragte er sich. Wie sollte er sein höchstes Leistungspotential erreichen, wenn er immer wieder auf ein Energieniveau abrutschte, auf dem seine Beine ihm schon beim Vorwärtsgehen signali-sierten, dass sie eine überbordende Strapaze vollzogen. Thomas suchte nach einem Zettel in seiner aktuellen Lektüre, auf dem er Gedankenfragmente über Ohnmacht und ähnliche Bewusstseinszustände zusammengeschrieben hatte. Diese Emotion, die deutlich zeigt, einer Situation ohne Macht gegenüber zu stehen. Wenn eine Ohnmacht tatsächlich so etwas ist wie eine kurz anhaltende Bewusstseinsstörung, die einen vorübergehenden Sauerstoffmangel im Gehirn verursacht, müsste ich also gleichfalls bewusstlos sein, denn dorthin führte eine Ohnmacht, die länger als eine Minute dauert, hatte er herausgefunden. Also bin ich gar nicht ohnmächtig, resümierte er, sondern ich bin bereits bewusstlos. Und wenn ich so weiter mache, gelange ich zwangsläufig in den Zustand eines Komas, der schwersten Form der Bewusstlosigkeit. Ist es das, was ich will?, fragte er sich perplex, indes er sein Befinden diagnostizierte.

Will ich mich auf diese Art und Weise meinem Freund anpassen, oder soll das mein Gestaltungsmittel sein, zu demonstrieren, wie sehr ich von meinem Schmerz gefangen bin? Reagiere ich schon lange nicht mehr situationsgerecht, sondern durch die eingetretene Störung im Denken erheblich verlangsamt auf dem Niveau einer Schnecke?

Die rechtlichen Auswirkungen einer Bewusstlosigkeit hatte er doch in seinem Studium ausreichend behandelt, daran konnte Thomas sich noch gut erinnern, weil das alles zu seinem Tagesgeschäft gehörte: Rechtsgeschäfte, die unwirksam waren, weil Beschuldigte deliktunfähig gesprochen wurden, wenn sie den Nachweis dafür erbrachten. Sogar Ehen konnten aufgehoben werden, wenn sie im Zustand der Bewusstlosigkeit geschlossen worden sind. Was für eine absurde Vorstellung, dachte er.

Thomas versank in seine Überlegungen.

Ohne es näher bestimmen zu können, sah er sich dem Bild einer Schranke ausgesetzt. Eine Schranke, die ihm die Sicht verstellte, nun aber bereit war, sich zu heben, ihm einen erweiterten Blick zu gewähren. Den ganzen Morgen hatte er gelesen. Immer leichter fiel es ihm, sich in der neuen Terminologie zu bewegen. Er konnte die Feststellung akzeptieren, dass er auf dem Weg zu einem Aha-Erlebnis war. Angestrengt suchte er in seinen Erinnerungen, wann er zuletzt eine so starke Wahrnehmung von Erkenntnis gefühlt hatte. Er wurde fündig. Es war, als er vor Jahren die Entscheidung traf, nach Bulgarien zu gehen. Der Aufbruch in das unbekannte Land war ein Prozess, der ihn gleichfalls zu einer bewussten Auseinandersetzung zwang. Er konnte nicht weggucken, um zu diesem Entschluss zu gelangen. Er musste bewusst hinschauen, wenn er eine Entscheidung treffen wollte über das, was er wollte. Diesen Baustein seines Lebens hatte er richtig platziert. Den Entschluss, neue Wege zu gehen und Darina zu heiraten, hatte er niemals bereut. Zu keiner anderen Zeit war sein Denken klarer gewesen. An diesem Prozess war er nicht nur beteiligt, er hatte diesen Prozess initiiert und war bereit, die Verantwortung dafür zu übernehmen. Als er sich endlich zugestehen konnte, dass dieses Vorhaben in sein Leben gehört, wusste er, dass er auch den Mut finden würde, sich ein mögliches Scheitern zuzugestehen, ohne den Glauben an sich zu verlieren.

Das heißt, so ganz rettungslos konnte er also nicht verloren sein. Auch damals hatte er Hindernisse zu überwinden, wenn auch anderer Art. Konnte er diese Erkenntnis nicht irgendwie auf den Schmerz und die Auseinandersetzung mit dem Verlust übertragen? Ein Hoffnungsstrahl erfasste seine Überlegungen. Wer sich über das Existieren und Funktionieren erhebt, initiiert sein Leben, hatte er gelesen. Genau das hatte er damals geschafft. Was musste er also jetzt initiieren, um sich wieder aufzurichten? Wer nur funktioniert und keine Zusammenhänge bildet, mutiert zum Opfer. Verdammt noch mal, wo hatte er das nur gelesen? Thomas ärgerte sich, dass er den Abschnitt bei all den vielen Merkzetteln nicht auf Anhieb finden konnte, den er doch gerade erst gelesen hatte. Diese dreiteilige menschliche Spezifizierung erschien ihm so richtig wie sie simpel war. Menschen mit Steineklopfern auf einer Baustelle zu vergleichen: Er fand seinen Spickzettel, auf dem er die Geschichte von drei Menschen zusammengefasst hatte, die auf einer Baustelle arbeiten und sich an einem riesigen Steinblock zu schaffen machen, um ihn in baufähiges Material zu verwandeln.

Der Erste klopft lustlos auf den Steinen herum, fühlt sich als Opfer, mäkelt und nörgelt an allem herum. Immer wieder fragt er sich, warum gerade ihn das Leben so straft.

Der Zweite führt seine Arbeit aus, weil es sein Job ist, und er das Geld braucht. Er denkt über das, was er tut, nicht nach.

Er akzeptiert die Regeln und funktioniert.

Der Dritte geht seine Arbeit bewusst, mit Freude an. Er weiß, dass er auch als Steineklopfer ein Baumeister ist. Wenn er das Bewusstsein dafür in sich entwickelt, kann er ein Kathedralenbauer sein.

Thomas hatte im Stehen gesprochen. Kommt es also nur auf die Bewertung der Umstände an, nicht auf die Umstände selbst?, fragte er sich.

„Nein“, rief Thomas energisch, „ich bin kein Opfer meiner Umstände, ich bin kein ausführender Automat, ich bin ein Kathedralenbauer“. Er fühlte, dass sein Anspruch mit der Realität nicht völlig überein stimmte. Diese Erkenntnis ärgerte ihn. Er wusste, dass er noch eine Menge Steine zu klopfen hatte, um in einer Kathedrale zu stehen, um die ausgeprägte Kraft wahrzunehmen, ein Schöpfer zu sein.

„Herrgott noch mal, ich arbeite ja dran“, sagte er störrisch. Wenigstens entlastete ihn die Tatsache, dass eine Kathedrale nicht von heute auf morgen fertiggestellt wurde, eine beharrlich verfolgte Leistung den Weg zur Vollendung aber täglich verkürzen würde.

Das Nachdenken über die Zusammenhänge seiner inneren Befindlichkeiten hatte Ivan heraufbeschworen. Der drohende Verlust des geliebten Menschen war für Thomas ein

Abgrund, in den er gestürzt war. Wollte er sich nicht rettungslos in seiner Verzweiflung verlieren, musste er irgendetwas tun. Die Vorlage, die das Leben ihm gab, war grausam. Auf ein Attentat auf Ivan und Krassimir war niemand vorbereitet. Und Thomas schon gar nicht. Aber wie naiv wollte er bleiben, brütete er vor sich hin, wenn er vom Leben verlangte, dass es ihm Schicksalsschläge mit ausreichendem Sicherheitsabstand anzukündigen hatte? War es nicht sein ureigenes Verschulden, sein Lebensfundament so wenig tragfähig ausgebildet zu haben, dass es ihm in einer Krisensituation nicht den notwendigen Halt gab? War es nicht hochgradig fahrlässig von ihm, sich als Opfer zu sehen und wie ein Verblendeter die Antwort auf die schicksalshafte Frage zu suchen: „Warum?"

Wie wollte er glaubhaft vertreten, dass es der Verlust eines Menschen sei, der diese Krise ausgelöst hatte. Wird doch durch unsere Geburt auch unser eigener Tod mitgeboren. Und werden wir nicht ohnehin ein Leben lang mit Verlusten konfrontiert? Verlieren wir nicht jeden Tag einen Tag unseres Lebens? Und schreiten wir nicht unaufhaltsam der einzigen unwiderruflichen Sicherheit entgegen, die es in unserem Dasein überhaupt gibt: unserem eigenen Verlust?

Er war nicht vorbereitet! Das war es. Er war auf das Leben nicht vorbereitet. Thomas war schockiert über diese Feststellung. Aber anders konnte er seinen Zustand nicht beschreiben.

Weder auf den eintretenden Verlust eines geliebten Menschen war er vorbereitet, geschweige denn auf seinen eigenen. Immer wieder umkreisten seine Gedanken die rückwärts gewandte Warum-Frage, statt sich mit der zukunftsgerichteten Wozu-Frage zu befassen.

Thomas fasste sich an den Kopf. Das musste er erst einmal verdauen.

Seine Distanzlosigkeit hatte zur Ohnmacht geführt, seine Ohnmacht zur Bewusstlosigkeit. Das heißt, er lebte ohne zu denken.

Das Telefon läutete. Thomas sprach mit Dimo. Das Gespräch dauerte nicht länger als eine Minute.

„Weißt du, Ivan", sagte Thomas, wieder dem liegenden Menschen zugewandt, „ich habe mir immer gewünscht, dass es in meinem Leben an verschiedenen Kreuzungen entweder ein rotes oder ein grünes Licht geben würde, das mir sagt, ob ich stehen bleiben oder weiterfahren kann. Aber mein Leben vollzieht sich wie in einem Gewühl ständig blinkender gelber Lichter und jedes Mal muss ich derjenige sein, der eine Entscheidung zu treffen hat. Du gibst mir eine harte Nuss zu knacken, aber ich fange an zu begreifen. Es ist also nicht nur der Verlust um dich, an dem ich kranke. Es ist vor allem mein unterentwickeltes Denken. Mein Krisengeschütz habe ich nie wirklich unter Beweis stellen müssen, weil mich das Leben bisher verschont hatte. Aber irgendwann erwischt es jeden. In meiner trügerischen Sicherheit glaubte ich, gewappnet zu sein. Und nun muss ich mir eingestehen, dass ich überhaupt nicht gerüstet bin und im Ernstfall versage."

Thomas verließ das Krankenhaus in der Überzeugung, etwas Wichtiges erkannt zu haben. Er erinnerte sich an den Abend, als er seiner Frau die Theorie der Franklschen Lehre erklärte, dass man sich von sich selbst nicht alles gefallen lassen musste.

Die Schonzeit war abgelaufen. Es wurde Zeit, die Dinge zu forcieren:

Das heimtückische Attentat würde er aufklären, und seinem unterentwickelten Denken wollte er auf die Sprünge helfen.

Das Bild mit der Kathedrale gefiel ihm. Es war eine schöne und eine erhabene Vorstellung. Mit dem Prozess seiner inneren Abläufe würde er sich weiter vertraut machen. Das war alles nicht so einfach, aber es war auch nicht aussichtslos. Dass es zudem sinnvoll war, spürte er. Wollen befreit!, motivierte er sich. Auch das gefiel ihm. Er musste in keiner Situation ausgeliefert verharren. Solange er handelte, brauchte er sich nicht behandeln zu lassen. Ob er tatsächlich mit dem Verlust seines Freundes konfrontiert werden würde, stand noch nicht fest. Noch war alles offen. Die Würfel waren zwar gefallen, aber sie waren noch nicht aufgedeckt.

Vor dem Eingang des Krankenhauses wählte er die neugespeicherte Rufnummer des *mobifons* seiner Frau, das sie sich in den letzten Tagen besorgt hatte. Thomas wusste, dass sie um diese Zeit in der Schule war. Er war nicht überrascht, sie nicht sprechen zu können. Eine gesprochene Nachricht wollte er nicht hinterlassen. Sein Anliegen presste er in das Format einer Kurzmitteilung. Die Aufforderung seiner Frau hatte er gut in Erinnerung behalten. Sie würde sehen, wie sehr ihm daran gelegen war, ihre Wünsche restlos zu erfüllen.

22.

„Schwarzmeer-Klinik, guten Tag, was kann ich für Sie tun?“ meldete sich eine sympathische Frauenstimme. Der Kopf der jungen Frau wurde von einem unauffälligen, kopfhörerähnlichen Gebilde umspannt. Es gab ihr die Freiheit, gleichzeitig zu sprechen und mit den Fingern alle Anruferinformationen auf den Bildschirm zu übertragen, vor dem sie saß.

„Könnte ich kurzfristig einen Termin bei Herrn Dr. Stalev erhalten?“, fragte die Stimme am anderen Ende der Leitung.

„Kommen Sie zum ersten Mal?“

„Ja.“

„Wann möchten Sie kommen, und ist es dringend?“

„Ja, es ist dringend“, insistierte der Anrufer, „ich möchte so schnell wie möglich kommen.“

„Sie haben Glück. Ein Termin ist kurzfristig ausgefallen. Können Sie es einrichten, heute gegen achtzehn Uhr zu kommen?“

„Besser wäre Achtzehnuhrdreißig?“

„Achtzehnuhrdreißig geht auch.“

„Möchten Sie mir sagen, um was es geht?“

Die Frage klang sachlich und war freundlich formuliert. Der Anrufer beantwortete sie ebenso sachlich: „Ich bin zu dick, und ich möchte wissen, ob und an welchen Stellen mein Körperumfang reduziert werden kann.“

„Danke für Ihre Information. Wissen Sie, wie Sie uns finden, oder möchten Sie eine Wegbeschreibung?“

„Ich kenne mich aus“, kam es kantig zurück.

„Würden Sie mir noch Ihren Namen und eine Telefonnummer hinterlassen, für den Fall, dass wir Sie noch einmal erreichen müssen?“

Die Telefonistin wiederholte den Namen und die Telefonnummer des Anrufers. Nachdem sie das Telefonat beendet hatte, klickte sie die vorgesehene Rubrik des Termin- und Annahmebogens an, tippte „Fettleibigkeit, Gewichtsreduktion“ ergänzend hinzu, und leitete die Terminvergabe über ihren Rechner an den vorgesehenen Verteilerkreis weiter.

Das Letzte was Milen aber gerade interessierte, war seine gegenwärtige Auslastung. Seine ungeteilte Aufmerksamkeit haftete an einem Dokument auf seinem Bildschirm, und das stellte keine Auslastung sicher, sondern eine immens hohe Belastung. Sein Gesicht wirkte unzugänglich, es verriet nicht die Anspannung, die sich hinter der äußeren Fassade breit machte.

Was für ein unfassbares Verbrechen, dachte er. Es war ungeheuerlich. Sollte er tatsächlich dermaßen hintergangen worden sein? Wie hatte er es überhaupt geschafft, nach dem Telefonat mit Petja aufgeräumt nach Hause zu fahren und zu tun, als wäre nichts geschehen? Es erschien ihm unbegreiflich. Er hatte es verdrängt, ungeschehen konnte er es nicht machen. Ein Entrinnen war nicht möglich. Die Realität war gnadenlos, die Beweislast erdrückend, ein Irrtum ausgeschlossen. Er musste etwas tun. Aber was?

Wie war es möglich, dass ein Mensch, dem er rückhaltlos vertraut hatte, so unbeschreiblich charakterlos werden konnte? Hatte dieser Mensch nicht wie er einen Eid geschworen? Unter welchen Umständen verwandelt sich ein Mensch in ein monströses Wesen und hebt ein Wertesystem aus den Angeln, richtet den größtmöglichen Schaden an und zerstört mit einem Schlag die Grundmauern menschlichen Miteinanders?

Es gab keinen Zweifel, aber Milen zweifelte plötzlich an seiner Menschenkenntnis. Er konnte alles drehen und wenden wie er wollte, die Tatsachen standen fest. Unumstößlich.

Über das Internet verschickte er die kleine Nachricht. Es würde nicht lange dauern bis sein Telefon läutete. Er stand auf, ging auf das zum Meer hin gewandte Fenster zu, drehte an den Lamellen, damit er hinausblicken konnte. Still und unbeweglich lag die eisblaue Pracht vor ihm. Wie lange liegt es zurück, dass ich diesen Anblick frei von jeglichen Belastungen genießen konnte? Viel zu lange, gestand er ein. Dabei war es auch dieses unschuldige Element, das die Entscheidungen seiner beruflichen Veränderungen mit beeinflusst hatte. Es gab in der Vergangenheit mehrere Chancen für einen beruflichen Ortswechsel. Man hatte ihm interessante Angebote unterbreitet, die er letzten Endes auch deshalb abgelehnt hatte, weil er mit seiner Familie seinen Standort nicht verlassen wollte. Selbst wenn er das Meer nicht unmittelbar in Anspruch nehmen konnte, reichte ihm die Gewissheit aus, dass es in der Nähe war. Warum eigentlich?, fragte er sich.

Weil es das einzige Beständige war in einer Zeit, in der nichts mehr seinen Bestand hatte, bekam er zur Antwort von einer Stimme, der er schon lange nicht mehr gelauscht hatte. Auf der Stelle sehnte er eine Insel herbei, die ihn aufnahm und jeder Entscheidung enthob.

Das Telefon läutete. Schwerfällig lief Milen vom Fenster an den Schreibtisch zurück.

„Milen? Ich bin es, Petja", hörte der Angesprochene die vertraute Stimme. „Du hast Glück, ich mache gerade Stillarbeit an meinem Schreibtisch."

„Ehrlich gesagt, es fällt mir schwer, das Wort Glück augenblicklich allzu sehr zu strapazieren. In meiner Wahrnehmung befinde ich mich alles andere als in einer glücklichen Lage."

„Wie man es nimmt", hörte er am anderen Ende der

Leitung, „denn jetzt sind wir am Zug. Wir bestimmen den weiteren Fortgang."

„Wieso wir?", fragte Milen ahnungslos. „Das ist allein meine Angelegenheit. Ich werde mich darum kümmern."

„Oh nein, mein Lieber. So geht das nicht. Da habe ich noch ein Wörtchen mitzureden."

„Was soll das heißen?", argwöhnte Milen. „Was hast du vor? Es klingt so, als hättest du bereits einen Plan."

„Genau so ist es."

Hatte Milen noch vor wenigen Minuten die Stille und die Unaufdringlichkeit des grenzenlosen Wassers genossen, konfrontierte ihn nun die Gewalt eines orkanartigen Getöses, das sich nicht mäßigen ließ, bis er die Worte herausbrachte, die dem Unwetter Einhalt boten.

„Welchen Tag hast du als Operationstermin angesetzt?", unerbittlich drängelte die Stimme.

„Den kommenden Dienstag."

„Nein, Dienstag geht auf gar keinen Fall", hörte Milen nach einer Pause, „Dienstag schaffe ich nicht. Es muss Freitag sein. Unbedingt. Ich werde mit der letzten Maschine am Mittwoch in Sofia eintreffen. Mit dem Nachtzug bin ich Donnerstagfrüh in Varna. Am Bahnhof nehme ich mir ein Taxi und fahre direkt in die Klinik. Dort kann ich auch schlafen. Deiner Frau sagen wir nichts. Je weniger Beteiligte davon erfahren, um so besser. Am Nachmittag können wir die letzten Vorbereitungen treffen. Danach läuft es so, wie ich es dir gerade erklärt habe. Bis Samstag werden wir mit den Behörden gesprochen haben, am Abend sitze ich im Nachtzug nach Sofia und fliege am Sonntag zurück nach München."

„Du hast an alles gedacht, wie es scheint." Milens Stimme klang ergeben, überzeugt war er nicht.

„Wirst du den Termin verlegen?", fragte die unnachgiebige Stimme, ohne auf Milens Feststellung einzugehen.

„Ich werde mein möglichstes tun“, antwortete Milen gequält.

„Milen!“ Petjas Stimme wurde zornig. „Dein Möglichstes reicht in diesem Fall nicht aus. Du musst es tun. Ich will mich darauf verlassen können.“

Noch einmal entstand eine Pause, die sich für beide unerträglich lang hinauszögerte.

„Gut, ich mache es“, versicherte Milen, „du kannst dich auf mich verlassen.“

„Das mache ich, hörst du. Ich verlasse mich auf dich. Denke jetzt nicht mehr darüber nach. Es gibt keinen anderen Ausweg.“ Petja versuchte ihren Kollegen zu beruhigen, obgleich ihre eigene Stimme verriet, dass sie alles andere als ruhig war. „Es gibt auch keinen gerechteren“, wagte sie leise hinterherzuschicken.

„Ich habe dich verstanden.“ Milens Stimme klang tonlos. Mit der Spitze eines Kugelschreibers hatte er während des Telefonates unentwegt Kreise auf ein Blatt Papier gebracht, die sich ineinander verfingen und eine düstere Spirale entstehen ließen. Genauso sah und empfand er seinen Zustand. Milen war nicht erfreut über die bildhafte Erkenntnis seiner Verfassung: ein unentwirrbares Labyrinth, in dem er eingeschlossen war. „Bestimmt hast du Recht“, schickte er hinterher, „mit allem.“

„Worauf du dich verlassen kannst. Also dann, es bleibt dabei. Ich muss Schluss machen. Wir sehen uns am Donnerstag.“

Die drei großen Wände im Foyer waren kahl und wirkten nackt. Irgendwann sollten die Flächen heimischen Künstlern als Ausstellungsfläche angeboten werden. Ohne sie zu beachten, lief Milen an ihnen vorbei. Ihm graute bei der Vorstellung, mit dem Wissen, das er nicht mehr verdrängen konnte, seinem Freund gegenüberzutreten. Andererseits entfesselte sich der Hass in ihm. Wenn sein Freund es geschafft hatte, eine solche Show zu veranstalten, sollte er beweisen, dass er ihm das Wasser meisterhaft reichen konnte. Er gab der Empfangsdame ein Zeichen, dass er die Klinik verlassen wollte, woraufhin sie ihm mit einem fragwürdigen Blick auf die Uhr zu verstehen gab, dass ihm bis zu seinem nächsten Termin nicht allzu viel Zeit zur Verfügung stand. Auf halbem Absatz machte er kehrt, lief zum Tresen herüber und trat mit einer kleinen Verbeugung an sie heran: „Was steht heute noch an?“, fragte er.

Sie blickte auf, drehte den Bildschirm zu ihm herüber, damit er sehen konnte, dass er noch zwei Erstgespräche führen musste. Zwanzig Minuten verblieben ihm, um Luft zu holen, bevor er wieder voll funktionsfähig seiner Tätigkeit nachzugehen hatte. Er brauchte dringend ein ganzes Meer und frischen Atem.

„Ich habe gehört, dass du telefoniert hast“, rief Dimo und trat an den Arbeitsplatz seines Mitarbeiters heran. Er war kurz in das alte Büro zurückgekehrt und hatte mit einem Ohr das Telefonat von Bobby verfolgt.

„*Da!*“

Willst du mir schildern, wie es gelaufen ist?“

„Wie jetzt?“, fragte Bobby fahrig zurück, „Du hast doch gehört, was ich gesagt habe, oder nicht?“ Als Dimo den Kopf ein wenig hin und her wiegte, schickte er hinterher: „Hast du das Telefonat nun mitgehört oder nicht?“

„Wenn ich ehrlich bin, nur einen Teil.“

„Und welcher Teil fehlt dir?“, belustigte sich Bobby, dem das Verhalten seines Chefs irgendwie komisch vorkam.

„Bobby!“, rief Dimo übertrieben empört, „spann mich

nicht unnötig lange auf die Folter, „wie geht es weiter?“

„Ich habe heute Abend mein Erstgespräch in der Klinik. Wenn es keine Komplikationen gibt, lasse ich mir sofort einen Einweisungstermin geben.“

„Was, heute Abend schon?“, Dimo reagierte überrascht. Die Geschwindigkeit, die Bobby an den Tag legte, erschien ihm atemberaubend. Auf keinen Fall wollte er seine Zweifel betonen, aber genau sie waren es, die an ihm nagten. Seine Frau hatte ihm gehörig den Kopf gewaschen, als er sie in ihre Pläne einweihte. Ihre berechtigten Einwände waren schwer verdaulich.

„Bobby, wenn du das Ganze doch lieber vergessen willst und nichts unternehmen möchtest, dann wäre das völlig in Ordnung. Ich meine, darüber müssen wir nicht lange reden, nicht wahr. Du weißt ... äh .. ich meine, das ist eine gehörige Anmaßung, was wir uns da ausgedacht haben, findest du nicht?“

Dimo verhaspelte sich mehrfach und wand sich verlegen.

„Ohne Risiko ist das alles nicht, meine ich, oder was meinst du?“

„Das will ich meinen“, lautete die trockene Entgegnung.

„Ist das alles, was du dazu zu sagen hast?“

Bobbys Wangen erröteten. Die väterliche Sorge seines Chefs rührte ihn. Sie war offensichtlich und Bobby spürte, dass Dimo unsicher wurde, ob sein Ansinnen nicht zu kühn war. Wann hatte er das letzte Mal erfahren, dass ein anderer Mensch sich um ihn sorgte und schuldig fühlte, weil er glaubte, ihm etwas Unverhältnismäßiges abzuverlangen?

„Chef! Wir waren uns doch einig, oder nicht?“

Dimo schüttelte heftig mit dem Kopf. „Ja schon“, stieß er hervor, mit einer Stimme, die nervös klang.

„Wir wollen doch jemandem auf die Schliche kommen?“

„Ja“, echote Dimo.

„Du warst doch derjenige, der die Idee hatte, oder nicht?"

„Ja, ich bekenne mich schuldig."

„Und du warst auch derjenige, der bei dem Aufenthalt in der Klinik mitbekommen hat, dass in der Klinik ein geheimnisvoller Patient untergebracht ist."

„Auch das ist richtig", bestätigte Dimo, „aber es könnte sein, dass meine Vermutung zwar richtig, der Patient aber völlig harmlos ist und nur aus Gründen der eigenen Eitelkeit wegen um Geheimhaltung gebeten hat. Und das Störgefühl in Thomas Bauch ist leider auch kein wirklich verlässlicher Seismograph." Dimo hatte schnell gesprochen. Er glaubte, für all den Stuss, den er verursacht hatte, nicht auch noch mehr Zeit beanspruchen zu können, also betete er rasend schnell noch einmal alles herunter, was sich an Unsicherheiten in ihm aufbäumte.

Unleugbar stiftete er einen Unbeteiligten zu einem Vorgehen an, womöglich unter lebensgefährlichen Bedingungen, das schlechtestenfalls von vornherein zum Scheitern verurteilt war. Sie wollten Detektivarbeit betreiben, die rein gar nichts mit ihrem Dienstleistungsangebot zu tun hatte und die alles andere als ein Spiel war.

Bobby rieb sich den Bauch. Nicht vor Schadenfreude, sondern um das Stichwort „Bauch" aufzugreifen, das Dimo im Zusammenhang mit Thomas Rumoren in der Leibesmitte angesprochen hatte.

„*Chefe*", sagte er, „es ist nicht mein Vokabular, aber ich werde ausnahmsweise davon Gebrauch machen, eventuell wird dann deutlicher, was ich will: „Also, mein Bauch sagt mir, dass unsere Idee gut ist, aus zweierlei Motivationen heraus: Wir werden ein Geheimnis lüften oder auch nicht. Der Patient ist entweder harmlos oder er ist es nicht. Er ist entweder eine Schlüsselfigur oder er ist keine Schlüsselfigur.

Wir können Thomas weiterhelfen oder wir können ihm

verlässlich bestätigen, dass er das nächste Mal etwas umsichtiger mit seinen Bauchempfindungen umzugehen hat.

So, das ist das eine." Bobby machte eine Pause.

Dimo war von der Einstiegsrede seines Mitarbeiters beeindruckt. Er hielt inne, trotz aller Neugier bedrängte er ihn nicht, fortzufahren. Zwischenzeitlich hatte er sich auf der Tischkante niedergelassen, um ihre Augenhöhe auf ein rechtmäßiges Maß zu bringen.

„Das andere aber ist das hier", Bobby wiegte mit den Händen seinen Bauch, der über den Gürtel seiner *denki*[61] weit hinausschwellte. Er gehörte mit seinen Körperfunktionen in die Kategorie der Menschen, bei denen sich eine Gewichtszunahme nicht gleichmäßig auf den Körper, sondern in einem ballonähnlichen Gewölbe um den Bauchnabel herum verteilte. Dieses unansehnliche Gebilde fand aufgrund einer weiteren Schwäche des Bindegewebes immer weniger Halt. Es wirkte sich auf das Erscheinungsbild des jungen Mannes nicht gerade vorteilhaft aus.

Bobby erwog, ob es notwendig sei, noch weiter zu gehen, damit sich Dimo von dem letzten Rest seines schlechten Gewissens verabschieden konnte. Mit niemandem hatte er bisher darüber gesprochen. Ein Blick in das offene Gesicht seines Chefs nahm ihm die Entscheidung ab. „Ich werde dir etwas erzählen, und das fällt mir nicht leicht. Aber ich tue es", begann Bobby: „Es liegt einige Monate zurück, aber ich kann es nicht vergessen." Er räusperte sich und hüstelte verlegen, zurückhalten wollte er sich dennoch nicht: „Ich war mit Freunden unterwegs. Im Laufe des Abends wechselten die Gesichter. Wie es halt so ist. Der eine kennt den, ein anderer einen anderen. Man hat sich lange nicht gesehen, man beäugt sich und tauscht kleine Bemerkungen aus. Eine dieser Bemerkungen betraf mich, als ein Bekannter mich ansprach und mit Blick auf meinen Körperumfang feststellte, dass ich in den letzten Jahren aber ordentlich zugelegt hätte. Der Sachverhalt stimmt, was sollte ich darauf erwidern. Also habe ich nichts gesagt, aber einer meiner Freunde hat für mich geantwortet: „Bobby hat nicht zugelegt“, hatte er gesagt. „Bobby ist schwanger mit einem Elefanten und der Rüssel guckt unten schon heraus.“

Alle haben gelacht, und ich habe natürlich mitgelacht. Es sollte ein Witz sein, aber für mich war es halt mehr als nur ein Witz. Ich weiß, dass mein Freund mich nicht verletzen wollte, aber ich war betroffen. Es war das erste Mal, dass ich mich in meinem eigenen Körper unwohl wie noch nie fühlte und diese Regung lässt mir keine Ruhe mehr. Im Gegenteil, beständig meldet sie sich in mir zu Wort.“

Sie saßen stumm da, den Blick nicht aneinander geheftet; jeder schaute in eine andere Richtung.

„Fast Food lässt grüßen.“ Mit einem Scherz wollte Bobby die ungewohnte Ernsthaftigkeit schnell wieder vertreiben.

„Und deshalb“, Bobby seufzte, drehte seinem Chef den Rücken zu und öffnete eine Datei an seinem Computer: „Schau! Ich habe ein wenig Vorarbeit geleistet. Du hast hoffentlich nicht geglaubt, dass ich nicht wüsste, was ich mir zumute?“ Mühelos öffnete Bobby mit dem Klicken seiner Computermaus Bilder und Beschreibungen, die er auf der Festplatte von Ivans Computer gefunden und mit Informationen aus dem Internet vervollständigt hatte.

Bisher hatte es für Dimo keinen Anlaß gegeben, sich mit medizinischen Eingriffen dieser Art näher zu beschäftigen. Als er las, wie viel überschüssige Körperflüssigkeiten je nach überflüssiger Körpermasse abgesaugt werden konnten, stellte er sich große Joghurtbecher vor, die man füllen würde mit dem, was für jeden Körper eine große Strapaze des Gesamtorganismus darstellte. Es war überflüssig, es auszusprechen. Bobby brauchte kein weiteres Zeugnis. Es würde eine lange

Reihe Becher sein, die man für seinen Körper benötigte.

Bobbys Eingeständnis bewegte Dimo, er hatte nie darüber nachgedacht. Er war schließlich nicht blind. In seinem Tätigkeitsbereich wirkte sich das Körpergewicht seines Mitarbeiters nicht negativ aus. Unter einem anderen Blickwinkel hatte er Bobby nie wahrgenommen. Irgendwie ist es doch komisch, grübelte Dimo, dass wir Männer uns so selten über unsere Befindlichkeiten austauschen, geschweige denn, dass wir über unser Äußeres ernsthaft sprechen. Der Witz, den man auf Bobby gemünzt hatte, konnte es nicht besser belegen. Das war typisch Mann. Irgendwie darüber lachen und so tun, als würde man alles unter das dicke Fell schieben. Wenn er da an seine Frau und die Gespräche mit ihren Freundinnen dachte. Was für ein Unterschied! Dimo fand es zwar nicht erstrebenswert, gleich dieses Niveau anzusteuern, aber einer gewissen Erweiterung des männlichen Horizontes könnte man doch durchaus gewogen sein. Unvermittelt war Dimo frohen Mutes und dankbar, dass Thomas ungehemmt über sein Störgefühl im Bauch zu ihm gesprochen hatte. Plötzlich fand er auch seinen Einfall wieder gelungen.

Dimo machte eine Rechnung auf: Einer würde etwas verlieren, was er ohnehin verlieren wollte, und dadurch würde man auf jeden Fall etwas gewinnen. Das allein reichte aus, um ihre Entscheidung zu rechtfertigen. Was Bobby bei seinem Aufenthalt noch herausfinden konnte, war nicht auszumachen, aber mit dem Blick, den sie riskierten, könnten sie Thomas und damit auch Ivan, einen Dienst erweisen.

Dimo wartete darauf, dass Bobby weitersprach.

„Ich werde heute Abend in die Klinik fahren und mit diesem Doktor sprechen. Wenn er mir bestätigt, dass ich ein normaler Fall bin, bei dem er mühelos wirken kann, lasse ich mir einen Termin für die stationäre Aufnahme geben. Je schneller, desto besser. Ist das so richtig, *Chefe*?“, freimütig blickte Bobby seinen Chef an, der ihn angrinste. „Es wäre sicher von Vorteil, wenn ich einen Laptop mitnehmen könnte", sagte Bobby, „das schindet Eindruck. Und zum anderen könnte ich mich unbemerkt in das bestehende Netzwerk einklinken, um an weitere Informationen zu gelangen."

„Klingt nach einer guten Idee", kommentierte Dimo, „lass dir einen neuen Rechner bringen. Du weißt am besten, was du willst", bekräftigte Dimo. "Der geht auf meine Rechnung wie .... auch das andere ...." Dimo schlenkerte mit der Hand durch die Luft und zog großzügige Kreise. Bobby errötete. Dieses Mal nicht nur im Bereich seiner Wangen. Sein ganzes Gesicht drückte aus, wie intensiv ihn das Gespräch berührt hatte. Über die Marginalien hatten sie kein Wort verloren. Es war unnötig. Beide wussten es.

23.

Zurück im Kommissariat ging Vlado erst in das Büro von Marietta, die gerade telefonierte, ihm aber mit erhobener Hand signalisierte, dass er warten sollte. Dabei wollte er doch nur wissen, ob die Protokolle der Befragungen vorlagen, die die Kollegen durchführen sollten. Marietta hatte sie ausgedruckt und in einer Mappe zusammengestellt.

Das Gespräch, das er mit dem Arzt führte, der Ivan ins Krankenhaus begleitet hatte, brachte ihm zwar weitere medizinische Erkenntnisse, um den Tatort herum hatte der Notarzt jedoch nichts gesehen. Und die Frage, ob ihm auf der Fahrt nach Varna irgendein Fahrzeug verdächtig vorgekommen sei, hatte der Befragte konsterniert verneint.

„Das soll wohl ein Scherz sein? Was glauben Sie denn, wo ich mich auf der Fahrt zum Krankenhaus aufgehalten habe?"

Vlado hatte lange nachgedacht, bevor er darauf antwortete.

„Ich weiß, dass sie sich bei dem Verletzten aufhielten", hatte er gesagt, „aber in diesem Fall wollen wir auch Unwahrscheinliches nicht außer Acht lassen."

„Dann haben Sie mit dem Fahrer wohl schon gesprochen?"

Diese Anspielung war Vlado unangenehm und konnte nur als Retourkutsche gewertet werden. Um den Reigen der Absurdität seines Tuns nicht weiter gipfeln zu lassen, bejahte er die Frage, enthielt sich jeglichen Kommentars, bedankte sich für die freundliche Kooperation und verabschiedete sich.
„Ich bin wieder in meinem Büro", informierte er Marietta, nachdem sie ihrem Kollegen den gefüllten Pappordner überreichte. Er trat ans Fenster und blickte nach draußen. Diese

Tage des Jahres, die sich irgendwie nicht richtig entscheiden konnten, ob sie noch Winter oder schon Frühling sein wollten, gefielen Vlado nicht, weil sie den trostlosen Anblick verstärkten, der sich ihm bot. Hinter einem Haus auf der gegenüberliegenden Seite ragte der Hals eines blauen Kranes hervor. Vlado war bereit, zu schwören, dass er gestern noch nicht dort gestanden hatte. Oder hatte er ihn einfach übersehen? Er wurde unsicher. Man konnte durchaus den Überblick verlieren bei den vielen Baustellen, die sich in der Stadt breit machten. Vlado verweilte in seinen Betrachtungen. Der Kran wurde nicht betätigt, stellte er fest. Der blaue Hals bewegte sich nicht von der Stelle. Mit diesem Gedanken löste sich Vlado von dem Anblick, um nicht gleichermaßen wie der Stahlkoloss starr in der Gegend herumzustehen.

Die Mappe mit den Protokollen wartete geduldig, genauso wie verschiedene Routineabläufe, die er mit dem Computer zu bewältigen hatte. Nachdem Marietta ihn einige Male in der Handhabung mit dem Computer unterwiesen hatte, fiel es ihm von Tag zu Tag leichter, mit dem blattlosen System Freundschaft zu schließen.

Tatsächlich ist ein Computer doch nichts anderes als ein primitiver Regelbefolger, hatte er erkannt. Dieses Wissen beruhigte ihn, es befreite ihn aus der Vorstellung, Sklave eines Automaten zu sein. Noch etwas hatte er erkannt: Wissen ist besser als Ignoranz. Es beeindruckte ihn, wie offen Thomas mit seinem Schmerz umging und wie dieser sich mühte, im Kampf mit der Aussichtslosigkeit nicht nachzulassen und bereit war, neue Wege zu gehen. Vlado rechnete damit, dass sein Chef sich heute noch bei ihm bemerkbar machen würde, um den Ermittlungsstand abzufragen. Der Tratsch der Kollegen im Hause hatte sich zu ihm herumgesprochen, dass der Chef ihn argwöhnisch unter Beobachtung genommen habe. Zufrieden stellte er fest, dass es ihn wenig bekümmerte. Immerfort gibt es Tratsch unter den Leuten, selbst wenn sie von nichts wirklich eine Ahnung hatten und ständig ob der eigenen Unzulänglichkeiten zu Übertreibungen neigen. Vlado konnte sich ihre abgedroschenen Phrasen gut vorstellen. Gnädig verzieh er ihnen die menschliche Schwäche, auch er war nicht frei von Schuld. Was war heute los mit ihm? Hing seine Dünnhäutigkeit mit dem Verlust seiner Kollegen zusammen? Er wusste es nicht, aber er wollte nicht darüber nachdenken.

Unter dem Tisch stand eine Plastiktüte, zu ihr bückte er sich herunter und zog sie hervor. Seine Frau hatte ihn erstaunt angeschaut, als er sie bat, dass sie ihm etwas zu essen einpacken sollte. Er würde heute nicht essen gehen. Ungestört wollte er den Tag im Büro verbringen und sich mit dem beschäftigen, was Thomas ihm aufgetragen hatte. Mit den Protokollen würde er beginnen.

Als erstes fingerten seine Hände ein großes Stück *Lukanka* aus der Tüte heraus, gefolgt von Broten mit gebackenem Käse. Abwechselnd biss er in die Wurst und in die Käsebrote hinein. „Och", ein lang gezogener Seufzer entfuhr Vlado, es war unbefriedigend, immer wieder nichts sagende Informationen zu lesen. Das Papier war mehr wert als das, was darauf gedruckt stand. Wenigstens hatten die Kollegen Thomas Anweisung befolgt. Man hatte wirklich alles befragt, was sich am Tattag am Goldstrand bewegte. Vlado hätte es kaum noch verwundert, hätte man auch noch die am Strand herumstreunenden Hunde miteinbezogen, so absurd erschien ihm die Ausweitung des Radius um den Tatort. Immer hatte er ruhig zugehört, wenn er infolge einer Befragung mit Zeugen zu tun hatte, die ihm ihr Wissen oder ihr Nichtwissen anvertrauen sollten. In all den Jahren hatte er noch keinen einzigen Fall erlebt, bei dem ihnen eine Zeugenaussage weiter geholfen hatte. Vlado wusste, dass seine Festlegung nicht gerecht war. In seiner Wahrnehmung war jedenfalls das Verhältnis unausgewogen zu denen, die brauchbar und hilfreich waren. Und heute erschöpfte sich einfach seine Geduld. Unwirsch biss er in die *Lukanka*. Als er die schmackhafte Hartwurst langsam zerkaute und sich der gut gewürzte Geschmack auf seinem Gaumen verbreitete, schob er die Protokolle auf die Seite. Das hatte die Wurst nicht verdient, so unbeachtet hinuntergewürgt zu werden. Bedächtig und mit Hingabe zermalmten seine Zähne die feste Substanz der heimischen Salami. Ein leises Quietschen begleitete den Drehstuhl bei der halben Umdrehung, die Vlado einleitete, um sich von seinem Schreibtisch abzuwenden. Auch das zweite belegte Brot und den Rest seiner Wurst wollte er nicht beiläufig hinunterschlingen. Die Protokolle würden nicht gleich fortlaufen.

Das Telefon auf seinem Schreibtisch kündigte eine Unterbrechung seiner Pause an. Er musste es so lange klingeln lassen, bis er die zu Brei durchgekaute Masse herunterschlucken konnte.

„*Da*!“, meldete er sich einsilbig.

„Könnte ich bitte mit dem deutschen Kommissar Thomas Jeromin sprechen?“, forderte eine Frauenstimme.

„Der ist nicht da.“ Marietta war in die Mittagspause gegangen und hatte die eingehenden Anrufe auf seinen Apparat umgeleitet, schlussfolgerte Vlado.

„Können Sie mir dann weiterhelfen?“

„Das weiß ich nicht. Um was geht es?“

„Kommissar Jeromin war in den letzten Tagen bei mir, und ich habe ihm etwas mitzuteilen.“

Vlado nahm Haltung an. Er schob die Essensreste zusammen und fingerte nach einem Blatt Papier. Wenn eine Frau in den letzten Tagen mit Thomas gesprochen haben wollte, konnte es nur mit ihrem Fall zusammenhängen.

„Ich bin ein Kollege von Kommissar Jeromin. Sie können mit mir sprechen."

„Dann sind Sie zufällig sogar der Kollege, der mit ihm bei mir draußen war?"

„Nennen Sie mir doch bitte zuerst einmal Ihren Namen. Wer sind Sie überhaupt?", fragte Vlado die Anruferin.

„Ich heiße Miglena Mutavova."

Vlado wusste, wer das war. Es war die Frau, die nicht dachte. Die Äußerung der Hotelmanagerin hatte ihm zu denken gegeben. Er konnte sich genau an sie erinnern. „Frau Mutavova, sprechen Sie bitte."

„Sie hatten mich doch danach gefragt, ob einer meiner Mitarbeiter irgendetwas zu dem Tatvorgang aussagen könnte."

„Das ist richtig. Und Sie hatten uns gesagt, dass weder Sie noch Ihre Mitarbeiter etwas Sachdienliches gesehen hätten."

„Ja, das stimmt. Aber jetzt gibt es einen Mitarbeiter, der etwas gesehen haben will."

„Wer ist das, und was will er gesehen haben?"

„Es ist ein junger Mann, den wir als Aushilfskraft in den Außenanlagen unseres Hotels über unsere Gärtnerei beschäftigen."

„Und? Was will dieser Mann gesehen haben?"

„Einen Geländewagen, der mit hoher Geschwindigkeit die Hotelanlage verlassen hat."

„Und das will der junge Mann gesehen haben?"

„Das hat man mir so erklärt."

„Was soll das heißen, das hat man Ihnen so erklärt?", fragte Vlado lakonisch.

„Das soll heißen, dass ich mit dem jungen Mann nicht sprechen kann."

„Und wieso können Sie nicht mit dem jungen Mann sprechen?", Vlados Stimme klang gereizt, ob dieser verklausulierten Äußerungen.

„Weil der junge Mann taubstumm ist!"

Auf alles war Vlado vorbereitet, würde er am Abend seiner Frau berichten, aber darauf nicht.

„*Alo*[62]?", meldete sich die Frauenstimme.

Vlado war vor Überraschung verstummt.

„*Dobre*", sagte er, als er seine Fassung wieder gefunden hatte, „Wie heißt der junge Mann, wo wohnt er, und wieso meldet er sich erst heute?"

„Der junge Mann heißt Chavdar Velkov. Er wohnt in Varna, in einem Behindertenheim. Er hatte Urlaub, den er bei seiner Familie in Omurtag verbrachte. Aus diesem Grund hat er erst heute von dem Vorfall erfahren und verstanden, dass seine Beobachtung möglicherweise von Bedeutung für Sie sein könnte."

Vlado war bereit, darauf seinen Hintern zu verwetten.

„Wann kann ich mit dem jungen Mann sprechen?", fragte er, bis ihm einfiel, was er gerade gesagt hatte, „äh ... ich meine natürlich, mich verständigen."

„Sagen Sie mir, wann Chavdar zu Ihnen kommen soll, dann wird er in Begleitung eines Gebärdendolmetschers in Ihrem Büro erscheinen."

„So schnell wie möglich, am besten gleich heute."

„Ja, ich verstehe", hörte Vlado die frauliche Stimme, „lassen Sie mich eine Minute nachdenken", sie bezog Vlado in ihre Überlegungen mit ein: „Ich habe gleich einen Termin in der Innenstadt und könnte Chavdar mitnehmen. Vorab könnte ich mit seinem Wohnheim telefonieren und darum bitten, dass man einen Dolmetscher unmittelbar in Ihr Büro schickt, so dass wir in etwa, sagen wir, in zwei Stunden spätestens bei Ihnen eintreffen könnten."

„*Idealno*[63]!", rief Vlado, „so machen wir es."

Vlado war begeistert. Die Anruferin konnte nicht sehen, wie eine stetig steigende Laune sein Gesicht erhellte.

„Ach übrigens, bevor ich es vergesse: Der junge Mann ist zwar taubstumm, aber er hat ein sehr gutes Verhältnis zu Zahlen. Soll ich Ihnen das Autokennzeichen schon einmal sagen, das Chavdar mir aufgeschrieben hat, oder möchten Sie, dass er es Ihnen persönlich gibt?“

Vlado war nicht mehr zu halten. Er war aufgesprungen und hätte beinahe den Telefonapparat mit heruntergerissen, hätte er ihn nicht in der letzten Sekunde aufgehalten.

Kaum beherrschen konnte er sich und hätte am liebsten lauthals „raus damit, aber schnell“ geschrien, schaffte es aber, eine angemessene Bitte zu formulieren: „Wenn Sie mir die Nummer schon einmal durchgeben würden“, bat er vorbildlich.

Die Anruferin leistete ihm Folge, zählte die Zahlen- und Buchstabenkombination eines Autokennzeichens auf und verabschiedete sich mit einem freundlichen *„do tschuwane*[64]*!*“.

Nachdem Vlado den Hörer aufgelegt hatte, lehnte er sich weit in seinem Stuhl zurück. Die gewohnheitsmäßige Müdigkeit nach seiner Mittagspause stellte sich nicht ein. Das Telefonat hatte ihm einen ordentlichen Adrenalinstoß verabreicht. Er war hellwach. Wie schön wäre es, wenn es mehr Menschen gäbe, wie diese Miglena Mutavova. Amüsiert gedachte er ihrer Selbstbezichtigung. Den Gegenbeweis hatte sie erbracht. Die Art der Untertreibung gefiel ihm. Auf den Bericht, den er zu erstatten hatte, freute er sich. Auf das Gesicht seines Chefs ebenfalls.

Vlado ergriff den Telefonhörer und wählte eine Nummer, die ihm schleunigst den Halter des Geländewagens ermitteln sollte. Danach informierte er Thomas. Seine Brust schwoll an, als dieser seine Begeisterung teilte, und wuchs ins Unermessliche, als Thomas ihm versicherte, dass er das Gespräch mit dem jungen Mann alleine führen sollte. „Du brauchst mich nicht,“ hatte Thomas ihm gesagt, „das kannst du alleine, und es ist für den jungen Burschen bestimmt angenehmer als von zwei Bullen befragt zu werden.“

Bis sein Zeuge mit dem Dolmetscher erscheinen würde, wollte er seine übrige Schreibtischarbeit beendet haben. Als er den ersten Stoß Papiere gesichtet hatte und ihn auf die Ablage unter dem Fenster verfrachtete, streiften seine Augen unwillkürlich das hereinflutende Licht. Das Grau des Himmels hatte sich in ein lichtes Blau verwandelt, stellte er erfreut fest und der Hals des Kranes hatte eine Wende vollführt. Es sah so aus, als hätte sich der Winter verzogen, um dem Frühling zu weichen, der kalendarischen Zeit, in der auch menschliche Hoffnungen grünten.

Als es am Nachmittag an seiner Tür klopfte und ein junger Mann in Begleitung von zwei Frauen das Büro betrat, hob Vlado erstaunt den Kopf. In Windeseile waren die Stunden verflogen, und dass die Gruppe gleich komplett erschienen war, übertraf seine Erwartungen.

Der junge Chavdar wirkte jünger als er war. Dass er einundzwanzig Jahre alt sein sollte, konnte Vlado kaum glauben. Chavdar war groß und hager, wirkte etwas schlaksig und trug eine von diesen neumodischen *Denkis*, die kaum noch einen Hinweis darauf zuließen, dass sich ein männliches Hinterteil in ihnen bewegte. Aber gut, darum ging es nicht, korrigierte Vlado seine Betrachtungen. Trotzdem war er froh, dass seine Kinder erwachsen waren und er von diesen modischen Trends in seinem häuslichen Umfeld verschont blieb.

Es ging darum, die Aussage bestätigt zu erhalten, was Chavdar am Tattag beobachtet hatte, und ob die Aussage glaubwürdig war.

Miglena Mutavova hatte sich ohne großes Aufsehen verabschiedet, als sie den jungen Mann und seine Dolmetscherin bei ihm abgeliefert hatte. Diese unaufdringliche Vorgehensweise verstärkte das positive Bild, das Vlado der Hotelmanagerin zugedacht hatte. Ein wenig geriet er ins Schwärmen bei der Vorstellung, dass sie eine ebenso gute Vorgesetzte war, und beglückwünschte ihre Mitarbeiter ob einer solch kompetenten Persönlichkeit.

Chavdar hatte einen offenen und direkten Blick. Seine Behinderung erstreckte sich nicht auf seinen Selbstwert. Weder wirkte er verkrampft noch gehemmt. Ohne zu zögern, hatte er den Platz neben seiner Kommunikationshilfe belegt und wiederholte die Aussage, die Vlado kannte. Zuvor hatte die Gebärdendolmetscherin ihm in wenigen Sätzen erläutert, dass Chavdar von den Lippen ablesen konnte und in der Lage war, Worte des täglichen Sprachgebrauchs zu artikulieren. Seine Eltern hatten ihn als Kind gefördert und unterstützt. Vlado sah sich einem Duett ausgesetzt, das sich abwechselnd in einer schier unglaublichen Geschwindigkeit mittels Hand- und Gesichtsgebärden verständigte, und die von Chavdar, so oft es ging und er es vermochte, sprachlich ausgeformt wurden. Diese Laute klangen in Vlados Ohren unharmonisch und unartikuliert, aber sie waren zu verstehen, wenn er sich seinem Zeugen aufmerksam widmete.

Chavdar hatte Vlado ein kleines Pappkärtchen überreicht, auf dem geschrieben stand, dass er sprach- und hörgeschädigt sei. Vlado schämte sich, weil es ihn an ein Szenarium erinnerte, bei dem er weiß Gott keine gute Figur hinterlassen hatte: Oft genug hatte er Menschen in Restaurants mit einer eindeutigen Handbewegung abgewiesen, die ihm wie Chavdar ihre kleine Karte vorlegten, die auf ihre Behinderung hinwies, während die Rückseite einige Gesten ihrer Kommunikation bildhaft beschrieb. Für eine kleine Spende boten sie bunte *chimikalki*[65] oder Feuerzeuge an. Unerbittlich widersetzte Vlado sich dieser Form der Anbiederung, von der er sich belästigt fühlte. Sein Misstrauen war in der Regel größer als sein Vertrauen. Daran musste Vlado gerade denken, während Chavdar mit seiner Dolmetscherin vor ihm saß, unbefangen darauf los kommunizierte und zweifellos vertrauenswürdig wirkte.

Chavdar notierte ihm noch einmal das Kennzeichen auf den bereitliegenden Zettel und beschrieb den Geländewagen. Da er sich mehr auf das Auto als auf die Insassen konzentriert hatte, wusste er zu ihnen nicht viel zu sagen. So weit er sich erinnern konnte, glaubte er drei Personen von hinten gesehen zu haben. Alle übrigen Angaben stimmten mit der Aussage von Miglena Mutavova überein. Chavdar hatte an diesem Tag nur wenige Stunden gearbeitet. Er kehrte mit dem öffentlichen Bus in die Stadt zurück, damit er noch am gleichen Tag zu seiner Familie reisen konnte. Auf dem Weg zur Bushaltestelle, der Linien vierhundertneun und neunundachtzig, die den Goldstrand mit der Innenstadt verbinden, sah er, wie ein Geländewagen mit hoher Geschwindigkeit auf die Ausfahrt neben dem unbesetzten Wachhäuschen zufuhr, heftig abbremste, um unbeschadet durch die verengte Durchfahrt zu gelangen, und danach mit stetig steigender Geschwindigkeit in Richtung Varna seinem Blickfeld entschwand.

In Omurtag hatte niemand mit ihm über den Vorfall gesprochen, so dass er erst heute, nachdem er an seinen Arbeitsplatz zurückgekehrt war, erfuhr, was sich am Goldstrand ereignet hatte.

„Wie haben Sie denn überhaupt davon erfahren?“, fragte Vlado neugierig.

„*Allte Seitung im Chotel*!“, sagte Chavdar. Gebannt blickte er Vlado auf die Lippen. Vlado verstand, was Chavdar sagte, die sprachliche Schwäche ignorierte er. So oder so ähnlich hatte er sich das Szenarium auch vorgestellt. Damit konnte er das Gespräch beenden.

Die Unterredung hatte sich in die Länge gezogen.

Jetzt fehlte nur noch ein Rückruf. Als das Telefon läutete, schickte er ein Stoßgebet gen Himmel, es möge das erwartete Gespräch aus Sofia sein.

„*Sdrastie*“, begrüßte er den Kollegen in der Leitung, der für ihn die Ergebnisse über den Halter des Geländewagens ermittelte. Aufmerksam lauschte Vlado den Ausführungen seines Kollegen aus der Hauptstadt: „*Taka li?*[66]“, sagte er, „*teij li*[67]?“ verstärkte er fragend, „*ßiguren li ßi?*[68]“ bohrte er nach. Ein resignierendes Seufzen über die sich abzeichnende neuerliche Bürde in seiner Position begleitete in regelmäßigen Abständen den weiteren Verlauf des Gespräches. „*Oschte neschto*[69]?“, fragte er, quittierte die erhaltene Information mit einem „*dobre, rasbiram!*[70]“ und beendete das Gespräch mit „*tschau, tschau!*[71]“. Vlado fing an zu lachen. Es war ein Lachen ohne Heiterkeit. Es kam aus dem Kopf, nicht aus dem Herzen. Es war flach, aber es schien die angemessene Reaktion auf die erhaltene Information zu sein.

Der Chef war beschäftigt, denn als Vlado sein Büro betrat, fand er ihn vertieft und aufmerksam über seinen Schreibtisch gebeugt.

„Ja, was gibt´s?“ fragte er den Eintretenden.

„Nichts, Chef“, entgegnete Vlado, „aber ich glaube, dieses Nichts ist trotzdem hörenswert. Kann ich kurz berichten?“ Der Chef schloss die vor ihm liegende Akte und deutete Vlado an, sich zu setzen. „Dann schieß mal los“, forderte er Vlado auf. Ordnungsgemäß erzählte Vlado von seinem Tagesgeschehen, wobei das Telefonat über den Halter des Geländewagens den größten Teil seiner Ausführungen beanspruchte. Vlado wollte die Erfolgsstraße, die er gerade erst betreten hatte, nicht so ohne weiteres verlassen. Unwiderlegbar war es ein Erfolg, dass er einen Zeugen hatte, der ein auffälliges Fahrzeug am Tattag in der Nähe des Tatortes gesehen hatte. Aber das Ergebnis, das sein Kollege aus Sofia ihm gerade serviert hatte, wollte ihm nicht schmecken.

Der Halter des Geländewagens war nämlich vor mehreren Monaten verstorben. Trotzdem gab es ein Auto mit gültigen Zulassungspapieren, Sofioter Kennzeichen und mit einem Geisterfahrer, der unter dem Namen des Verstorbenen den Wagen angemeldet hatte und damit ungehindert durch das Land fuhr.

„Sonst noch was?“, fragte sein Chef, als Vlado die Stille nicht weiter füllte, nachdem er den letzten Satz gesprochen hatte.

„Nein, das wäre alles.“

„Die Idee, sich der Personalien eines Toten zu bemächtigen, um an ein unbelastetes Autokennzeichen zu kommen ist aber neu, oder? Davon höre ich heute zum ersten Mal“, sagte der Chef und pfiff ein wenig durch die Zähne.

Vlado brummte zustimmend. Im Stillen fragte er sich, wie er die Bemerkung seines Chefs verstehen sollte. Hatte er es sich nur eingebildet, oder klang da sogar so etwas wie Bewunderung durch?

Weitere Gedanken konnte er nicht erübrigen, weil sich sein Kopf mit einer anderen Frage beschäftigte. Wie lange würde es nunmehr dauern, bis eine Polizeikontrolle den gesuchten Wagen mit dem lebenden Toten aufspürte?

„Man lernt doch nie aus!“, sagte der Chef, den Rest verschluckte er, auch die Anerkennung. Dass Vlado anfing, an seinen Anforderungen zu wachsen, blieb ihm nicht verborgen. Die Gelegenheit, sich dazu zu äußern, befand er aber noch nicht für gekommen.

24.

Thomas öffnete die Tür und ließ die Männer hinaus. Mehrere Stunden hatten vier Kollegen aus ihrem Kommissariat an Ivans Bett verweilt. Sie hatten nur wenige Worte miteinander gewechselt. Krassimir hatten sie zu seiner letzten Ruhestätte begleitet. Für diesen gab es keine Worte des Trostes. Für den hier Liegenden konnten sie nichts tun. Aber sie waren nicht gekommen, um etwas zu tun. Wie Thomas wollten sie Einkehr halten mit ihrer bloßen Anteilnahme.

Als Thomas *mobifon* klingelte, verzog er sich auf den Gang.

Die neuerliche Information, die Vlado ihm verkündete, dämpfte die vorherige Euphorie. Es erging ihm ähnlich wie seinem Kollegen, als er von der misslichen Haltersituation erfuhr, die die Sofioter Kollegen recherchiert hatten. Zum Greifen nahe hatte sich ihnen eine Chance geboten. Der Tatbestand, dass ein Geländewagen von einem Toten in Bulgarien angemeldet wurde, war per se schon einmal verdächtig. Was hieß das aber konkret für ihren Fall? Es war vielleicht nur irgendein Täter, aber war es auch automatisch *ihr* Täter?

Thomas vermochte sich gar nicht auszumalen, wie viele Parallelverbrechen und Verfahren von seinen Kollegen in ihrem Land verfolgt wurden, die sich mit ähnlichen Zweifeln herumplagten. Nahe an einem mutmaßlichen Täter dran zu sein ist nicht dasselbe, wie einen Mörder zu kennen, den man für das eigens verfolgte Verbrechen dringend braucht.

„Wo geht ihr jetzt hin?“, fragte Thomas seine Kollegen als sie sich verabschiedeten.

„Zurück in Kommissariat,“ antwortete einer für die übrigen, „können wir irgendetwas für dich tun?“

Thomas drehte sich um und machte einen Schritt auf den Kollegen zu. Kollegial ergriff er seinen Arm. „Fragt Vlado“, bat er sie. „Er hält die Fäden in der Hand, und er macht es gut. Unterstützt ihn“, mehr wusste Thomas nicht vorzubringen. Den raschen zustimmenden Blickwechsel, den die Kollegen untereinander austauschten, konnte Thomas nicht sehen. In einer Reihe hintereinander liefen sie den Gang hinunter.

Thomas wartete an der Tür, bis seine Kollegen nicht mehr zu sehen waren, bevor er ins Krankenzimmer zurückkehrte. Ein wenig lüftete er die Bettdecke, behutsam ergriff er die Hand des Liegenden und betrachtete sie.

Ivan lebte, das spürte er.

Aber dieses Leben schloss andere aus. Es vollzog sich in einer Sphäre, in die er nicht dringen konnte. Die Hand fühlte sich warm an, und dass sich Wachstum fortwährend bildete konnte er mit eigenen Augen an den Fingernägeln der männlich beharrten Hand sehen. So wie er darauf bestand, Ivan zu rasieren, hatte Darina die Maniküre und Pediküre für ihren Bruder übernommen. Hätte sie nicht ausdrücklich darauf bestanden, hätte er auch das gemacht, und wäre von seiner Bereitschaft nicht einmal mehr überrascht gewesen, auch diesen Part persönlicher Pflege zu übernehmen.

Eine Minute verstrich, dann noch eine, und dann hörte er, wie irgendwo weiter hinten auf dem Gang eine Tür zugeschlagen wurde. Danach war es wieder still. Fürsorglich legte er die Hand seines Freundes zurück auf die Bettdecke.

Thomas erhob sich, doch er konnte nicht gehen. Er stand so lange vor Ivans Bett, bis die Tür unsanft geöffnet wurde und eine Krankenschwester das Zimmer betrat. Sie informierte ihn, dass die Nachtschwester eingetroffen sei. Thomas verfolgte, ohne seine Position zu verändern, wie die Frau im weißen Kittel ihre Arbeitsabläufe routinemäßig abwickelte und die entsprechenden Werte in dem Krankenblatt notierte.

„Haben Sie jetzt Feierabend?", fragte er die Krankenschwester, als sie im Begriff war, das Zimmer zu verlassen.

„Ja", bestätigte sie, „und Sie, Sie auch?" Mit einem „*prijatna wetscher!*[72]" hatte sie sich von ihm verabschiedet. Ohne seine Reaktion abzuwarten, war sie hinausgeeilt.

„Ein bisschen Abendlektüre?", fragte Thomas die Nachtschwester, die er kurz danach im Schwesternzimmer beim Lesen einer Modezeitschrift antraf.

„So kann man es nennen", sagte sie. „Bei dem vielen Elend, das mich umgibt, brauche ich einen Ausgleich, sonst werde ich auch noch krank."

Nur zu gut konnte Thomas sie verstehen.

Dankbar las die Krankenschwester die unausgesprochene Freundlichkeit von seinem Gesicht ab. Der Respekt, den Thomas für die Menschen empfand, die sich für einen Beruf im Krankenhaus entschieden, war ins Unermessliche gestiegen. Innerlich nicht beteiligt zu sein ohne unpersönlich zu werden, das erforderte eine stark ausgebildete Persönlichkeit, wenn man jahraus und jahrein in einem System bestehen soll, ohne sich zu verbiegen, sinnierte er. Gab es überhaupt einen anderen Ort, an dem Freud und Leid so dicht Tür an Tür lagen, Leben auf die Welt geholt wurde und Leben sein Ende fand?

„Kann ich noch etwas für Sie tun?", fragte ihn die Krankenschwester.

Sie kannte Thomas. Das gesamte Pflegepersonal ihrer Abteilung wusste, wer er war, und was er für seinen Freund leistete. Mit einigen von ihnen hatte er zwischendurch hin und wieder einen Kaffee getrunken und kleine Gespräche geführt. Die ersten Nächte hatten ohnehin alle in Erinnerung behalten, war Thomas doch nah an den Abgrund geraten, vom Helfer zum Haltlosen zu werden.

„Nein, nichts mehr“, erwiderte er.

„Kann ich etwas für Sie tun?“, fragte Thomas herzlich zurück.

„Wünschen Sie mir, dass es eine ruhige Nacht wird“, bat ihn die Frau.

„Das mache ich“, sagte Thomas.

„Ich gehe dann. Morgen komme ich erst gegen Mittag. Ich muss noch ins Büro.“

„*Dobre*“, ich werde meine Kollegin informieren, bevor ich Dienstschluss mache.

Draußen vor dem Eingang wartete Thomas auf sein Taxi. Bis es kam, wollte er die Zeitspanne nutzen, um mit Marietta zu telefonieren. Noch immer nicht hatte er sich bei der Witwe von Krassimir gemeldet. Er spürte das Verlangen, das Versäumte umgehend nachzuholen. Wenn es ihr nicht ungelegen war, würde er sie gleich besuchen wollen. Thomas glaubte sich zu erinnern, dass Krassimir mit seiner Frau im *schilitschen kwartal mladost*[73] wohnte, das gar nicht weit weg von seinem Standort war. Marietta sollte ihm die Telefonnummer heraussuchen. Doch am Telefon erhielt er die Information, dass sich Krassimirs Witwe nicht in Varna aufhielt. Nach den Trauerfeierlichkeiten sei sie mit ihrer Schwester nach Plovdiv gereist, um die ersten Wochen nicht alleine verbringen zu müssen, klärte Marietta ihren Kollegen auf.

„Hast du sie gesehen?“, forschte Thomas beschämt nach.

„Ja, auf der Beerdigung“, sagte Marietta wahrheitsgemäß.

„War sie gefasst?“

„Ihre Kinder standen ihr bei, und so viel ich weiß, ist ihre ältere Schwester eine unerlässliche Stütze, die seit einigen Jahren ebenfalls Witwe ist. Deshalb ist sie mit ihr zusammen nach Plovdiv gefahren.

Thomas hörte die Stimme seines schlechten Gewissens. Er hatte an der Beerdigung seines Kollegen nicht teilgenommen und Krassimir nicht die letzte Ehre erwiesen. Niemand hatte es ihm verübelt, alle wussten, wo er war. Aber Thomas verübelte es sich. Sobald die Frau seines toten Kollegen zurückkehrte, wollte er zu ihr gehen und gemeinsam mit ihr an das Grab ihres Mannes.

„Ist Vlado noch da?“, erkundigte sich Thomas weiterhin.

„Nein, der hat sich gerade verabschiedet. Ist es dringend, soll ich ihn zurückrufen?“

„Nein, es ist nicht dringend. Wir sehen uns ja morgen früh, wenn ich ins Büro komme. Gibt es sonst noch etwas, was ich wissen muss?“

„Nein, nur der übliche Wahnsinn.“

„Tja, also ... dann ist es ja gut“, erwiderte Thomas, „*blagodarja.*“

„*Sa nischto*[74], Thomas.“

Fast hatte er den Eindruck, als wollte Marietta noch etwas hinzufügen, aber dann verabschiedete sie sich und beendete das Gespräch.

Mit den üblichen Zeichen machte Thomas den heranfahrenden Taxifahrer auf sich aufmerksam. Während der Fahrt blickte er zerstreut nach draußen. Sein Tages- und Nachtrhythmus hatte sich verschoben. Es erschien ihm, als ob die Nacht sich irgendeinen Vorteil verschafft hatte, beständig hatte er den Eindruck, dass es dunkel um ihn herum war. In den Häusern, an denen sie vorbeifuhren sah er die erleuchteten Fenster, auf den Straßen herrschte noch lärmender Verkehr. Ganz so spät konnte es also noch nicht sein, stellte er erleichtert fest.

Darina überfiel ihn nicht gleich an der Tür, als er nach Hause kam. Mit einem „*tuka sym!*“[75] gab sie ihrem Mann zu verstehen, wo er sie antreffen konnte. Er folgte der Richtung mit den vielversprechenden Gerüchen. Darinas Aufenthaltsort war kein wirklich unlösbares Rätsel, und Thomas würde nicht lange auf sich warten lassen.

„Hmm ... wie lange noch?“ fragte er seine Frau als er nach wenigen Minuten vor dem Tresen der Küche seine Aufwartung machte. Er hatte sich umgezogen, trug seine älteste Jeans mit einem ausgebeulten, aber immer noch angenehm warmen, dunklen Wollpullover. „Trage mir bitte irgendeinen Hiwidienst auf“, flehte er seine Frau an, „ich muss mich dringend mit irgendetwas Handfestem erden.“

„Aber gerne, komm auf der Stelle her!“, wohlgesinnt zitierte sie ihren Mann herbei.

„Los, mein Hiwi“, Darina zog Thomas hinter den Tresen, schmatzte ihm einen Kuss auf den Mund und deutete auf vier kleine Zwiebeln hin, die sie für eine würzige Quarkcreme in winzige Stückchen geschnitten benötigte. Darauf war Thomas nicht vorbereitet, aber das Vergießen der folgenden Tränen würde ihm um einiges leichter fallen, denn die Ursache, durch die sie ausgelöst würden, würde ihn nicht emotional belasten.

Wie unter einer Glocke vernahm Thomas das Schellen seines Weckers. Er hatte sich die Uhr gestellt, der Morgen kam schneller als erwartet. Draußen war es noch dunkel, aber das sollte ihn von seinem Vorhaben nicht abbringen. Er gewährte sich nicht die übliche Übergangsphase zum vollständigen Wachwerden. Noch während der Wecker seinen Auftrag ausführte, sprang er aus dem Bett.

Darina schlief noch. Für einen Wimpernschlag öffnete sie die Augen. Verschlafen fragte sie ihren Mann, ob sie aufstehen müsse, was er liebevoll verneinte: „Nein, du hast noch Zeit, schlaf weiter.“

Leise sammelte er seine Garderobenteile ein, die sich gestern Nacht achtlos auf dem Boden verteilt hatten.

Ungewaschen zog er sie an. Ohne den Lichtschalter zu betätigen lief er die Treppe hinunter, um sich seinen Kaffee zu brühen. Floh und Pü schliefen auf der Couch. Als sie Geräusche aus der Küche vernahmen, wollten sie ihnen auf den Grund gehen, gegebenenfalls sprang etwas für sie dabei heraus.

„Für euch ist es auch noch zu früh“, erklärte er seinen Katzen, die geradewegs auf ihn zuliefen.

Widerspruchslos ließen sie sich zu ihren angewärmten Plätzen zurücktragen. Thomas genoss das Versinken seiner Hände in den warmen Fellen seiner Haustiere.

Auf dem Rückweg nahm er die beiden vollen Weingläser von den Beistelltischen auf, die Darina und er gestern nicht mehr austrinken konnten. Das gemeinsame Abendessen hatten sie ausgedehnt. Es gab viel zu erzählen. Als sie sich auf ihren Couchen einfanden, waren sie für ihren Schlummertrunk zu erschöpft und zogen kurzerhand das große Bett für den weiteren Verlauf der gemeinsamen Nacht vor.

Den Kaffee trank Thomas in seinem Arbeitszimmer. Bevor er ging, steckte er noch einmal den Kopf ins Schlafzimmer hinein. In manierlicher Seitenlage unter ihrer zerwühlten großen Decke erblickte er seine Frau. Einer ihrer Füße hatte sich vorwitzig herausgeschoben. Als hätte er es nicht anders erwartet, blinzelte ihm der dunkelbraune Schwanz einer Katze entgegen. An der Wölbung am Fußende konnte er erkennen, dass Pü sich unbemerkt angeschlichen hatte, die günstige Lage nutzend, dass seine Füße sie nicht behinderten, Hautkontakt zu ihrem Frauchen aufzunehmen. Thomas ließ die Türe offen stehen, damit Floh freien Zutritt hatte und nicht lauthals schreiend ihren Einlass forderte und seine Frau aufweckte. Bevor er hinunterlief, holte er sich ein Handtuch aus dem Badezimmer und hängte es sich wie einen Schal um den Nacken. Auf eine Jacke konnte er nicht verzichten, am Wasser würde er einen undurchlässigen Schutz auf jeden Fall brauchen.

Wohlgesinnt nahm er die Stille auf, die ihn draußen erwartete.

Die morgendlichen Temperaturen vertrieben die letzten Spuren seiner Müdigkeit. Bevor die Sonne aufging, wollte er am Strand sein.

Heute würde er die heißen Quellen mit niemandem teilen müssen, trotzdem beschleunigte der Gedanke seine Schritte. Er war sicher, den Weg mit geschlossenen Augen gehen zu können, aber er wollte ja alles sehen. Ein wenig atemlos erreichte er das Meeresufer.

Die Nacht hatte ihr schwarzes Kleid abgelegt und sich in ein graues Gewand gehüllt. Bei der schwachen Brandung würden die heißen Mineralquellen ihrem Namen alle Ehre erweisen, weil es nicht jede Welle schaffte, die Felsen zu überfluten und sich mit dem mineralhaltigen Wasser zu vereinen.

Auch dieser Ort sah heute anders aus als in dem Jahr als er kam, aber die Veränderung hatte sich nicht nachteilig ausgewirkt. Immer konnte man auf Einheimische treffen, die sich des ursprünglichen Luxus ihrer Natur kostenlos bedienten, unbeirrt, auch in der Saison. Ihren Platz ließen sie sich nicht von Urlaubsgästen streitig machen. In dem kleinen, von unterschiedlichen Felsgesteinen gezirkelten Terrain gab es Körperverständigung in Reinkultur auf internationaler Ebene.

Thomas wusste, wovon er sprach, er hatte eine umfangreiche Palette eigens geführter als auch fremder Dialoge abgespeichert, weil er zu den Wiederholungstätern zählte, die regelmäßig kamen.

Immer wieder kamen auch eine Handvoll Fragen auf ihn zu, wenn für den ein oder anderen ersichtlich wurde, dass er kein Tourist war.

Sogar ein Fernsehsender hatte sich in der Vergangenheit

um ein Interview mit ihm bemüht. In der Sendereihe „*Dalekogled*“[76] sollte er zu Wort zu kommen, um aus der Sicht eines Ausländers Bulgarien zu beschreiben. Dankend hatte er abgelehnt. Er wollte nicht ins öffentliche Rampenlicht. Die Gespräche, die er im direkten Kontakt mit den Menschen führte, die seinen Alltag teilten, lehnte er nicht ab. Der unmittelbare persönliche Austausch war ihm lieber, als von einer anonymen breiten Masse missverstanden zu werden, denn irgendwann erreichten alle Gespräche einen Punkt und mündeten in der Frage: Was ihm in Bulgarien besser gefallen würde als in Deutschland und wie er die Unterschiede zwischen beiden Ländern bewerte?

Die Erinnerung an diese häufig gestellten Fragen und seine diesbezüglichen Erwiderungen belustigten ihn mittlerweile.

Thomas zog sich aus. Seine Kleidungsstücke legte er auf einem Felsen ab. Die Flächen nackter Haut, denen die wärmenden Fasern entrissen wurden, verwandelten sich stehenden Fußes in eine Gänsehaut, was die Hände beflügelte und den Willen antrieb, den Körper schnellstmöglich ins warme Wasser zu befördern.

Ein Hund kam aus einem pappkartonähnlichen Gebilde hervorgekrochen, um zu sehen, ob es sich bei dem frühen Besuch um einen Freund oder einen Feind handelte. Die Feststellung, die jeder nach der kurzen Kontaktaufnahme für sich gefunden hatte, stellte sie beide zufrieden.

Jeder ging seiner Wege.

Der Hund trottete gemächlich in seine windschiefe Behausung zurück. Thomas eilte schnellen Schrittes dem Wasser entgegen. Mit einem nicht zu unterdrückenden Schrei stellte er sich unter das Rohr, das aus dem Felsen herausstach. Das heiße Wasser, das ihm entgegenschlug, hüllte ihn vollständig ein und ließ ihn spüren, was es bedeutete, der

Kraft der Natur zu begegnen.

Thomas bewunderte immer die Hartgesottenen, die es schafften, ungerührt unter den massiven Wassermassen stehen zu bleiben, bis sie puterrot anliefen und aussahen, als hätte man sie gegrillt. Er dosierte die energiegeladenen Einheiten jeweils in Abhängigkeit von den Außentemperaturen. Heute war das Vergnügen auf seiner Seite, er würde einen neuen Rekord aufstellen.

Was für eine Energie?, dachte er. Bereitwillig nahm er die stimulierende Kraft des Wassers mit jeder Pore seines Körpers auf. Von allen Seiten klatschte ihm das Wasser entgegen.

Als er sich umdrehte und des Anblicks gewahr wurde, der sich ihm bot, war er hingerissen und überwältigt. Einem Urinstinkt folgend, stämmte er die Hände in die Hüften und fing lauthals an zu schreien.

Alles Glück und alle Freude, die er fühlte bei dem, was ihn umgab, prallte auf den Schmerz in seinem Inneren. Es drängte hinaus. Intuitiv begriff er, dass er hier, im Element der Natur, beides vereinen und sich dennoch befreien konnte, wenn er sich traute.

Und er traute sich: Er schrie unkontrolliert, bis er nichts weiter fühlte als sein eigenes Schreien, das alles beinhaltete, was ihn quälte, verletzte, verwirrte, ihm Schmerzen bereitete und ihn ängstigte.

Irgendwann erstarb der Schrei. Unbeabsichtigt. Ungewollt.

Die Quelle, die sich ihren Weg aus der Tiefe an die Oberfläche suchte, der mineralische Geruch, die kleinen Nebelschwaden, die in bodennahen Schleifen umherwirbelten, die erhabene Weite des Schwarzen Meeres hatte alles aufgenommen. Sie wurde ein Teil von ihm. Die Sonne hatte sich bis zur Hälfte über den Horizont gestellt, verschwenderisch tauchte sie alles in ein rotviolettes Licht.

Mit Hingabe, in vollkommener Selbstvergessenheit, mutete es Thomas an, sich in einer Auflösung zu befinden. Alles in ihm weitete sich, löste Grenzen auf, erfüllte ihn mit einer tiefgehenden Ruhe. Die Elemente der Natur, das ganze Universum umfasste ihn, so wie er die Natur und das Universum umfasste. Er breitete die Arme aus und fühlte sich unsagbar reich. Wer einen solchen Reichtum in sich fühlt, wird still. Wer den Schlüssel für diese Erkenntnis in sich entdeckt, findet einer Kettenreaktion gleich immer mehr Schlösser, die den inneren Reichtum vergrößern. Es mäßigt den Appetit auf Scheinbares und verhilft dem Sein zum Sieg über das Haben.

Die gewohnte Strandstrecke wollte Thomas nicht laufen, er wollte schwimmen, auch wenn er wusste, dass er sich einem Temperaturschock aussetzen würde. Vorsichtig watete er durch das heiße Wasser, um zu den höheren Felsvorsprüngen zu gelangen, die die urwüchsige Mauer um das Quellenterrain bildete. Muscheln und ihre Fragmente, kleine wie große Steine widersetzten sich seinen Fußsohlen. Schmerzhaft ließen sie ihn fühlen, dass er ihren Platz einnahm. Noch einmal entfuhr ihm ein Schrei: bei der Begegnung mit der eiskalten Tiefe.

Die Sonne hatte das Meer verlassen und stand über dem Horizont. Auch Thomas war dem Wasser entstiegen. Abgetrocknet und bis auf die Schuhe hatte er sich angezogen.
Er saß auf den untersten Stufen einer großen Treppe. Gleich würde er sie emporsteigen, aber einen Augenblick musste er noch verweilen. Er war süchtig. Er wusste es. Er war ein bekennender Süchtiger. Regelmäßig brauchte er für seinen Rausch eine kräftige Dosis Meeresdroge.

An diesem Ort, zu dieser Stunde, fand er seine Gedanken mehr als verzeihlich, davon überzeugt zu sein, dass das Leben nicht anders als friedvoll verlaufen wollte. Wer könnte bei einem solchen Erleben etwas anderes behaupten?

Als er sich später auf den Rückweg machte, fing er an, seinen Tag zu strukturieren. Was würde ihm heute begegnen? Womit müsste er sich konfrontieren lassen? Wie viel von der Energie, die er getankt hatte, konnte er in sein reales Leben übertragen?

25.

„Könnten Sie mir ein bisschen was über Ihre Freundschaft erzählen?“, forderte Thomas den vor ihm Sitzenden auf. Vlado saß ihm zur Seite. Ab jetzt würden sie das Gespräch aufzeichnen.

Milen sprach mit kaum hörbarer Stimme, Thomas beugte sich vor, um seinen Gesprächspartner besser verstehen zu können. Er wollte ihn nicht ermahnen, lauter zu sprechen. Stattdessen rückte er ihm das Mikro etwas weiter zurecht.

Milen erzählte von der Vergangenheit, der gemeinsam verbrachten Studienzeit. Sein Freund und er waren in derselben Fakultät eingeschrieben, daher hatten sie zum Teil gemeinsam Seminare besucht. Als sich die Möglichkeit einer Wohngemeinschaft für sie bot, griffen sie zu. Das war der Beginn einer intensiven Freundschaft.

„Wie lange ist es her, dass Sie Ihren Freund das letzte Mal gesehen hatten, bevor Sie sich in den Bergen trafen?“

„Sechs Jahre liegt es zurück“, sagte Milen.

„Und wie war das mit dem Kontakt in der Zwischenzeit, wollte Thomas wissen?“

Milen wiederholte noch einmal, dass sie sich in den letzten Jahren nur brieflich verständigt hatten. Aber das war in seinen Augen nichts Ungewöhnliches. Man war sich der Freundschaft des anderen sicher. Regelmäßige Wasserstandsmeldungen brauchten sie nicht für ihre Rückversicherung.

Aus diesem Grunde war es für Milen selbstverständlich, dass er seinen Freund an dem vorgeschlagenen Ort in den Bergen traf, und er war sicher, dass sein Freund das Gleiche für ihn tun würde, wenn er ihn in Not gerufen hätte.

„Von den Vorfällen im Land Ihres Freundes hatten Sie bis zu Ihrem Treffen keine Ahnung?“, ungläubig formulierte

Thomas seine Frage.

„Nein, hatte ich nicht“, die Antwort fiel kurz und bestimmt aus.

Würde dieses Gespräch in Deutschland durchgeführt werden, kämen Thomas erhebliche Zweifel an der Glaubwürdigkeit des Arztes, aber er hatte gelernt, dass die Uhren auf dem Boden, auf dem sie lebten, anders tickten. Wenn er an die Tschernobyl-Berichterstattungen der Freunde seiner Frau dachte, fand er sich bestätigt. Alle Welt war über den GAU unterrichtet, aber das naheliegende Nachbarland hatte man nicht hinreichend informiert. Der größte anzunehmende Unfall wurde auf einen unbedeutenden Schaden reduziert, ohne die Menschen über die Langzeitschäden zu unterrichten und zur Vorsorge aufzufordern. Aus diesem Grund hütete sich Thomas, nur einen Moment lang die Aussage von Milen Stalev in Frage zu stellen. Zumindest so lange er nicht eines Besseren belehrt wurde. Schließlich war er ebenso wenig informiert.

Dabei war das, was dieser Mann ihm berichtete, so unvorstellbar grausam, dass es von allen Seiten unaufhörlich in die ganze Welt hinausgeschrien gehörte. Thomas war sich der Tatsache durchaus bewusst, dass er es bei alledem nur mit der Spitze eines dreckigen Eisberges zu tun hatte, das wahre Ausmaß jedoch jede vorstellbare Dimension noch übertreffen würde.

Der Gesprächsfluss zwischen Milen Stalev und ihm durfte nicht unterbrochen werden. Thomas rollte seinen Stuhl noch einige Zentimeter näher an den Tisch heran. Er saß aufrecht.

Sein Atemfluss war ruhig, sein Körper drückte höchste Präsenz aus.

„Und wie ging es dann weiter, nachdem Sie den Brief von Ihrem Freund erhalten hatten?“ fragte er ruhig und bemüht, Milen jegliche Befangenheit zu nehmen.

„Ich fuhr wie vorgesehen zu dem vereinbarten Treffpunkt.“

„Was genau hat Ihr Freund Ihnen dort erzählt?“

„Er hat mir erzählt, dass er das Opfer einer verschwörerischen Familie wurde, weil er eine Totgeburt ihrer schwangeren Tochter nicht verhindert hätte.“

Milen blickte entschuldigend auf. Lange sprach er mit gesenktem Blick. „Jevin hat mir glaubhaft versichert, dass er diese Totgeburt nicht voraussehen konnte. Das hat er wirklich mehrfach beteuert. Warum sollte ich ihm nicht glauben? Warum sollte er mich anlügen?“ Hilfe suchend sah Milen Thomas an, ob dieser ihm eine Erklärung für das Verhalten seines Freundes liefern konnte.

Thomas wiegte seinen Kopf hin und her, „sprechen Sie bitte weiter“, forderte er den vor ihm Sitzenden auf.

„Die junge Mutter hatte ihm dann wenige Wochen nach der Entbindung ihres toten Kindes die Säure über den Kopf geschüttet, eines Abends auf dem Weg zu seinem Auto. Da er weitere Anschläge durch den berüchtigten Familienclan befürchtete, hatte er beschlossen, das Land zu verlassen.“

„Und für ein neues Gesicht und die geheime Unterbringung in Ihrer Klinik war Ihr Freund bereit, Ihnen eine riesige Geldsumme in Aussicht zu stellen?“

„Ja, das hat er.“

„Und haben Sie von diesem Geld etwas erhalten?“

„Ja, das habe ich.“

„Wie viel haben Sie erhalten?“

„Alles!“

„Alles?“

„Ja, ich habe alles erhalten, und das war für mich mithin ein Grund, meine Entscheidung nicht rückgängig gemacht zu haben. Glaubte ich zumindest.“

„Das heißt?“

„Das heißt, dass ich mich aufgrund der Annahme des Geldes verpflichtet fühlte, zu meinem Wort zu stehen und mein Versprechen einzuhalten“, sagte Milen ehrlich. Etwas leiser stammelte er, „dabei hatte ich gleich bei unserer Zusammenkunft in den Bergen ein Störgefühl.“

„Was für ein Störgefühl war das?“

Das Schlüsselwort Störgefühl weckte Thomas Interesse. Die Antwort machte ihn neugierig.

„Es gab einen Augenblick, da habe ich geahnt, dass es falsch war, was ich zu tun beabsichtigte.“

„Warum haben Sie dann nicht auf Ihre innere Wahrnehmung gehört?“

„Wie oft hören Sie auf Ihre innere Stimme?“, fragte Milen müde zurück.

Thomas wollte darauf nichts erwidern und blieb stumm.

„Am ersten Abend in den Bergen, benötigte ich eine kleine Pause. Ich stand zwar nicht gerade unter Schock, entstellte Gliedmaßen und Gesichter sind mir nicht unvertraut. Aber in diesem Fall lagen die Dinge anders“, wagte Milen einzuwenden.

Thomas nahm ihm den kleinen Rechtfertigungsversuch nicht übel, er wusste selbst, wie schnell sich die eigene Position verändert, wenn sich ein Unglück nicht in der großen weiten Welt, sondern in der eigenen Komfortzone ausbreitet.

„Ich war nicht darauf vorbereitet, meinen alten Freund völlig entstellt wieder zu sehen“, fuhr Milen fort. In seinem Brief hatte Jevin nichts davon erwähnt. Aufgewühlt lief ich in den Garten hinaus, um mich zu sammeln. Wie ein ruheloses Tier fühlte ich mich, das gegen eine beständige Gefühlsbewegung ankämpfte, eine Ratte im Hals zu haben.“

„Eine Ratte?“, fragte Thomas verblüfft.

„Ja, eine Ratte. Der Kampf bestand darin, dass ich sie

nicht aus eigener Kraft aus meinem Hals herausholen konnte, aber auch nicht bereit war, sie herunterzuschlucken."

Interessanter Vergleich, überlegte Thomas. „Wie ging es dann weiter?", bohrte er nach.

„Jevin, ich meine Dr. Mashkov, hat mir seinen angeblichen Leidensprozess erneut, und in der Wiederholung noch plastischer vorgetragen. Stellen Sie sich bitte die Ausgangslage vor", forderte er die beiden im Raum befindlichen Menschen auf:

„Da sitzt ein Mensch vor dir, der dir sehr vertraut ist. Die Stimme, die Bewegungen seines Körpers, alles ist dir vertraut. Aber dann, plötzlich oberhalb des Halses, wirst du mit etwas konfrontiert, für das du keinen Vergleich herstellen kannst, weil du so etwas Scheußliches nicht mit dem Angesicht des dir vertrauten Menschen zusammen bringen kannst. Du rufst dich zur Ordnung und du sagst dir: das ist dein Freund. Das ist ein Mensch. Du schaust ihn an. Einmal, zweimal, dreimal, du suchst ihn, aber du findest ihn nicht. Du kannst es nicht akzeptieren, was da vor dir sitzt und behauptet, der gleiche Mensch zu sein, der dir so vertraut gewesen ist, denn das Vertraute ist nicht mehr erkennbar, es hat sich verschoben zu einer unmenschlichen Fratze, und du weißt nicht einmal, ob du überhaupt hingucken willst."

Thomas räusperte sich. Von den eindringlichen Betrachtungen seines Gegenübers wollte er sich emotional nicht gefangen nehmen lassen. Aber erwidern konnte er auch nichts. Stand er nicht unter ähnlichen Einwirkungen?, fragte er sich. Musste er nicht auch etwas Unaushaltbares in ein aushaltbares Gefüge transformieren? Er hatte zwar nicht wie Milen eine Ratte im Hals, aber schlucken sollte er auch.

Vorübergehend herrschte Totenstille.

Keiner der drei Anwesenden sagte etwas. Irgendwann, einige lange Minuten später, setzte Milen seine Aussage fort, nachdem er die Pause benötigte, um die gefühlsmäßige Anbindung unterdrücken zu können.

„Sogar das Gefühl von Ekel habe deutlich wahrgenommen. Ich konnte aber nicht mehr differenzieren, ich konnte mich nicht mehr abgrenzen."

Milen senkte den Kopf.

Der Eindruck war nicht falsch, wenn man annahm, dass er hauptsächlich mit sich selbst sprach.

Vlado betrachtete diese Form des Verhörs argwöhnisch, Thomas bemerkte es und signalisierte seinem Kollegen, Ruhe zu bewahren.

„War es der Ekel über das verstümmelte Gesicht meines Freundes?, War es der Ekel ob dieses grausigen Anschlages auf ihn, oder aber war es in diesem Moment schon der Ekel über mich selbst?"

Thomas sagte kein Wort. Seine Hände lagen offen auf der Tischplatte. Ohne hektische Bewegungen zu vollziehen, machte er nichts anderes, als sich dem Sprechenden in ungeteilter Aufmerksamkeit zu widmen. Die wortlose Bereitschaft wirkte sich förderlich auf Milens Zunge aus. Die Atmosphäre stellte sicher, dass er unkontrolliert sprechen konnte, bereit, die Last, die ihn beschwerte, rückhaltlos abzulegen.

„Ich habe mich nicht der Mühe unterzogen, über alles ausreichend nachzudenken", warf Milen ein, „aber es ging auch nicht."

Jetzt wich er aus, Thomas bemerkte es unmittelbar, es war förmlich von Milens Lippen abzulesen, dass er sich einer fadenscheinigen Verschleierung bediente.

„Jevin erzählte mir von seiner Frau, die ihn mit seinem Sohn verlassen hatte, um fortan mit einem anderen Mann zu leben", wiederholte Milen die Legitimationen seines Freundes. „In seinen Briefen hatte er darüber nichts verlauten lassen. Ich hatte darüber keine Kenntnis. Trotzdem war es für mich nicht fragwürdig. Das alles kann man doch irgendwie erklären, oder nicht?“

Mit fahrigen Handbewegungen raufte Milen sich durch die Haare.

Wie sehr die eigenen Schilderungen ihn aufwühlten, war ihm deutlich anzumerken. Die eigene Unzulänglichkeit auszuhalten, wenn man begreift, dass sich ein im Kopf zurechtgelegtes Konstrukt nicht vor kritischen Zeugen nachvollziehbar darstellen lässt, ist ein schwieriges Unterfangen.

Thomas spürte das Unbehagen des Anderen am eigenen Körper. Aufmerksam verfolgte er den inneren Kampf eines Mannes bei der Begegnung mit sich Selbst.

„Irgendwann fingen wir an, unsere Worte mit Alkohol herunter zu spülen. Wir tranken Alkohol und pafften Zigarren. Wie unbeugsame Tannen bewegten wir uns, die sich vom Sturm des Lebens nicht brechen lassen wollten. Mannhaft demonstrierten wir, was wir alles aushalten konnten. Vor lauter Selbstbetäubung und Selbstberäucherung merkten wir nicht einmal, dass wir anfingen Wirklichkeit und Wahrheit zu verwechseln. Wir konstruierten uns eine Wirklichkeit, bis wir selbst daran glaubten, mit nichts anderem als der Wahrheit beschäftigt zu sein.

Milen unterbrach sein Sprechen: „Oh ja“, rief er theatralisch und warf einen leeren Blick auf den Boden, „wir beugten uns. Wir beugten uns tief zu unseren Gläsern herab, aber wir waren nicht in der Lage, den eigenen Abgrund zu erkennen, der sich vor uns auftat. Dabei sind wir beide nichts weiter als armselige Würstchen.“

Er schluckte, es fiel ihm sichtlich schwer, die Worte auszusprechen.

Thomas war sicher, dass dieses Bekenntnis gerade zum ersten Mal formuliert und über Milens Lippen nach außen getragen wurde. Der innere Druck in diesem erfolgsverwöhnten Mann musste überbordend groß sein, wenn er etwas aussprach, dessen Erkenntnis einer Zerstörung des eigenen Selbstbildes gleich kam. Milen sprach immer weiter. Wie eine Spule, die in ihren Umdrehungen nicht aufzuhalten war, die sich unaufhörlich drehen musste, bis sie selbsttätig die Position ihres Stillstandes einnehmen konnte. „Alles gipfelte darin, dass ich anfing, mir einzureden, meinem Freund unbedingt helfen zu müssen. Schließlich war es seine Not, die er mir offenbarte und eine hundertprozentige Diskretion unter den geschilderten Umständen selbstverständlich. Ich war sogar ein bisschen Stolz. Denn ich hätte ihm helfen können," sagte Milen und wiederholte: „ich hätte ihm wirklich helfen können."

„Aber sind Sie nicht misstrauisch geworden, dass Ihr Freund über so viel Geld verfügte?", fragte Thomas, der sich nicht vorstellen konnte, dass die Gehälter für Ärzte in der Ukraine, selbst für ausgewiesene Koryphäen, exorbitant höher sein sollten als in den übrigen osteuropäischen Ländern.

„Nein", bekam Thomas prompt zur Antwort. „Zum einen kommt mein Freund aus einer guten Familie, und wer als Arzt ein Klientel betreut, das der gesellschaftlichen Oberschicht angehört, gerät automatisch in eine Erfolgsspirale."

Thomas spürte, dass der vor ihm Sitzende wusste, wovon er sprach. Ärzte sind knallhart denkende Geschäftsleute und keine Engelswesen. Es ist doch eigenartig, überlegte er, überall rechnen wir mittlerweile mit solchen Verhaltensweisen, und trotzdem denken oder hoffen wir scheinbar, dass es in der Ärzteschaft nicht so zugehen sollte.

„Berücksichtigen Sie bitte, dass mein Freund Gynäkologe ist", holte Milen Thomas in die Wirklichkeit zurück.

„Und das bedeutet was?"

„Na ja, was bedeutet das? Es bedeutet, dass er nicht nur

Leben auf die Welt bringt, sondern er kann es frühzeitig verhindern."

Alles weitere konnte Thomas sich ausmalen. Wieso hatte er überhaupt danach gefragt? Brauchte er allen Ernstes noch eine ausdrückliche Bestätigung? Offensichtlich, kommentierte er seinen intern geführten Dialog.

„Ich habe mich wie ein dummer Junge manipulieren und blindlings blenden lassen", setzte Milen sein Bekenntnis ungebrochen fort. „Ich war von der Vorstellung beseelt, meinem Freund zu beweisen, was ich in meinem medizinischen Fachbereich erreicht hatte, und was ich alles für ihn tun konnte. Und je intensiver und länger ich darüber nachgrübelte, desto angemessener erschien mir die gebotene Summe Geld."

„Und Ihr Störgefühl", wollte Thomas wissen, „wo ist das geblieben?"

„Das habe ich ignoriert", erklärte der Angesprochene, „es war da, zum Greifen nahe, aber ich habe ihm keine Chance eingeräumt, sich nachhaltig bemerkbar zu machen."

„Wie haben Sie das gemacht?" Thomas wusste eindeutig wie man das macht, aber er wollte hören, wie andere es machten.

„Ich kompensiere, ich verdränge, oder ich blende aus", erhielt Thomas unverzüglich bescheinigt.

„Ich räume anderen Dingen höhere Stellenwerte ein. Ich hinterlege meine Sicht mit einem aufwändigen Erklärungsverhalten, bis es mir dann irgendwann nicht einmal mehr auffällt, wie sehr ich mich selbst verarsche, weil ich anfange, die Dinge, die aus meinem Mund kommen, für die reine Wahrheit zu halten."

Unwillkürlich erinnerte sich Milen an den Abend, an dem seine Frau ihn intensiv befragt hatte. Er hatte ihre aufrichtige Intention ignoriert und sie nicht an seinem Gewissenskonflikt beteiligt. Routiniert hatte er eine Ausrede benutzt. Eine kleine Lüge, geübt und arglos verpackt, war einfacher als sich einem Dialog auszusetzen mit einem vertrauten Menschen und seiner etwaigen differenzierten Entgegnung.

Thomas spürte den angestrengten Atem von Milen.

Was in diesem gerade vorging, konnte er nachvollziehen, er hatte es durchlebt. Diese kleine Sequenz, in der man sich ganz nahe kommt, in der sich für einen Bruchteil die Maske hebt, wollte er nicht stören. Er wusste, es lag eine Chance darin. Wenn der Betroffene es schaffte, sich des eigenen dunklen, schwachen Anteils in sich zuzuwenden oder wie auch immer man diesen Punkt bezeichnen wollte, könnte es eine Veränderung bewirken. Ob Milen wusste, dass sein Störgefühl nichts anderes denn sein Gewissen war, das er abgewürgt hatte?, fragte sich Thomas.

„Das alles ist die Wahrheit“, hörte Thomas den Mann vor sich sprechen. Milen sprach leise. Er war kaum noch verstehbar: „Aus Selbstüberschätzung und Profitgier habe ich die Kontrolle über die Werte meines Lebens verloren und habe mich zum Erfüllungsgehilfen eines Monsters gemacht.“

Angestrengt suchte Milen nach einem Bild, um seine Vorgehensweise nachvollziehbar zu verdeutlichen: „Ich habe meine Störgefühle in mir abgedreht, wie man einen störenden Radiosender abdreht.“

„Wie machen Sie das genau, diesen Radiosender abzustellen?“, wollte Thomas wissen.

Vlado fing an, mit den Füßen unter dem Tisch zu scharren.

Thomas wusste, dass sein Kollege sich auf diese merkwürdige Gesprächsform nicht einzustellen wusste. Aufmerksam war er ihnen gefolgt. Kein einziges Mal hatte er sie unterbrochen, nun schien er in einen Grenzbereich zu geraten.

„Sie müssen nur den äußeren Lärmpegel um sich herum so weit erhöhen, dass er alles andere übertönt“, bot Milen ihm erklärend an.

„Die Vorstellung, über eine so riesige Summe Geld frei verfügen zu können, hat einen solchen Lärm in mir entfacht, der mir in meiner Lage geradezu wundersam erschien. Ich war wie von Sinnen“, bekannte er aufrichtig. „Es gibt kein anderes Wort dafür, und es soll auch keine Entschuldigung mehr sein.“

„Und wo ist dieses Geld jetzt?“

„Es ist auf einem Konto im Ausland für mich deponiert. Die entsprechenden Vollmachten habe ich von Jevin erhalten. Zumindest in diesem Punkt hatte er die Wahrheit gesagt.“

„Und Sie sind überhaupt nicht misstrauisch geworden, dass er Ihnen gleich bei Ihrer ersten Zusammenkunft das Geld quasi mitgebracht hat?“

„Nein, überhaupt nicht. Ich habe ihm vertraut und habe mir eingeredet, dass ein solches Verhalten geradezu vorbildlich für seine Verlässlichkeit sei, weil Jevin alles in Ruhe vorbereitet hatte.

„Nun ja“, entfuhr es Thomas, „das hatte er ja auch.“

„Ja, aber selbst das habe ich erst später realisiert. Zu spät.“

„Wie ging es dann weiter?“

„Jevin kam in die neue Klinik, wir fingen mit den vorbereitenden Maßnahmen an. Die Hauttransplantationen konnten naturgemäß nicht in einer Operation durchgeführt werden. Wir hatten einen mehrstufigen Plan mit den dazugehörigen Heilphasen entwickelt.“

„Lassen Sie die medizinischen Details an dieser Stelle ruhig außer Acht“, griff Thomas in die Rede des Sprechenden ein. Er wusste nicht, ob es irgendwann notwendig sein könnte, irgendwelche kleinzelligen Hintergrundinformationen abzufragen, derzeit gab es dafür keine Berechtigung, abgesehen von der Tatsache, dass er auf diesem Gebiet auf keinerlei Kenntnisse zurückgreifen konnte, um eine Behauptung von einer Möglichkeit überhaupt unterscheiden zu können.

„Ich wollte damit nur in Erinnerung bringen, dass Jevin als Arzt meine Vorgehensweise nicht nur begleiten, sondern weitestgehend kontrollieren und nachvollziehen konnte“, rechtfertigte Milen seinen Vorstoß.

„Kommen wir noch einmal zu den Aufzeichnungen, die Ihnen die befreundete Kollegin aus Deutschland zugesandt hatte.“

Thomas konnte und wollte es Milen Stalev nicht ersparen, seine Ausführungen wiederholen zu lassen. Und wenn er danach nicht restlos überzeugt war, alle Informationen zu haben, würde er diese Form der Befragung so oft wiederholen, bis er die Gewissheit hatte, dass er mit nichts anderem als der Wahrheit konfrontiert wurde. Ausgeklügelten Lügenkonstruktionen konnte man durch variierende Wiederholungsfragen und -aufforderungen auf die Spur kommen, denen nur völlig Abgebrühte zu widerstehen wussten. Der vor ihm sitzende Doktor gehörte nicht in diese Kategorie. Aber Thomas wollte nicht vorschnell werten. Jede Regel wurde bisher von einer Ausnahme bestätigt.

„Meine Freundin Petja hat mir einen Zusammenschnitt über einen Fall übermittelt, den sie zufällig im deutschen Nachtprogramm gesehen hatte. Petja machte während der Fernsehausstrahlung Bilder mit einer Digitalkamera, weil sie keinen Videorecorder besitzt. Sie fotografierte das beschuldigte Krankenhaus, hörte, wie man mit betroffenen Müttern sprach, sah den Ort mit den grausamen Funden.

Aus der Dokumentation ging hervor, dass eine der Mütter in einem Akt hilfloser Verzweiflung den Hauptverantwortlichen Arzt Jevin Mashkov mit ihrem Säureanschlag bestrafen und zeichnen wollte, weil sie befürchtete, dass die Behörden nicht weiter tätig sein würden. Der Name des Beschuldigten war mehrfach gefallen, über dessen Aufenthaltsort herrschte Unklarheit. Die eingeschalteten Ermittlungsbehörden schlossen nicht aus, dass sich ein Ring um die Betroffenen gebildet haben könnte und einer von ihnen selbsttätig für Abhilfe gesorgt hatte, was den Fahndungsdruck nicht erhöhte."

„Herr Dr. Stalev, Sie müssen den Sachverhalt ganz ausführlich schildern", mahnte Thomas bestimmt, aber nicht unhöflich. „Fangen Sie bitte noch einmal ganz von vorne an und schildern Sie genau, was sie wissen."

Milen berichtete von der Präsidentin der ukrainischen Organisation, die sich um kinderreiche Familien in ihrem Heimatland kümmerte. Diese Frau wurde durch ihre Arbeit auf das mysteriöse Verschwinden neugeborener Babys aus einer staatlichen Entbindungsklinik aufmerksam. Mit einem Hilferuf wandte sie sich an das deutsche Fernsehen und ersuchte um Aufklärungsunterstützung, weil sich ihr Verdacht erhärtete, dass sie einem Organhändlerring in ihrem eigenen Land auf die Spur gekommen sei. Die ukrainische Polizei und Staatsanwaltschaft hatte sich in Schweigen gehüllt und verweigerte jegliche Zusammenarbeit.

Eine deutsche Journalistin reiste in die Ukraine und sprach mit den betroffenen Familien, denen Neugeborene direkt nach der Geburt weggenommen worden waren. Die behandelnden Ärzte hatten den verzweifelten Eltern erklärt, dass ihre Neugeborenen unmittelbar nach der Geburt gestorben seien. Die Familien durften ihre angeblich toten Kinder aber weder sehen, noch erhielten sie Sterbeurkunden. Später teilte man ihnen mit, dass ihre Babys zusammen mit weiteren Totgeburten auf einem Friedhof beigesetzt worden waren.

Die Präsidentin der ukrainischen Hilfsorganisation erzwang gerichtlich die Öffnung eines der anonymen Massengräber. Die Funde waren furchtbar: Außer den Föten wurde die Leiche eines lebend geborenen Babys gefunden, dem man Körperteile und Organe entnommen hatte.

Der Verdacht wurde zur Gewissheit: Man hatte Neugeborene verkauft oder für medizinische Forschungszwecke missbraucht.

Das Europäische Parlament wurde über den Vorfall informiert, auch dort war es eine Frau, die sich für eine lückenlose Aufklärung der Vorfälle einsetzte. Nach der Ausstrahlung des Dokumentarfilmes wurde der Sohn der ukrainischen Präsidentin der Hilfsorganisation misshandelt. Die weiteren Reaktionen auf ihre Aussagen und ihr persönliches Ermittlungsstreben waren brutal. Als sie mit dem Leben bedroht wurde, verließ sie mit ihrem Sohn ihre Heimat.“

Thomas beobachtete Milen. Alles an diesem Mann hatte sich verwandelt, während er sprach. Seine Körperhaltung, seine Sprache, seine Gestik und seine Mimik. Hätte ihm jemand gesagt, dass er mit dem Chefankläger von Europol zusammensitzen würde, Thomas hätte es ohne weiteres geglaubt.

Die Informationen hatten sich scheinbar in Milens Gehirn festgebrannt. Exakt war er in der Lage, sie abzurufen und wiederzugeben. Er sprach vom Chef des Sicherheitsdienstes, der für das betroffene Gebiet in der Ukraine zuständig ist, und der als einziger bei einer Pressekonferenz gegen Korruption aufstand und die Aufklärung der verschwundenen Kinder forderte. Man geht mittlerweile davon aus, dass es über siebenhundert sein sollen.

Thomas hatte sich vermerkt, dass das Straßburger Europaparlament in den Fall involviert wurde. Der Vorwurf der Verletzung der Menschenrechte, den die Ukraine zu verantworten hat und dem sie sich stellen muss, wird der Beitrittsreife für die Europäische Union, die sie nach außen hin zeigt, nicht gerecht.

Da die Europäische Union an die Ukraine beträchtliche Summen an Forschungsgeldern im Bereich der Stammzellenforschung zahlt, ist es nicht auszuschließen, dass die Organe der vermissten Kinder zum Organhandel oder in der Stammzellenforschung verwendet wurden. Nach vorliegenden Schätzungen geht man davon aus, dass die westlichen Geberländer, die in diesen schmutzigen Handel involviert sind, einen Stückpreis von achttausend bis fünfundzwanzigtausend Dollar je nach geliefertem Organ gezahlt haben.

Milen stockte.

Wie ein Wasserfall hatte er gesprochen. Seine Zusammenfassung war ein hochkonzentrierter Bericht.

Sein Hals war ausgedorrt. Er bat um ein Glas Wasser.

Vlado rief Marietta an, für Abhilfe zu sorgen.

Keiner wollte den Raum verlassen.

Vom Druck, der auf diesem Mann lastete, wollten sie ihn nicht befreien, denn nur er stellte den Redefluss sicher.

„Was hat Ihre Freundin Petja mit dem Vorfall zu tun?"

Milen überlegte ein Weilchen, bevor er darauf einging.

„Petja kennt Jevin wie ich aus der Vergangenheit. Sie hat ein oder zwei Semester mit uns zusammen studiert. Ich weiß es nicht mehr eindeutig", wägte Milen ab.

„Und sonst?", bohrte Thomas nach, „woher wusste sie, dass Jevin Mashkov in Ihrer Klinik war?"

„Sie wusste es zunächst nicht."

„Was soll das heißen? Wusste sie von dem Treffen mit Ihrem alten Freund oder nicht?"

„Ja und nein", entgegnete Milen.

„Meine Frau und Petja telefonieren gelegentlich zusammen und bei einem ihrer letzten Telefonate hatte sie Petja erzählt, dass ich mich mit Jevin getroffen hatte."

Thomas verstand.

„Dann hat Petja mir die E-Mail zugeschickt."

„Und dann telefonierten Sie miteinander?"

„Ja", kaum hörbar erfolgte die Bejahung. So stark wie er gerade noch einen brillanten Vortrag über die Untaten seines

Freundes gehalten hatte, so schwach fiel er nun geradewegs in sich zusammen. Wie sollte er dieses Telefonat jemals vergessen. Die brennenden Worte seiner Freundin im Ohr, die Schilderung des grausigen Fundortes, das alles war auch für ihn unaushaltbar. „Ich hatte schon gesagt, dass man in dem Film auch den Ort zeigte, an dem die sterblichen Überreste der Babys ausgehoben wurden", erklärte Milen stockend. „Das Sprechen über den Fundort war für meine Freundin eine extrem grauenvolle Belastung. Als sie mir davon erzählte schrie sie unaufhörlich immer wieder die gleichen Worte: „Verbrannte Erde! Weißt du wie dieser Ort aussieht? Wie verbrannte Erde! Hörst du mich?", hilflos hätte er, Milen, ihre Stimme vernommen, unfähig, zu reagieren, weil er sich am liebsten die Ohren zuhalten wollte.

„Nichts weiter als verbrannte Erde", hatte seine Freundin die Worte mehrfach wiederholt, bis auch in ihm der menschenunwürdige Ort wie ein Wundmal unauslöschlich in ihm brannte. Wie sollte er darauf reagieren?

„Das alles ist so unwürdig, so widerwärtig und so menschenverachtend. Kein Hund würde an diesem Ort freiwillig etwas verscharren. Aber Menschenhände haben es getan. Unschuldiges Leben missbraucht und missachtet. Milen?", gefleht hatte seine Freundin um eine Antwort auf die Frage, wie Menschen Menschen so etwas antun konnten.

„Wie können Ärzte mit Schutzbefohlenen so umgehen? Das sind doch keine Menschen, die sich so verhalten. Das sind doch Monster ohne innere Regungen und ohne Verstand."

Milen brauchte eine Pause.

Die Schilderung des Telefonates mit seiner Freundin machte es deutlich. Er hatte nicht angemessen reagiert. Er wusste es. Er war schließlich nicht nur ein Arzt, er war auch ein Vater, aber vor allen Dingen war er ein Mensch. Dennoch war er zum Helfershelfer eines Monsters mutiert. Diesen Umstand konnte er nicht umkonstruieren. Es war eine Wirklichkeit, die sich nicht verdrehen ließ, es war eine grausame Wahrheit."

Thomas wartete ergeben, auch er stockte.

Aus den Augenwinkeln heraus konnte er erkennen, dass auch Vlados Beherrschung in Bedrängnis geriet.

Schon so oft hatte Thomas das alles erlebt, es gehörte zu seinem Job, empfangsbereit zu sein für schreckliche Nachrichten, für all den Abschaum, den die Gesellschaft verursachte. Und doch war jedes Mal ein erstes Mal. Er konnte jedes Mal so wenig Erklärungen geben, weil er mit den gleichen Fragen rang, die sich in solchen Fällen unweigerlich aufdrängten.

Während Milen wie versteinert auf seinem Stuhl saß, benötigte Thomas die Unterbrechung, bis die dumpfe Resignation in ihm nachließ.

„Ist Ihnen nicht gut?", fragte Thomas die zusammengesunkene Gestalt. Er erhob sich, um das naheliegende Fenster zu öffnen. Sauerstoff würde ihnen gut tun.

Milen gab kein Zeichen, dass er Thomas gehört hatte.

„Herr Dr. Stalev?", wiederholte Thomas.

Er wollte ihn dazu bringen, dass er ihn ansah, bevor er zu seinem Platz zurückkehrte. Die Hand, mit der Milen seine Augen verdeckt hatte, fiel kraftlos an ihm herunter. Erst nach einer Weile öffneten sich seine verschlossenen Augen. Sein Gesicht schien innerhalb der letzten Stunde um Jahre gealtert. Grau, fahl, mit trockenen, rissigen Lippen blickte er Thomas an, unfähig zu begreifen, wo er war und was er gemacht hatte.

„Was geschah, nachdem Sie das Telefonat mit Ihrer Freundin beendet hatten?"

„Ich fasste einen Entschluss."

„Unmittelbar danach?“

„Ja, unmittelbar“, hörte Milen sich sagen. Er blickte Thomas und Vlado an und sah, dass sie ihn beobachteten.

So paradox es war, sich gegen Petja aufzulehnen, so vernunftwidrig widerstrebte es ihm, ihre wahre Intention anzusprechen, die sie völlig überflüssigerweise belasten würde. Petja stand unter Schock, sie hatte ihrem Hass etwas beigemengt, was da nicht hineingehörte.

Aber die Idee, die sie entwickelt hatte, war gut. Jedenfalls hatte er es anfangs geglaubt. Je unauffälliger und friedlicher er den Abgang für seinen Freund verlaufen lassen würde, desto mehr Gewicht würde man seinem medizinischen Gutachten beimessen, hatte er sich ausgerechnet. Die Amtsärzte, die für den innerstädtischen Bereich zuständig waren, kannten ihn lange genug. Mit ihnen würde er keine Probleme haben, wenn ein Patient eine riskante Operation nicht überlebte.

Es war ihm tatsächlich gelungen, dass sein Freund bis zu seinem letzten Handgriff nichts misstrauisch hinterfragt hatte, warum sie alleine in seiner Praxis, warum der Narkosearzt und die Operationsschwestern noch nicht anwesend waren. Alles hatte er, Milen, präzise arrangiert. Dennoch scheiterte er. Er scheiterte an seinem eigenen Vorsatz.

„Ich fasste den Entschluss, meinen Freund zu töten.“

Milen unterbrach das Karussell seiner Gedanken.

Vergebens mühte er sich, unzweifelhaft und eindeutig zu erscheinen.

Noch während Milen sprach, merkte Thomas, wie wenig überzeugend das klang.

„Es gab keinen Zweifel an der Schuld von Jevin. Er sollte dafür bezahlen. Der Operationstermin stand fest, er würde aus der Narkose nicht mehr aufwachen.“

„Das war Ihr Plan?“

Thomas war verblüfft, wie schnell Milen seine Fassung wiedergefunden hatte.

„Ja, das war der Plan. Ich wollte dem Wahn ein Ende bereiten und einen Wahnsinnigen für seine Wahnsinnstaten bestrafen.

„Haben Sie mit irgendjemandem über Ihr Vorhaben gesprochen?“, bedrängte Thomas den angeblichen Mörder.

„Nein, mit niemandem. Das ging nur Jevin und mich etwas an“, die Antwort kam schnell. Für Thomas Befinden etwas zu schnell, aber er sagte nichts. Noch nichts.

Aufdringliches, unüberhörbares Sirenengeheul quoll unvermittelt durch das offene Fenster in ihren Raum. Blitzartig sprang Vlado auf. Er vertrieb die Geräuschquelle, indem er das Fenster verriegelte. Die Ruhe war wieder hergestellt, den Lärm hatte er ausgeschlossen. Hoffentlich nur Sachschaden, dachte Thomas beiläufig und blickte Vlado erleichtert an.

„Und Ihr Freund wurde nicht misstrauisch, dass Sie die Operation entgegen aller vorherigen Überlegungen in Ihren alten Praxisräumen vornehmen wollten?“, fragte Thomas noch einmal.

Er blickte auf das Deckblatt des vor ihm liegenden Notizblockes und registrierte, dass sich die alte Praxis im griechischen Viertel befand, in der Nähe der kleinen armenischen Kirche. Er kannte das *grizka machala*[77] gut. Häufig gingen Darina und er durch die kleinen alten Gassen des Viertels spazieren, das sich immer mehr zu einer bevorzugten Wohngegend mauserte. Thomas war froh, dass es seriöse Bauherren gab, die sich der alten Bausubstanz würdig annahmen. Von dem so genannten Banditen-Barock, der sich anderenorts aufdrängte, gab es in diesem Viertel nichts zu finden. Darina hatte ihm bei einem ihrer Spaziergänge durch die Stadt erklärt, dass die Versorgung des gesamten Viertels einheitlich auf kostengünstiges Gas umgestellt werden sollte. Deshalb durchfuhren viele Autos ob der aufgerissenen Strassen das Viertel nur noch, wenn sie alle Schleichwege kannten, um sich ungehindert an den vielen Baustellen vorbeibewegen zu können.

Milen hatte sich zur Beantwortung der letzten Frage Zeit genommen:

„Nein, er wurde nicht misstrauisch, antwortete Milen. „Ich konnte ihm genügend plausible Gründe liefern, warum ich diese Entscheidung getroffen habe. Letzten Endes begrüßte er diesen Plan sogar."

Thomas blickte auf, ohne jegliche Gefühlsregung.

Wenn er richtig kalkulierte, müssten die Kollegen jetzt am Tatort eingetroffen sein und alle notwendigen Maßnahmen einleiten. Milen hatte ihm die Schlüssel für seine Praxis ausgehändigt, bevor er ohne weitere Einleitung mit seinem Geständnis aufwartete. Die Information der Kollegen musste jeden Moment bei ihm eintreffen.

Wie inständig hatte er in den letzten Wochen darauf gehofft, dass sich das Rätsel um das Attentat in der Schwarzmeerklinik klären würde. Sogar einen völlig Unbeteiligten hatten sie eingeschmuggelt, um einen Anhaltspunkt zu finden. Aber anstelle seinen Fall zu klären, wurde er nun mit einem Verbrechen konfrontiert, dessen Ausmaß an Grauenhaftigkeit kaum zu überbieten war.

Irgendwann später würde er sagen, er habe es gewusst. Er habe es doch von Anfang gewusst, dass in dieser Schwarzmeerklinik irgendetwas nicht in Ordnung war. Dennoch war er nicht froh, dass seine Wahrnehmung stimmte. Thomas räusperte sich.

„Gut, dann haben wir erst einmal die Informationen, die wir brauchen. Ich fasse noch einmal zusammen:

Heute, am Mittwoch, dem Soundsovielten, erschien Herr

Dr. Milen Stalev in der polizeilichen Dienststelle der Stadt Varna, um eine Selbstanzeige zu erstatten. Nach eingehender und ordnungsgemäßer Belehrung und unter Verzicht auf einen Rechtsbeistand schilderte Milen Stalev den Anwesenden den der Selbstanzeige zugrunde liegenden Sachverhalt. Herr Dr. Stalev will die von ihm mit Vorsatz vorbereitete Tat, Herrn Dr. Jevin Mashkov zu töten, nicht ausgeführt haben. Das Opfer befindet sich auf dem Operationstisch seiner Klinik, Adresse soundso. Nach Aussage von Herrn Dr. Stalev lebte Jevin Mashkov, als er seine Praxis verließ."

Thomas unterbrach seine Rede, um die angegebenen Uhrzeiten zu überprüfen. Dann sprach er weiter: „Dr. Jevin Mashkov ist auf dem Operationstisch fixiert und nicht in der Lage, sich aus dieser Position ohne fremde Hilfe zu befreien.

Zwei weitere Männer, deren vollständige Namen Milen Stalev nicht bekannt sind, wurden von diesem unter einem Vorwand überwältigt und in das praxiseigene Labor eingeschlossen. Sobald die Kollegen am mutmaßlichen Tatort eingetroffen sind, erfolgt die Rückmeldung, ob der angebliche Tathergang bestätigt werden kann. Bis auf Weiteres verbleibt Milen Stalev in polizeilichem Gewahrsam.

Bevor Thomas weitersprechen konnte, flog die Tür des Konferenzraumes krachend auf. Marietta stürzte ohne Voranmeldung herein: „Thomas! Vlado!", schrie sie, „Großalarm! Im griechischen Viertel, nicht weit von der armenischen Kirche entfernt, hat es geknallt! Beim Verlegen irgendwelcher Zuleitungen gab es eine Gasexplosion. Es gibt Tote."

26.

Gedankenvoll durchblätterte Thomas das Protokoll.

Nur widerwillig fing er an, die abgetippten Seiten zu lesen. An der Stelle, an der Milen Stalev von seiner Freundin in Deutschland sprach, blieb Thomas erneut hängen. Da stimmte etwas nicht. Er war sicher, dass es an dieser Stelle noch etwas aufzudecken gab. Aber wozu? Thomas fand, dass er seinem Freund im Krankenhaus bessere Dienste erweisen konnte. Mittlerweile hatten sich die Krankenschwestern an seine Mithilfe gewöhnt. Sie wussten, dass er ihnen jedweden Handgriff abnahm, wenn sie ihn darum baten, und die dem Zwecke förderlich waren, der Bedürftigkeit seines Freundes entgegen zu wirken.

Stunden schienen vergangen, bis Thomas sich auf den Weg machen konnte. Noch nicht einmal zwei Uhr, stellte er mit einem Blick auf seine Uhr überrascht fest, und doch waren so viele entsetzliche Dinge in der zurückliegenden Zeitspanne passiert. Er wusste nicht recht, ob er erleichtert oder enttäuscht sein sollte über diesen unvorhersehbaren Verlauf. Milen Stalev hatte er nach Hause geschickt, was hätte er sonst mit ihm machen sollen?, fragte er sich. Für die Gasexplosion konnte er nicht verantwortlich gemacht werden. Als das Unglück geschah, waren sie zusammen.

Was die Experten der Spurensicherung aus den Trümmern des Hauses rekonstruieren würden, entzog sich erst einmal seiner Kenntnis. Europol hatte er informiert, sowie für alle Fälle seine alte Dienststelle in Hamburg. Irgendein Expertenteam würde auf ihn zukommen.

Gleich danach hatte er Dimo angerufen. Dieser sollte Bobby so schnell wie möglich aus der Schwarzmeerklinik abrufen. Sein Einsatz war beendet. Bobby rief ihn aber umgehend zurück, um ihm mitzuteilen, dass er sich entschlossen habe, sich dem Eingriff zu unterziehen. Thomas wollte es nicht für bare Münzen nehmen.

„Das ist nicht nötig, Bobby“, versicherte er ihm ausdrücklich.

„Du musst dich nicht unter's Messer legen. Du solltest dir doch ohnehin in erster Linie nur Zutritt zu allen Räumen verschaffen, um etwas über diesen geheimnisvollen Patienten herauszufinden.“

„Das hat sich ja wohl erledigt“, kommentierte Bobby und ergänzte: „Wenigstens ist mit deinem Bauch alles in Ordnung und Dimo hatte auch keinen schlechten Riecher.“

„Ja und, was willst du dann noch dort?“

„Ich muss das jetzt durchziehen“, entgegnete Bobby kategorisch. „Das könnte ein neuer Anfang für mich werden.“

„Was für ein neuer Anfang?“, Thomas verstand nicht, worauf Bobby hinaus wollte.

„Schau dir meinen Körper an und schau dir deinen Körper an, und dann weißt du, wovon ich spreche.“

Thomas hatte keine Ahnung, was eine angemessene Erwiderung darauf sein könnte und wohin ihn das Gespräch mit Bobby noch führen würde, aber er spürte, dass der junge Mann wild entschlossen war.

„Ich habe es in den vergangenen Jahren nie geschafft, eine Diät zu beginnen, und ich hatte auch keine wirkliche Motivation.“

„Und jetzt?“, fragte Thomas, „jetzt hast du einen Anlaß?“

„Ja“, kam es einsilbig zurück.

„Die Sekretärin von Dr. Stalev hat mich auf eine Studie aufmerksam gemacht. Vielen Patienten, die einen operativen Eingriff vollziehen, fällt es leichter, einen Einstieg für eine Ernährungsreduktion zu finden. Es gibt ein Vorbereitungs- und ein Nachsorgeprogramm in der Schwarzmeerklinik und dem unterziehe ich mich.“

Na gut, überlegte Thomas, während Bobby ihm die Einzelheiten dieser Programme fachmännisch erläuterte.

Dimo und er hatten den Plan ausgeheckt, weil sie ihn brauchten, und nun wollte Bobby es in Anspruch nehmen, weil er es für sich haben wollte. Wenn das eine Initialzündung darstellte, eine äußere Veränderung einzuleiten, die eine innere nach sich ziehen könnte, warum nicht. Und wenn, wie Thomas vermutete, der eine oder andere weibliche Reiz des Krankenhauspersonals auf Bobby übergesprungen war, konnte das letztlich nicht von Nachteil für die Beteiligten sein.

„Du hörst von mir“, beendete Thomas das Telefonat und hatte eine Entscheidung getroffen. Auf jeden Fall würde er Bobby in der Schwarzmeerklinik aufsuchen. Er hatte das Bedürfnis, mit Bobby noch einmal persönlich zu sprechen. Von Angesicht zu Angesicht wollte er ihm sagen, dass er seine Einstellung und seine Entscheidung zwar respektierte, aber dass er, Thomas, ihn genau so mochte wie er jetzt war.

Während Thomas auf den Aufzug wartete, bemerkte er einen der ihm bekannten Ärzte, der die Treppe hinuntergelaufen kam. In seiner privaten Kleidung wirkte der Mediziner unauffällig und unterschied sich nicht im Geringsten von den übrigen hinein- und hinausströmenden Menschen. Offensichtlich hatte er Feierabend und wollte so schnell wie möglich nach Hause, bestimmte Thomas. Er sah, dass der Arzt angestrengt seinen Blick auf den Boden geheftet hatte. Thomas war versucht, auf ihn loszustürmen, aber er hielt sich zurück. Die Frage, ob er ihm etwas Neues zu sagen hatte, verbot er sich strikt. Schließlich könnte er ebenso wenig mit einer Antwort aufwarten, ob er in Bezug auf die Lösung seines Falles einen Schritt weiter gekommen sei. Das Stellen ein und der gleichen Frage führt nicht gezwungenermaßen die sehnsüchtig erwartete Antwort herbei, allein durch den Umstand, dass man die Frage regelmäßig wiederholt.

Thomas verließ den Fahrstuhl und ging über den Flur, wo er Ivan hinter der dritten Tür auf der rechten Seite des dunklen Ganges finden würde. Thomas hatte mit Erfolg einen zur Gewohnheit werdenden Blick abgewehrt, wenn er das Krankenhaus betrat. Keinen Schritt wollte er in diesem Gebäude zu einer Routine werden lassen.

Die zwei Neonleuchten im Gang brannten immer noch nicht, registrierte er. Niemand interessierte sich dafür, geschweige denn, dass sich jemand in die Pflicht genommen fühlte.

Als er das Zimmer betrat, stellte er befremdet fest, dass eine Frau am Fußende des Bettes saß, in dem sein Freund lag, und dass diese Frau weinte.

Thomas hatte geglaubt, dass er alle Freundinnen von Ivan kannte. Diese Frau hatte er noch nie gesehen. Wie kam sie überhaupt dazu, hier zu sitzen? Hatte er nicht ausdrücklich die Anweisung erteilt, dass kein Fremder dieses Zimmer betreten durfte, ohne dass es mit ihm vorher abgesprochen wurde?

Thomas Blick war scharf und ablehnend. Die Frau sah ihn kommen. Sein durchdringender Blick verfehlte die Wirkung auf sie nicht, abwehrend hob sie die Hände.

„Sie müssen Thomas Jeromin sein, nicht wahr?“, eröffnete sie ihre Rede, und zu Thomas völliger Überraschung streckten sich ihm ihre beiden Hände offen und unbefangen entgegen.

„Ja, das bin ich“, erwiderte Thomas spröde, nicht mehr vollständig unbotmäßig, aber immer noch ohne jeden Enthusiasmus.

„Und wer sind Sie, und was machen Sie hier?“

„Ich bin eine alte Freundin von Ivan“, erwiderte die Frau.

„Wie alt?“, entfuhr es Thomas.

„Sehr alt“, servierte sie galant zurück, und wie sich im späteren Verlauf ihres Gespräches noch erweisen sollte, durchaus berechtigt.

„Und was wollen Sie?“

„Ich hatte den Wunsch Ivan zu sehen, als ich von dem tragischen Vorfall erfahren habe. Ich bin nur für einige Tage in Varna und reise am Sonntag wieder zurück nach Deutschland.“

„Sie wohnen in Deutschland?“

„Ja, in München.“

„Aber Sie sind Bulgarin?“

„Ja, aber ich lebe und arbeite seit vielen Jahren in Deutschland.“

„Und was arbeiten Sie?“, Thomas fiel auf, dass er dem Gespräch völlig unberechtigterweise das Format eines Verhöres überstülpte. Sie müsste etwas fassungsloser sein, etwas entsetzter ausschauen und so etwas ähnliches beteuern wie, dass sie überhaupt nicht verstehe, wieso er so mit ihr spreche, dachte er. Aber wenn sie so reagieren würde, würde er ihre Aufrichtigkeit noch argwöhnischer beäugen. Immerhin könnte er dann aber abschätzen, wie groß sein Spielraum war.

„Ich bin Ärztin. Genauer gesagt, ich bin Anästhesistin“, ergänzte die sportlich gekleidete Frau unprätentiös.

„Ich habe vor einigen Wochen noch mit Ivan telefoniert“, erklärte sie unbefangen.

Thomas wurde hellhörig. Lauernd formulierte er seine nächste Frage: „Wann konkret haben Sie mit Ivan telefoniert, und um was ging es in diesem Telefonat?“

Irritiert beäugte die Frau mit den kurz geschnittenen Haaren den vor ihr stehenden hoch gewachsenen Mann. Sie nahm sich so viel Zeit wie sie für sich benötigte, um ihre Verhaltensweise kurz zu überdenken. Dann nannte sie Thomas das geforderte Datum.

Thomas fühlte, dass sich sein Körper spannte, als er begriff, dass dieser Anruf nur zwei Tage vor dem Attentat statt gefunden hatte.

„Aber was um alles in der Welt wollten Sie von Ivan?“, missbilligend stieß er die Worte hervor, als wäre es eine unverzeihliche Handlung, dass sie seinen Freund Ivan angerufen hatte.

Da rollte etwas auf ihn zu. Thomas spürte es. Sein Körper ließ es ihn fühlen, dass sich aus dem, was diese Frau ihm antworten würde, eine Verbindung zu dem Attentat ableiten lassen ließ.

„Ich habe Ivan von einem Film erzählt, den ich im Fernsehen gesehen hatte, der mich zutiefst beunruhigte. Darüber habe ich mit ihm gesprochen“, beantwortete sie ordnungsgemäß seine Frage.

Thomas Gedanken sprangen hin und her. In seinem Kopf rotierte es. Das konnte kein Zufall sein.

„Warum Ivan?“, Thomas geriet aus der Fassung, seine Frage verriet es, „wer sind Sie, und was wollen Sie“.

„Ich bin Petja von der Heiden“, sagte die Frau verwundert. „Dr. Petja von der Heiden, und ich kenne Ivan seit vielen Jahren.“

Eine unendliche Zeit später – Thomas machte sich nicht die Mühe, auf die Uhr zu schauen, um nachzusehen, wie lange das Gespräch gedauert hatte, sagte die Frau, die sich als Dr. Petja von der Heiden bei ihm vorgestellt hatte: „Reicht das fürs Erste? Gehen wir was essen?“ Ein Vorschlag, den Thomas zu Beginn des Gespräches als völlig absurd abgelehnt hätte, nun aber durchaus nicht mehr abgeneigt war. Auf keinen Fall würde er aber gehen, ohne zuvor die Handreichungen an seinem Freund vollzogen zu haben. Frau von der Heiden zog sich diskret auf den Flur zurück. Erst danach verließen sie gemeinsam das Krankenhaus.

Thomas informierte seine Frau von *mobifon* zu *mobifon*, dass es heute Abend später werden würde. Gedankenverloren schaltete er den kleinen Tastenapparat aus, bevor er ihn in der Innentasche seines Jackets versenkte.

27.

„Du hast dir wirklich ein *mobifon* gekauft?“, entfuhr es Stanka. Sie wollte es nicht für möglich halten. Ihre Freundin schaffte es doch immer wieder, sie zu überraschen. „Aber du hast doch ungebrochen über diese Dinger geschimpft.“

„Ja, und das wird sich auch nicht ändern. Aber ich gestehe, dass es gewisse Vorteile hat, ein solches Ding zu besitzen.

Außerdem bist du ja nicht ganz unschuldig daran, dass ich auch eins habe.“

„Ich?“, fragte Stanka ungläubig, „was habe ich denn damit zu tun?“

Darina flüsterte Stanka die Worte ins Ohr, mit denen sie schon ihren Mann über die Intention, sich ein *mobifon* zu kaufen, in Erstaunen versetzt hatte. Da sie nicht alle Mitfahrenden in dem Bus unterhalten wollte, hatte sie sich mit ihrem Mund dicht an das Ohr ihrer Freundin gedrängt. Eine widerspenstige Haarlocke ihrer Freundin streifte ihren Mund. Es kitzelte und kribbelte. Mit der Hand fuhr sie sich über die Lippen. Stanka bekam große Augen bei dem Text, den ihre Freundin in ihren Gehörgang beförderte.

Von der Schule aus hatten sie den Bus genommen, der sie direkt nach Evskinograd brachte. Der Autobus befuhr die Hauptstraße am Meer, das Wasser konnten sie wegen der Dunkelheit nicht sehen. Für die blinkenden Lichter, die von den ankernden Containerschiffen ausgesendet wurden, hatten weder die beiden Frauen noch die übrigen Mitfahrenden einen Blick. Wer sich um diese Uhrzeit mit öffentlichen Verkehrsmitteln bewegte, hatte einen anstrengenden Arbeitstag hinter sich gebracht und nur noch die heimischen Wände im Fokus. Da blieb kein Raum, um derer zu gedenken, die ihre Arbeit auf tonnenschweren Schiffen verrichteten. In ihrem

Bestreben nach einem harmonischen Feierabend und einem gesicherten Lebensunterhalt unterschieden sich ihre Bedürfnisse hingegen nicht. Die Betrachtung verlor ihre Bedeutung, ob sie dabei ihre Arbeit auf festem oder schwankenden Boden verrichteten.

Viele Monate war Stanka nicht mehr draußen bei ihren Freunden gewesen. Gemeinsam wollten sie kochen und Thomas mit einem gemütlichen Abendessen empfangen, wenn er aus dem Krankenhaus heimkehrte.

„Ich diene euch als Vorlage für kleine erotische Schweinereien?“, empörte sich Stanka spielerisch und gluckste vor Vergnügen.

„Das wird ja immer verrückter“, vergeblich versuchte sie, einen lehrerhaften Zug um ihren Mund zu legen. „Meine Amour Fou dient also nicht nur zwei jungen Menschen als überbrückendes Medium in der Kennenlernphase, jetzt kommt ihr zwei alten Liebeshasen auch noch auf den Geschmack?“

Darina freute sich.

Stanka war wie ausgewechselt. Das Gespräch mit Fanny und die Konfrontation mit ihrer Vergangenheit hatte etwas in Bewegung gesetzt. Die innerlich vollzogene Veränderung wirkte sich nach außen aus. Wer Stanka näher kannte, sah es direkt. Sie strahlte. Von innen nach außen. Darina riss sich zusammen, um nicht vor Begeisterung zu klatschen, als sie verstand, dass ihre Freundin dabei war, einen privaten Gesprächskreis für interessierte Oberschüler zu initiieren, in dem über alles gesprochen werden sollte, mit einer Ausnahme: In diesem Kreis sollte nicht über Themen der Schule gesprochen werden. Jeder, der kommen wollte, musste sich für etwas interessieren, was für ihn außerhalb der schulischen Mauern in seinem Leben bedeutend war. Die Idee fand so großen Anklang, dass Stanka sich vor Interessenten kaum retten konnte. Dass Varna mit seinen dreihunderttausend Einwohnern ein Dorf war, bestätigte die Resonanz, die sie von Eltern auch anderer Schulen erhielt, die ihre Kinder unbedingt zu der neuartigen Kommunikationsbegegnung anmelden wollten. Die Buschtrommeln hatten es wie ein Lauffeuer verbreitet. Das Treffen sollte einmal im Monat in ihrem Appartement durchgeführt werden, der Kreis aus maximal zwölf Teilnehmern bestehen.

„Los pack es aus, ich will es sehen", forderte Stanka ihre Freundin auf.

„Jetzt?"

„Na klar, worauf soll ich warten?"

Darina kramte aus den Tiefen ihrer Handtasche ein kleines eiförmiges Gebilde heraus.

„Oh, schau", rief sie und hielt ihrer Freundin das mattschwarze Gerät entgegen, „der Akku ist leer!"

Stanka verzog das Gesicht zu einer Grimasse, die Darina gut kannte. „Ja, ja, sag es nicht", augenzwinkernd spielte sie die Zerknirschte. „Ich hab mich halt noch nicht dran gewöhnt, dass ich für ein kleines tragbares Telefon zu sorgen habe."

„Musst du ja nicht, nur wenn du willst. Aber denke an die Kurzmitteilungen, die dir entgehen, wenn du nicht „on" bist."

Darina knuffte Stanka in die Seiten bis sie quiekte.

Bis Thomas heimkehrte, würden sie das Essen vorbereiten. Eine Flasche Wein sollte ihren kreativen Schöpfungsprozess begleiten. Bei alledem, was sie sich zu erzählen hatten, mussten ihre Sprachrohre ausreichend feucht gehalten werden. Stanka wollte Darina ausführlich über das Gespräch mit Fanny informieren, das zu einer vertraulichen Nähe geführt hatte, und wie sie im Nachhinein die Idee mit dem Gesprächskreis entwickelte. In einem vertiefenden Kontakt mit Jugendlichen wollte sie zukünftig ihr Ohr mehr am Zahn der Zeit haben. Was sie brauchte, war ein ausgefülltes Leben. Falsche Kompromisse wollte sie nicht mehr eingehen. Ob sie irgendwann *die* Beziehung führen würde, die ihr vorschwebte, wusste sie nicht. Aber sie wusste, dass sie keine Übergangsbeziehung mehr führen wollte. Weder wollte sie eine Übergangsfrau sein, noch wollte sie einen Übergangsmann. Achtsam wollte sie sein, im Umgang mit sich selbst, aber vor allem bei der Auswahl ihres nächsten Partners.

Von Darina wollte Stanka alles im Zusammenhang mit Ivan erfahren, selbst wenn es nichts Nennenswertes zu berichten gab. Komapatienten entziehen sich allgemein gültigen Kennzahlen und sind nicht kalkulierbar. Und Stanka freute sich auf Thomas.

Darina hatte ihr erzählt, dass Thomas seinen Qualen mit der verordneten Bibliotherapie zu Leibe gerückt war. Auch er suchte nach Lösungsmöglichkeiten, dem Schmerz gerecht zu sein und das eigene Leben dennoch nicht zu vernachlässigen. In diesem Bewältigungsunterfangen fühlte sich Stanka auf das Engste mit Thomas verbunden.

„Häng dein *mobifon* ans Netz“, erinnerte Stanka ihre Freundin, nach dem sie das Haus betraten.

„Gut, dass du mich erinnerst, ich hätte es schon wieder vergessen“, bedankte sich Darina für die Erinnerung ihrer Freundin, „ich mache es sofort.“

Sie verschwand aus der Küche. Stanka hörte ihre Freundin im Hintergrund an verschiedenen Plätzen herumkramen, weil sie das Ladegerät nicht auf Anhieb finden konnte.

Das mitgebrachte Gemüse hatte Stanka auf der Arbeitsplatte ausgebreitet und fing an, die Zucchini zu waschen. Sie griff nach dem Küchenhandtuch, um das Gemüse abzutrocknen. Danach würde sie die lindgrünen Kürbispflanzen schälen, in Scheiben schneiden und von allen Seiten salzen. Solange das Gemüse das Salz aufzog, dessen Überreste nach wenigen Minuten wieder abgespült würden, hätte sie Zeit, die Soße aus Joghurt, gepresstem Knoblauch, Dill, Öl und Salz zu bereiten, bevor alles zusammen im Backofen verschwand. Stanka wusste, dass Darina dieses alte Gericht ihrer Oma aus Stara Zagora liebte, deshalb hatte sie die Zutaten dafür mitgebracht, wie auch den Rest gefüllter Weinblattrouladen, die sie vor wenigen Tagen zubereitet hatte. Für die saisonüblichen Salate hatte Darina alles im Hause.

Den Priestertopf, wie sie das im Backofen geschmorte Kalbfleisch mit der Wein- und Zwiebelsoße nannten, hatte Darina bereits am morgen in die *Petschka* geschoben.

Stanka lief bei der Vorstellung des butterweich gebackenen Fleisches und dem Duft der Kräuteraromen das Wasser im Munde zusammen.

Mit Flaschen beladen kehrte Darina zurück. „Bist du einverstanden?“, fragte sie ihre Freundin und drehte ihr gut lesbar das Etikett einer Weinflasche zu.

„Du bist wohl übergeschnappt!“, widersetzte sich Stanka, als sie sah, dass Darina ihr einen Cabernet Sauvignon BIN 40, Zar Simeon, aus der Gegend von Nova Zagora vor das Gesicht hielt.

„Ich will doch mehr als ein Glas trinken können“, scherzte sie, „geht es nicht ein paar Klassen bescheidener?“

„Nein“, entgegnete Darina entwaffnend und stellte den edlen Tropfen demonstrativ auf die Arbeitsplatte. „Heute Abend nicht. Thomas wird es gutheißen, er schätzt den in Eichenholz gereiften Wein mit seinem Brombeeraroma“.

Darina wollte nach dem Flaschenöffner greifen, doch ihre Hand hielt in der Bewegung inne. Das *mobifon* piepste und kündigte eine Kurzmitteilung an. Es könnte Thomas sein. Sie unterbrach ihren Handgriff, mit dem sie gerade die erste Flasche öffnen wollte.

„Du wirst auf jeden Fall mehr als ein Glas trinken müssen

und essen musst du für Zwei", verkündete Darina, als sie zu ihrer Freundin zurückkehrte.

„Wieso das?"

„Thomas hat mir eine Kurzmitteilung geschickt, dass es heute Abend später wird", erklärte sie ihrer verdutzt dreinschauenden Freundin, „also bedien dich."

Stanka hatte gerade den großen Tontopf aus dem Ofen gezogen, um die Zucchini hineinschieben zu können. Darina gab ihr ein Zeichen, dass sie den Topf direkt auf das Holzbrett stellen sollte, das sie auf dem für drei Personen gedeckten Tisch vorbereitet hatte. Im Kamin knisterten die ersten dünnen Holzscheite. Darina bewegte sich im Zickzackkurs, um ihre Katzen in der trauten Übereinkunft auf dem Teppich nicht zu stören. Müde gähnte Floh, riss die kleine Katzenschnauze weit auf, ihre rosige Zunge wurde sichtbar. Sie hatte ihre Mahlzeit erhalten und wartete auf die wohlige Wärme.

Stanka verteilte die Vorspeisen auf verschiedenfarbige Keramikteller, die sie so geschickt auf dem Esstisch drapierte, dass jeder von seinem Platz aus darauf zugreifen konnte. In den Haushalten beider Frauen konnte man eine Vielzahl der traditionellen roten Keramik in allen möglichen Formen und Größen finden.

Mittlerweile wurde zwar auch ihr Land mit weißem, hauchdünnem Porzellan und designtem Geschirr überflutet, aber sie waren sich einig, diesem Trend nicht zu folgen. Ein Tisch, bedeckt aus einem Mix unterschiedlichster Keramiken ihres Landes, ausgebreitet auf der ursprünglichen Fläche eines Holztisches, konnte in ihrer Vorstellung nicht einladender gestaltet werden. Dass ihr Bestand sich nicht verkleinerte, stellte ihre bevorzugte Keramikerin Nina aus Veliko Ternovo sicher, deren Stil für Liebhaber alter Formen in hochwertiger, mehrfach gebrannter Qualität unverkennbar war. Bedeutsamer als jegliches Geschirr, von dem sie aßen, war ihnen aber die Qualität der Nahrungsmittel, die sie zubereiteten und servierten.

Guten Gewissens bediente sich Stanka an der Auswahl der vor ihr stehenden Speisen und genehmigte sich eine zweite Portion Schneewittchensalat, den Darina mit gerösteten Walnüssen und einem zusätzlichen Hauch Dill und Öl verziert hatte.

Obwohl beide auf das Essen konzentriert waren, blieben sie redselig. Grundsätzlich tranken Stanka und Darina keinen Schnaps beim essen. Darina leistete ihrem Mann hin und wieder Gesellschaft, wenn er seinen ungekühlten Mastika genoss, aber die geringe Menge, die ihre Lippen dabei benetzten, konnte man kaum als trinken bezeichnen.

Stanka erzählte Darina von einem Zusammentreffen mit einem deutschen Journalisten, den sie im Sommer zufällig kennen gelernt hatte, und der partout an einem Bild festhalten wollte, was ihm durch seinen Reiseführer vermittelt wurde, dass alle Bulgaren, Männer wie Frauen, zu ihren Vorspeisen Schnaps trinken, als sei es ein nicht zu umgehendes Grundgesetz oder ein genetischer Code, dem sich die Einheimischen nicht entziehen konnten, selbst wenn sie es wollten.

In Erinnerung an diese Betrachtung kugelte sich Stanka vor Lachen, weil sich im Verlaufe dieses kurzen Aufeinandertreffens ihre Annahme erhärtete, dass der Mann der Journaille dem Nachweis wie einer Alibifunktion hinterherlief, um seinem eigenen Handeln einen Mantel umzuhängen, in dem er diese angeblich festgeschriebene Tradition als Ausländer bedienen konnte.

„Fragen Sie doch einmal nur so zum Spaß in verschiedenen Restaurants, in denen sie junge Frauen vor ihrem Salat sitzen sehen, wieso sie ihre Tradition nicht aufrecht erhalten“, hatte sie ihm zum Abschied empfohlen, bevor sie ihn mit seinem Reiseführer im Café vor dem Sportpalast sitzen ließ.

„Sei gnädig“, empfahl Darina. „Es gibt Gott sei Dank immer noch genügend klar Denkende, die zu uns kommen.“

„Ach so? Und wo finde ich die?“, rätselte ihre Freundin. „Wieso treffe ausgerechnet ich immer wieder auf irgendwelche Idioten, die sich für die Reinkarnation der Weisheit halten und meinen, aufgrund irgendeiner schrägen landeskundlichen Information alles zu wissen und alles zu begreifen, was unser kleines Dasein ausmacht?“

Darina hielt ihre Freundin an, sich nicht vom Essen abhalten zu lassen.

„Oh, diese Gerüche!“, schwärmte Stanka versöhnlich.

Als der größte Hunger gestillt war, fächelte sie ihrer Nase mit einer Hand noch einmal den Geruch aus dem großen Tontopf zu. „Schade“, sagte sie, „aber eine dritte Portion schaffe ich beim besten Willen nicht“.

„Du und deine Nase!“, zog Darina ihre Freundin auf, „du bist wirklich überdurchschnittlich empfänglich für Gerüche.“

„Ja, das stimmt, aber nur für unverfälschte Duftstoffe“, erinnerte sie ihre Freundin, „keine chemischen Verunstaltungen bitte. Diese gruseligen Geruchsanhänger, die dir mittlerweile überall entgegenwedeln, verursachen mir langsam einen Brechreiz. Überall baumeln sie herum. In Taxen ebenso oft wie in Autobussen, kein Klo ist mehr vor ihnen sicher. Fehlt nur noch, dass sie demnächst als Anhänger getragen werden“, feixte Stanka.

„Du bist unmöglich, weißt du das?“

„Ja, ich weiß, aber habe ich nicht Recht? Überhaupt geht mir dieser Spuk um die Parfümtrends allmählich auf die Nerven. In irgendeiner Zeitung habe ich neulich entdeckt, dass man für Baby-Parfüm wirbt. Das musst du dir mal bei klarem Verstand deutlich machen, wie absurd das ist. Ich kann noch nicht einmal Parfüm für erwachsene Menschen durchgehen lassen, aber für Babys? Da hört der Spaß doch wirklich auf.“

„Das geht mir allerdings ähnlich. Es gibt wahrlich Wichtigeres“, bestätigte Darina.

„Wahrscheinlich können sich die meisten Menschen nicht mehr riechen und müssen sich selbst betäuben. Und weil sie sich selbst nicht mehr riechen können, wollen sie auch andere nicht mehr riechen müssen, jedenfalls nicht in ihren natürlichen Ausdünstungen.“

„Glaubst du das wirklich?“

„Wie willst du dir sonst dieses affige Verhalten erklären? Aber darüber denkt sowieso kein Mensch mehr nach. Die meisten von ihnen verhalten sich ohnehin wie Fliegen, die sich auf jede Scheiße setzen.“

„Stanka! Ich bitte dich, übertreib es nicht.“

„Was heißt, übertreib es nicht? Verderbe ich dir etwa den Appetit?“

„Nein, das nicht, aber das ist mir zu einseitig und zu kurz gedacht.“

„Das passt nicht in das Bild eines Gutmenschen, nicht wahr?“ Stanka grinste ihre Freundin spöttisch an, aber Darina ließ sich nicht beirren. Die Angriffe ihrer Freundin waren keine Angriffe auf ihre Person. Sie mochte diese klare Umgangsweise. Beide Freundinnen bedienten sich ihrer häufig und gerne.

„Das war das Besondere mit C“, schwärmerisch versank Stanka in ihre Erinnerungen.

„Das jetzt auch noch? Willst du es mir noch einmal erzählen?“

„Muss ich?“

„Nein, aber du darfst, wenn du willst. Ich habe es ja erst

fünf Millionen Mal gehört", neckte Darina ihre Freundin.

„Nein, ich lasse es, obwohl du es auch nach meinen millionenfachen Ausführungen immer noch nicht nachvollziehen kannst", provozierte Stanka gekonnt.

„Das kann ich doch!", entrüstete sich die Angegriffene: „Ich kann Thomas extrem gut riechen, und er mich auch, und ich weiß, dass es Botenstoffe in unseren persönlichen Körperausdünstungen gibt, die uns anziehend oder abstoßend für einander machen."

„Ja, nicht schlecht", parlierte Stanka, „aber nicht gut genug".

Sie wollte ihrer Freundin zeigen, dass es nicht mehr nötig war, dieses Thema zu vertiefen. Den Raum konnten sie anders füllen.

Was sie mit C erlebt hatte, war in der Palette ihrer Geruchserfahrungen außergewöhnlich. War es womöglich das wesentliche Element ihrer Beziehung, das ihren Verstand ausschaltete, wenn sie auf diesen Mann traf?, überlegte sie. Beide waren extrovertiert und dominant. Aber bei C war sie wie eine Rudelhündin bereit, ihre Unterwerfung zu akzeptieren. So etwas hatte sie in keiner vorherigen Beziehung erlebt, geschweige denn akzeptiert. Im Zusammensein mit C hatte sie nie die Sorge, unterzugehen oder um ihre Position kämpfen zu müssen. Es gab eine unausgesprochene Akzeptanz des Anderen, deren Wert sich noch steigerte, wenn sie unterschiedliche Standpunkte oder Ansichten vertraten, und das taten sie oft. Stanka war sicher, dass auch das mit dem Geruch zwischen ihnen zu tun hatte, den sie sogar auf ihrer Zunge schmecken konnte. Darüber hatte sie noch nicht einmal mit Darina gesprochen. Nur C wusste es, und ihm hatte es gefallen. Aber jetzt gab es keinen Grund mehr, sich in abgelegten Erinnerungen zu wälzen. „Schluss damit! Ein für alle Male", unwiderruflich beendete Stanka ihren letzten

Ausflug in die Vergangenheit. Sie sollten in Frieden ruhen. Beherzt ergriff sie den Tontopf, der noch warm, aber nicht mehr unerträglich heiß war. Mit bloßen Händen konnte sie ihn halten. Wie ein ausgehungertes Tier versank ihre Nase in dem Topf. Gierig nahm sie einen tiefen Zug: „Hmm“, raunzte sie genießerisch, „nichts riecht besser als dieses wunderbare Gemisch aus Kräutern, Fleisch und Alkohol“, ergänzte sie ihre finalen Gedanken über suchtauslösende Botenstoffe. Sie würde es schon noch herausfinden, was sie von ihrer eigenen Theorie zu halten hatte, und zwar spätestens dann, wenn ihr der nächste Mann unter die Nase treten würde. Bis es soweit war, wollte sie sich nur noch an Aromen vergreifen, die zwar gleichermaßen Aromen der Liebe darstellten, aber keinen Herzschmerz hinterließen.

Nach dem Essen verteilten sich Darina und Stanka auf den Sitzgelegenheiten rund um den Kamin, wo sie in einer Lautstärke miteinander kicherten, wie sie nur unter Frauen erreichbar war. Darina hatte Stanka massiv davon abgehalten, das Geschirr abzuräumen. „Auf gar keinen Fall!“ Heftig hatte sie insistiert. „Wenn Thomas kommt, soll er sich an allem bedienen, wenn ihm danach ist.“

Sie wusste, dass ihr Mann diese Ungezwungenheit mochte, wenn er auch nicht zwangläufig etwas essen würde. Während Darina sprach, nahm Stanka Kontakt auf mit einem kleinen gefüllten Schüsselchen mit Mandeln und Rosinen. Ohne die Spur eines schlechten Gewissens aß sie das Keramikschälchen leer und hielt nur einmal kurz inne, um Darina das Weinglas entgegenzustrecken, damit sich der Rest aus der zweiten Flasche in dem gläsernen Behältnis verteilen konnte. Sie bedankte sich mit einem Lächeln.

„Ist dein Lächeln ein Kompliment an mich?“, fragte Darina neckend, „dann danke ich dir.“

„Unbedingt!“

„Dari?“, sagte Stanka, „kann ich dich noch etwas fragen?“

„Das weißt du doch. Frage!“

„Was ist aus deinem Kinderwunsch geworden?“

„Och“, seufzte Darina mit verhaltenem Lächeln. Ihre Mundwinkel zuckten. „Das ist ein schwieriges Thema. Solange wir nicht wissen, was mit Ivan wird, wollen Thomas und ich erst einmal abwarten.“

„Ja, das kann ich gut verstehen.“

„Aber du willst Kinder?“

„Auf jeden Fall.“

„Und Thomas?“

„Thomas auch. Wir sind uns einig. Wir wollen zwei Kinder, und zwar einen Jungen und ein Mädchen.“

„Ach so?“ Stanka betrachtete ihr Glas. Sie fragte sich, ob es am Pegel ihres steigenden Alkoholgehaltes lag und ob sie eventuell deshalb ihre Freundin falsch verstanden hatte. Oder hatte ihre Freundin irgendeinen Zugang zu einer Allmacht gefunden, bei der sie sich Junge und Mädchen in der gewünschten Form bestellen konnte?

„Das war mithin ein Grund weshalb Thomas nach Deutschland geflogen ist.“, hörte Stanka ihre Freundin weiter sprechen.

„Dari, jetzt sprichst du aber in Rätseln. Was hat das denn damit zu tun?“

„Thomas wollte sich in Deutschland sterilisieren lassen“, klärte Darina sie auf. „Du weißt, für einen Mann ist es ein kleiner unbedeutender Eingriff. Wir Frauen müssen uns immer noch einer aufwändigen Operation unterziehen, wenn wir die Entscheidung auf uns nehmen.“

„Ja, und was ist dann mit den Kindern?“, Stanka hatte ihr Weinglas abgesetzt. Dringend gierte sie nach einem großen Glas Wasser, um sich zu neutralisieren.

„Thomas und ich, wir haben beschlossen, keine eigenen

Kinder in die Welt zu setzen, sondern zwei Kinder zu adoptieren“, erklärte Darina ihrer Freundin.

Stanka war sprachlos. Sie verschränkte die Hände vor sich, um sich zu sammeln. Während sie sich fragte, warum sie außer einem fassungslosen Staunen erst einmal nichts empfand, fand sie auch darauf keine Antwort.

Das Geräusch eines Schlüsselbundes enthob sie weiterer Vertiefungen zu diesem Thema.

Sie hörten, wie sich die Eingangstür öffnete und wieder verschloss. Eine weitere Tür wurde geöffnet und ein Wasserhahn betätigt. Keiner von beiden sagte etwas, bis Thomas den Wohnraum erreichte. Überrascht blickte er auf zwei Frauen, die ihm erwartungsfroh entgegen blickten.

„Hallo Thomas“, sagte Darina mit allen Anzeichen reiner Freude, „schön, dass du kommst.“ Sie winkte ihren Mann heran, der sich voller Zuneigung zu seiner Frau herunterbeugte und sie intensiv auf den Mund küsste. Darina registrierte vage, dass Thomas wie sie im Verlaufe des Abends in den Genuss von Alkohol gekommen sein musste.

Stanka wurde freundschaftlich begrüßt, wenn auch nicht so intensiv auf den Mund, dafür aber inniglich auf beiden Wangen. „Schön, dich zu sehen“, begrüßten sie sich gegenseitig.

„Willst du dich zu uns setzen?“, fragte Darina ihren Mann.

„Nichts lieber als das“, entgegnete er.

„Möchtest du etwas mit uns trinken?“

„Was gibt es denn?“, fragte Thomas leichthin.

Als Darina ihm die Flasche entgegenhielt, und er das Etikett erkannte, grinste er. „Na, und ob“, erklärte er demonstrativ. So sorglos wie seine Frau die Flasche schwang, konnte sie nur leer sein, fasste er gut beobachtet zusammen. Mit einem Blick erfasste er die Gesamtlage. Auf dem halbhohen

Küchentresen, der den Wohnraum geschickt vom Küchenbereich abtrennte, stand er, der wertvolle Rebensaft umhüllt von einer schlanken Glasflasche. Thomas verschwand. Als er wiederkehrte, erweiterte er ihre Flaschenkollektion mit identischen, aber vollen Behältnissen. Sobald er seinen behaglichen Sitzplatz eingenommen hatte, würde er ihn nicht mehr verlassen wollen. Jedenfalls nicht ohne Protest. Es gefiel ihm zu sehen, dass der Esstisch ihn mit Speisen zu verführen suchte, aber er würde keinen Bissen herunterbekommen. Sein Verstand riet ihm dringend, das Verhältnis fester und flüssiger Nahrung auszugleichen und einen Happen zu essen, bevor er mit den beiden Frauen über die Umstände sprach, die ihn so lange aufgehalten hatten. Er ignorierte die Mahnung. Lediglich seinen Augen gönnte er einen intensiven Blick auf die restlichen Köstlichkeiten, die sich über den Tisch erstreckten.

Hinter sich vernahm er die Stimme seiner Frau: „Du kommst spät."

Thomas drehte sich herum, während er gekonnt erst die eine und dann gleich noch eine weitere Flasche öffnete, um ihr Zeit zum Atmen zu geben:

„Kennst du eine Dr. Petja von der Heiden?", rief er ihr entgegen, ohne auf ihre Feststellung einzugehen.

„Petja von der Heiden?", angestrengt überlegte Darina. „Nein, kenne ich nicht. Müsste ich sie kennen?"

„Ich werde euch gleich von dieser Frau erzählen. Ich habe den ganzen Abend mit ihr verbracht."

„Oh", entfuhr es Stanka, „soll ich besser gehen?"

„Stanka, ich bitte dich, werde nicht albern. Nichts von dem, was ich zu sagen habe, ist für deine Ohren ungeeignet", ließ Thomas sie zweifelsfrei wissen und ignorierte geflissentlich den blitzenden Schalk in ihren Augen.

„Dann komm rüber zu uns, und erzähl uns, was los ist."

Darina und Stanka wollten von Thomas erfahren, was sich im Verlaufe seines Tages zugetragen hatte und wer diese geheimnisvolle Petja von der Heiden war.

Ein wenig hektisch hatte Thomas sich nach dem gemeinsamen Abendessen von der Frau verabschiedet, die er an Ivans Bett vorgefunden hatte, mit dem dringenden Bedürfnis und taumelnd vor Sehnsucht, nach Hause zu eilen: Der Ort, der ihm Sicherheit, Harmonie und Geborgenheit schenkte. Trotz der Kälte hatte er sich zuerst auf der überdachten Holzbank unweit der Eingangstür niedergelassen.

Es war nicht das erste Mal, dass er seinen Beruf hinterfragte. Aber es war das erste Mal, dass er glaubte, den emotionalen Überforderungen in seinem Job immer weniger entgegen setzen zu können. Ich bin nur ein Verwalter, bestätigte er seine Annahme. Ein Verwalter krimineller Auswüchse in unserer Gesellschaft, die ich vorschriftsgemäß in verschiedenen Register ablege, wenn sie vor mir abgeladen werden. Wenn das Kind im Brunnen liegt, werde ich gerufen. Aber um was zu tun?, fragte er sich. Nichts! Denn was konnte er tun? Wie sollte er präventiv etwas leisten gegen menschlichen Wahnsinn und gegen eine Skala an Grausamkeiten, die immer unermesslicher wurde?

Bei dem Vergleich mit dem Kind im Brunnen, krampfte sich sein Herz zusammen; die Bilder kehrten zurück, in Erinnerung an die Schilderungen von Milen und Petja. Was musste in Menschen vorgehen, die zu solchen Taten fähig sind? Geht in diesen Menschen überhaupt noch irgendetwas vor? Eine Welle ungeschützter Aggressionen erfasste seine Gedanken. Wie konnte man Opfer schützen und Täter dingfest machen, wenn Helfer wie Krassimir und Ivan zu Opfern werden und Ärzte, die Retter sein sollen, zu Täter mutieren?

Wie sollte er bei alledem seinen friedfertigen, auf Sinn hin gerichteten Weg weitergehen, wo doch der Gegenbeweis wieder einmal klar erbracht vor ihm lag, dass der Mensch doch kein denkendes Wesen ist, das nach Sinn strebte? Ging es bei alledem immer nur um Balance? Lassen sich niemals alle Menschen infizieren? Weder von allem Guten, noch von allem Schlechten? Kam es deshalb darauf an, eine Balance in sich selbst zu bilden, in Form einer Akzeptanz und einer gesunden Distanz? War das die Aufgabe?, resümierte er. Diene ich in meiner Tätigkeit einer gesellschaftlichen Balance? Wenn das so sein sollte, muss ich aber meine Kompetenzen erheblich erweitern, und zwar meine persönliche Kompetenz, um gegen den Unrat, den ich zu durchwaten habe, besser gewappnet zu sein.

Thomas hob einen Stein auf, den er unter seinen Füßen spürte. Das kleine Gebilde war kantig und eiskalt. Langsam gab es seine Kälte auf und übernahm die Körperwärme, die ihm die schützende Hand gewährte. „Meine Sachkompetenz scheint für alle Beteiligten ein gern in Anspruch genommenes Werkzeug zu sein, aber wo bleibe ich dabei?“, führte er seinen Dialog vor sich hin sprechend weiter. „Die Welt nimmt immer nur mein Außen wahr, da soll ich funktionieren, aber was ist mit meiner Innenwelt, die niemand sieht?“ Die Vorstellung von den Menschen, die ein Bauwerk errichten, kam zurück und sein vehement vertretener Standpunkt, Kathedralenbauer sein zu wollen und nicht ein bewusstloser Steineklopfer. Wer sollte sich um das Innere in einem Menschen kümmern?

War es die ureigene Pflicht jedes Menschen, diese Bereitschaft in sich nicht nur zu entwickeln, sondern lebenslang wach zu halten, und sich als immerfort Lernender zu erkennen? Unbestreitbar war die Erfahrung, dass Vlado, Bobby und Dimo bereit waren ihn anzuhören, wenn er sich authentisch und unverstellt artikulierte, ohne Rücksicht auf gesellschaftlich konditionierte und abgespeicherte Phrasen wie: „das tut man nicht, das geht doch nicht, das haben wir doch noch nie so gemacht."

War die Hürde gar nicht so unüberwindbar hoch, sich zu inneren Regungen zu bekennen und sich als Mann schwach zu zeigen, wenn man sich schwach fühlte? Gab ihm das achtsame Einfühlungsvermögen, das er Milen in einer Gesprächsatmosphäre bot, die ihn nicht gleich wertete und richtete, die ihn als einen Menschen aufnahm, nicht bereits die richtungsweisende Antwort? Wenn es also nicht *das* Wissen in uns ist, das uns weh tut und das uns behindert, ist es nur das viele Wissen, das nicht wahr, sondern falsch in uns abgespeichert ist? Lässt sich die Aufforderung an jeden Menschen damit in eine Formel pressen, dass jeder seine eigenen Wahrheiten täglich überprüfen möge, nach denen er lebt und an denen er sich orientiert? War damit der Weg, den er ging, gar nicht so verkehrt, auch wenn er noch lange nicht zu Ende war? Thomas schloss die Augen, nicht, um sich vor den Antworten zu drücken, sondern um die Fragen noch einmal in sich nachwirken zu lassen. Dass er für sie alle nicht *die* eine Antwort finden konnte, leuchtete ihm ein. Aber er könnte sich um Antworten bemühen, wenn er sich den Fragen, die das Leben ihm stellte, nicht mehr entzog. Diese Feststellung fühlte sich richtig an. Voller Zuneigung dachte er an Darina. Das Leben in der Heimat seiner Frau war für ihn gleichermaßen nach wie vor eine Herausforderung. Sollte ich also möglicherweise mit den Herausforderungen meiner inneren Befindlichkeiten ebenso geduldig und gnädig umgehen?, sinnierte er ermutigend. Nicht unzufrieden mit dem Ergebnis seiner Überlegungen, erhob er sich und steckte den Schlüssel ins Schloss.

Seinen Bericht über die verschwundenen Babys in der Ukraine fasste Thomas nüchtern ab. Er wollte Darina und

Stanka nicht mit allen peinigenden Details belasten. Aber die Rechnung hatte er gemacht, ohne die Unabhängigkeit der ihn umgebenden Frauen zu bedenken. Von beiden Seiten bombadierten sie ihn mit Fragen, bis sie alles aus ihm herausgepumpt hatten, was er wusste. Stanka verstieg sich in ihrer Wut über das Gehörte auf die ausgefallensten Foltermethoden, um diesen Schweinen, wie sie die Verantwortlichen titulierte, das Handwerk zu legen. Diese Form der Selbstjustiz war für Thomas das passende Stichwort, um über Petja von der Heiden zu sprechen. Er berichtete ihnen von Milen Stalev, der so unvermittelt in seinem Büro aufgetaucht war, um sich anzuzeigen für einen Mord, den er in der sprichwörtlich letzten Sekunde nicht ausführen konnte.

Thomas ließ die kleinen Merkwürdigkeiten nicht aus, auf die er sich zunächst keinen Reim machen konnte, und wie er voreilig bereit war, sie aus den Augen zu verlieren, weil sich durch das Gasunglück im griechischen Viertel die Sachlage zunächst völlig verändert darstellte. Als Letztes kam er auf die in München wohnende Bulgarin zu sprechen, die vor mehr als einem Jahrzehnt einen Deutschen geheiratet hatte und die er weinend zu Ivans Füßen angetroffen hatte.

Thomas erkannte den Vorsatz seiner Frau, ihn gezielt zu unterbrechen. Schnell ergriff er ihre Hand, küsste ihre Fingerspitzen und kam ihr zuvor: „Warte Liebes, lass mich erst noch weiter sprechen.“

Darina ließ ihren Mann gewähren und lehnte sich zurück.

Keiner der drei Anwesenden würde sich erinnern, wer wie viel und wie sich überhaupt die Flaschen um sie herum geleert hatten. Darina war irgendwann auf Tee umgestiegen, aber das waren Marginalien, an denen sich niemand aufhielt.

„Frau Dr. Petja von der Heiden ist eine gebürtige Manolova, die Ivan während seiner Studienzeit in Sofia kennen gelernt hat“.

„Aha", echote Darina. Der bulgarische Mädchenname brachte in ihr ebenso wenig zum Klingeln. Sie kannte längst nicht alle Frauen, die das Leben ihres Bruders kreuzten, und hatte diesen Anspruch auch nie gestellt. Wenn Ivan ihr etwas über seine Frauen erzählen wollte, hörte sie zu, niemals hatte sie ihn gedrängt, etwas berichten zu müssen. Sie nutzte die Pause nicht, die ihr Mann einlegte, sondern wartete geduldig auf die Fortsetzung seiner Ausführungen.

„Petja und Ivan telefonierten gelegentlich miteinander, und sofern es sich ergab, trafen sie sich auf einen Drink, wenn sie in der Stadt zu Besuch weilte. Unmittelbar nachdem Petja den Dokumentarfilm gesehen hatte, sprach sie mit Ivan, um zu hören, ob der Vorfall aus der Ukraine in Bulgarien bekannt gemacht worden war.

„Petruschka!", soll Ivan ausgerufen haben, „wo denkst du hin? Du weißt doch, dass wir es noch nicht einmal mitbekommen, wenn die Welt untergeht! Was brauchen wir da die Probleme, die sich noch weiter östlich von uns abspielen? Wir kommen doch kaum nach, unseren eigenen Irrsinn zu begreifen."

Es war nicht nur möglich, dass es Ivans Worte gewesen sein sollten, das waren Ivans Worte. Alle Anwesenden würden es beschwören. Das war der typische Originalton eines ihnen zutiefst bekannten frechen Mundwerkes in der Gestalt einer menschlichen Ausnahmeerscheinung.

„Petja hatte Ivan über den Film und Jevin Mashkov informiert, der mit Milen Stalev befreundet ist. Da sie Milen nicht gleich erreichen konnte, wusste sie noch nicht, dass sich Jevin bereits in Bulgarien aufhielt, um sich von seinem alten Studienfreund ein neues Gesicht verpassen zu lassen.

Ivan versprach Petja, ein wenig zu recherchieren. Da sie Milen nicht erreichen konnte, wollte Ivan den Weg verkürzen und zu der neuen Schwarzmeerklinik hinausfahren.

Für eine lange Weile herrschte Schweigen. Jeder wusste warum. Nunmehr würde der Teil zu Tage treten, der ihren persönlichen Lebensbereich einbezog.

Irgendwann löste Thomas sich aus seiner Erstarrung.

Darina konnte aus dem Gesicht ihres Mannes die Qualen ablesen, die er durchstehen musste. Es war eine schwierige Prüfung. Mit großer Sicherheit wusste sie, wer gerade gegen wen in seinem Kopf zum Kampf aufgestellt wurde. Mit einer ebensolchen Sicherheit wusste sie, dass sie ihrem Mann dadurch die größte Achtung erwies, wenn sie jetzt nichts sagte. Wenn sie still darauf vertraute, dass der Partner an ihrer Seite diesen Kampf aus sich selbst heraus auflöste. Was danach an die Oberfläche trat, würde er ihr mitteilen. Auf mehr hatte sie kein Anrecht, aber sie wusste, dass es unbeschreiblich viel war.

Instinktiv, als gälte es, einen geheimen Auftrag auszuführen, traten ihre Katzen in Aktion. Mit einem Sprung ließen sie sich auf Thomas Schoß nieder. Das war in Form gegossene Zuneigung. Ohne erkennbare Absprache verknäuelte sich ein schwarzweißes Fell mit einem dunkelbraunen. Unüberhörbar besiegelten sie ihre Zuwendung durch ihr Schnurren. Reflexartig fing Thomas an, die Katzen zu streicheln. Ihre Körperwärme legte sich wie Balsam auf seine Höllenpein.

Dass er nun in einen spekulativen Bereich seiner Berichterstattung eintrat, wusste Thomas, aber nur so konnte es seiner Meinung nach zu dem Zusammenstoß gekommen sein, der mit dem Attentat auf Ivan und Krassimir endete. Mit an Sicherheit grenzender Wahrscheinlichkeit ging er davon aus, dass dieses Attentat nicht vorsätzlich geplant, sondern die Folge unglückseliger Umstände war.

„Zu Recht wäre es nachzuvollziehen“, Thomas dozierte mehr als er sprach, „dass Jevin Mashkov, bevor er sich mit seinem Freund in den Bergen traf, zu der Schwarzmeerklinik fuhr, um sie aus Sicherheitserwägungen zu inspizieren, und ohne seinen Freund davon in Kenntnis zu setzen.

Bei dieser möglichen Besichtigungstour muss es zu dem Aufeinandertreffen mit Ivan und Krassimir gekommen sein. Jevin Mashkov durfte auf keinen Fall gesehen und erkannt werden, und schon gar nicht von zwei Polizeibeamten. Deshalb mussten die Zeugen aus dem Weg geräumt werden, was die beiden Begleiter erledigt haben dürften, die mit Jevin Mashkov bei der Gasexplosion ums Leben kamen. Für einen solchen Tathergang spricht die Zeugenaussage des taubstummen Chavdar, der an dem betreffenden Tag einen Geländewagen mit drei Insassen gesichtet haben will.

Hätte Thomas sein *mobifon* am Nachmittag nicht ausgeschaltet, würde er wissen, dass seine Spekulation der Wahrheit sehr nahe kam. Seine Kollegen fanden am Tatort der alten Praxis von Milen Stalev in der Ruine hinter der Stahltüre des ehemaligen Labors nicht nur die menschlichen Überreste zweier männlicher Leichen. Ebenso stellte man zwei Schusswaffen sicher, deren weitere Überprüfung klarstellen sollte, dass es sich um die Waffen handelte, mit denen Krassimir und Ivan niedergestreckt wurden.

Darina griff zu der letzten, halbvollen Flasche Wein und schüttete sich so viel wie möglich in ihren Teebecher hinein. Thomas bemerkte es nicht. Stanka bemerkte es, sagte aber nichts. Sie konnte keinen Tropfen mehr aufnehmen, der Druck auf ihre Blase hatte sich ins Unerträgliche gesteigert, sie war unfähig aufzustehen, ehe Thomas seine Schilderungen beendet hatte. In den Einheiten sprachloser Stille hörte man das abwechselnde Schnurren der Katzen und das Knacken langsam herunterbrennenden Kaminholzes.

„Aber wie hat diese Petja dann von dem Attentat auf Ivan erfahren?“, wollte Darina wissen, „denn wenn ich alles richtig verfolgt habe, gab es doch vorher keine Verbindung zwischen Ivan und Milen."

„Das siehst du vollkommen richtig", bestätigte Thomas seine Frau. „Dieses letzte Teilstück, das mir fehlte, habe ich heute erhalten. Milen Stalev hatte bei seinen Selbstbezichtigungen alles daran gesetzt, Petja herauszuhalten. Aber diese Petja von der Heiden spielte eine signifikante Rolle bei alledem, denn sie war diejenige, die zur Tat schreiten wollte, um Jevin Mashkov ins Jenseits zu befördern. Sie hatte sich einen scheinbar perfekten Plan ausgedacht."

Thomas blickte zu Stanka herüber und holte sich die Erinnerung an ihre Hasstiraden und Foltermethoden zurück, die sie für die Schuldigen festgelegt hatte. Ihr Repertoire bezeichnete er als ausgeklügelt.

„Petja wollte Jevin kurz vor seinem endgültigen Abgang mit der Wahrheit konfrontieren, wenn er ihr hilflos ausgeliefert war, auf dem Operationstisch angebunden und bewegungsunfähig. Jevin sollte mit der Klarheit sterben, erkannt und überführt zu sein, und die Strafe aus der Hand einer Mutter empfangen, stellvertretend im Namen all derjenigen Mütter, denen er das größte Leid zugefügt hatte, das es auf Erden gibt: das eigene Fleisch und Blut zu verlieren.

Sie wollte, dass er es spürte: Das Ausgeliefertsein, so wie sie ihm ausgeliefert war, als sie während ihrer Studienzeit zusammen waren, und er ihr das Kind wegmachte, das sie von ihm erwartete, weil er sich seine spätere Karriere nicht mit einem unehelichen Balg verbauen wollte. Er hatte ihre Liebesbeziehung auf eine körperliche Abreaktion reduziert, dessen Folgen ihm nicht lebenslang anhaften sollten. In ihrer Verzweiflung hatte sie sich dem Druck gebeugt, den er auf sie ausgeübt hatte. Kalkulierbares „Lebensrisiko", hatte er es genannt. Sie wollte, dass er es spürte, sein „Lebensrisiko".

Petja hatte Milen von ihrem Plan am Telefon erzählt,

nachdem sie von ihm erfahren hatte, dass Jevin in seiner Klinik unter Vorspiegelung falscher Tatsachen Unterschlupf gefunden hatte. Petja bestand darauf, dass der vorgesehene Operationstermin verschoben wurde, und wies Milen an, es unbedingt in seiner alten Praxis durchzuführen, weil es in dem alten Viertel nicht so großes Aufsehen erregen würde, wenn ein Toter abtransportiert wurde. An seiner jungfräulich nagelneuen Klinik am Goldstrand würde es mehr Aufsehen erregen. Der Gedanke mit der alten Praxis leuchtete Milen ein. Er ließ Petja in dem Glauben, dass er alles nach ihren Vorgaben vorbereiten würde. Dabei hatte er längst entschieden, einen Alleingang zu praktizieren. Die Schuld, die er glaubte auf sich geladen zu haben, bewertete er höher als Petjas Vermengung alter Schuldmasse mit den aktuellen Geschehnissen.

Milen glaubte, für alles der Hauptverantwortliche zu sein, weil er von Anfang an nicht wirklich hingeschaut hatte. Er hatte so vieles ausgeblendet und war sicher, wenn er nur lange genug in die andere Richtung starrte, würde sich das Falsche irgendwann in etwas Richtiges verwandeln. Als ihm klar wurde, dass er von seinem Freund mit Blutgeld bezahlt worden war, stand seine Entscheidung fest. Die Ratte, die er in den Bergen im Hals verspürt hatte, stank bereits bis zum Himmel. Er musste sich von diesem Gestank schleunigst befreien, wenn er nicht zum Helfershelfer eines Schlächters gekürt werden wollte. Bis Petja eintraf, sollte alles erledigt sein. Aber er hatte sich verkalkuliert, denn er schaffte es nicht, die Theorie in die Praxis umzusetzen. Milen Stalev schaffte es nicht, einen Menschen kaltblütig und mit Vorsatz zu töten. Er konnte es einfach nicht tun."

Thomas erinnerte sich, wie der Arzt vor ihm saß und die Worte gemurmelt hatte: „Ich kann es nicht tun. Ich weiß, was dieser Mann angerichtet hat, aber ich kann es nicht tun."

Thomas kämpfte die Achtung in sich nieder, die er für den anderen empfand, bevor er weitersprach. Er wusste nicht, wie er sich in einem solchen Fall verhalten hätte. „Milen Stalev wusste, wenn er sich das Recht herausnahm, über ein anderes Leben zu richten, wäre er nicht mehr Wert als dieser Jevin Mashkov, den Milen zu lange für einen wahren Freund gehalten hatte. Wenn dieser seinem Eid, menschliches Leben zu würdigen und unter allen Umständen zu retten, nicht gerecht wurde, hieß es noch lange nicht, dass er dieses Gesetz brechen durfte. Nachdem er Jevin Mashkov für die Operation vorbereitet und an Armen und Beinen fixiert hatte, offenbarte sich Milen. Wenn er das Todesurteil auch nicht vollstreckte, wie er es nannte, die Angst und die Ohnmacht sollte der Täter spüren. Damit wollte er Petja zu ihrer Genugtuung verhelfen. Jevin sollte spüren, wie es sich anfühlt, hilflos auf ein Objekt reduziert zu sein, das sich der Willkür eines anderen nicht erwehren kann, weil es ihm schutzlos ausgeliefert ist.“

„Hattest du nicht gesagt, dass es zwei Begleiter gab, die diesen Schweinedoktor Mashkov auf Schritt und Tritt begleiteten?“, hakte Stanka grimmig nach.

„Ja, das stimmt“, sagte Thomas, „unter irgendeinem Vorwand war es Milen Stalev gelungen, sie arglos in sein Labor zu locken und dort einzuschließen, so dass sie ihrem Chef nicht zu Hilfe kommen konnten. Gegen die verschlossene Stahltür konnten sie nichts ausrichten und mussten der Dinge harren, die folgen sollten.“

Stanka runzelte die Stirn und grübelte über den Vorwand nach. Er musste verdammt gut gewesen sein, um gleich zwei Beschützer matt zu setzen. Immerhin. Es gelang. Sie war mit dem Ergebnis zufrieden. An der Strafvollstreckung hatte sie nichts auszusetzen.

„Auf dem Weg zur Polizei sei Milen sich mit jedem Schritt, mit dem er den Abstand verkürzte, klarer darüber geworden, wie notwendig es sein würde, dass sein ehemaliger Freund weiterlebte. Jevin sollte weiterleben, um sich eines Tages seiner Verblendung und Schuld bewusst werden zu können. Und dann sollte er es aushalten, gnadenlos, dieses Gefühl, etwas so Unverzeihliches angerichtet zu haben, dass er wünschen würde, tot zu sein, um nicht mehr daran zu denken, um nicht mehr mit sich selbst konfrontiert zu sein. In einem Prozess sollte er sich vor der gesamten Weltöffentlichkeit verantworten, er sollte vor die Mütter hingestellt werden, die ihre Kinder durch ihn verloren hatten. Er sollte ihren Schmerz sehen, bis er ihn am eigenen Leibe mit jeder Faser verspürte. Er sollte existieren, und er sollte alt werden. Sehr alt. Denn sein Tod wäre eine Erlösung, die ihm nicht zugestanden werden durfte. Er sollte auf der Erde durch die Hölle gehen." Als könnte er den weiteren Verlauf immer noch nicht so richtig in das große Gesamtgeschehen einordnen, bäumte sich in Thomas die Flamme der Unverständlichkeit auf: „Und, was passiert in diesem Augenblick? Das Leben schlägt uns ein Schnippchen und konfrontiert uns mit einer Weichenstellung, die mir unbegreiflich und unerklärlich erscheint. Und dabei soll man dann nicht verrückt werden?" Dickschädelig sprach er weiter, obwohl seine Müdigkeit ihn hart in den Griff nahm: „Dass ausgerechnet eine Gasexplosion diesem Spuk ein Ende setzt! Ist das nicht grotesk?"

Vier betroffene Frauenaugen waren teilnahmsvoll auf ihn gerichtet.

„Und ich kann es noch nicht einmal als ausgleichende Gerechtigkeit begreifen, selbst wenn man rechtfertigte, die drei Kreaturen, die in der Praxis von Milen Stalev eingesperrt waren, hätten es nicht anders verdient. Dieses Unglück birgt eine neue Ungerechtigkeit in sich: Bei der Gasexplosion gab es weitere Tote: Drei Männer, die im Straßengraben arbeiteten, und unschuldige Passanten, die zufällig am Unglücksort vorbeigingen."

„Thomas?", Darina ergriff den Arm ihres Mannes. Sie sah sich gezwungen, ihren Mann zu unterbrechen. Seine letzten Worte hatte er bereits lallend gesprochen. „Thomas, entschuldige bitte, ich brauche dringend einen starken Kaffee, ihr bestimmt auch."

Fluchtartig stürzte Stanka aus den Raum, um sich zu entlasten. Im hinauseilenden Galopp rief sie „ich nehme einen Doppelten", bevor ihre Stimme hinter der sich eiligst verschließenden Tür der Gästetoilette erstarb.

Thomas beugte seinen Kopf. Darina massierte seinen freiliegenden Nacken mit einer Hand, sie küsste den hellen Flaum des Haaransatzes, der sich ihr entgegenstreckte, und sagte leise: „Ich bin gleich zurück." Die Katzen hatten ihren Einsatz beendet. Getrennte Wege gehend, hatten sie einen neuen Platz bezogen, um sich zurückzuziehen.

Stanka lief auf dem Rückweg zu Darina in die Küche, die mit wenigen Handgriffen alles vorbereitet hatte. Auf einem Tablett dampfte der heiße im *dscheswe*[78] gebrühte Kaffee. Darina drückte ihrer Freundin gerade das Tablett in die Hände, als das Telefon schrillte. Beide zuckten zusammen, darauf waren sie nicht vorbereitet, nicht um diese Uhrzeit. Es war das Haustelefon, das auf dem Beistelltisch stand, neben dem Thomas saß. Aber der machte keine Anstalten, den Hörer aufzunehmen. Er war vor Erschöpfung eingeschlafen. Wortlos ging Darina auf den Apparat zu und ergriff den Hörer. Über die Schulter rief sie zu Stanka herüber: „Kannst du noch den Zucker mitbringen?", bevor sie sich mit dem gewöhnlichen „*da, molja?*", meldete. Darina hörte, was man ihr durch die kabellose Leitung übermittelte. Sie beendete das Gespräch, legte den Hörer aus der Hand und wirkte wie erstarrt.

Beim Anblick ihrer Freundin ließ Stanka vor Schreck die

Zuckerdose aus der Hand fallen. „Wer war das?“, fragte sie. Eine dunkle Ahnung stieg in ihr hoch.

„Das war das Krankenhaus!“

Stanka wollte die nächste Frage nicht formulieren, weil sie sich vor der Antwort fürchtete, aber sie wusste, es war unvermeidbar, sie zu stellen: „Was haben sie gesagt?“

„Sie haben gesagt, wir sollen schnellstens kommen.“

„Was soll das heißen?“

„Stanka!“, Darina drehte sich wie benommen ihrer Freundin zu, „Stanka“, sagte sie noch einmal. „Es ist passiert!“ Ihre Stimme klang hoch und schrill.

Stanka sackte in ihrem Sessel zusammen, ihr Mund öffnete sich, aber sie brachte kein Wort heraus.

„Was ist passiert?“, ein letztes Mal suchte Stanka Halt in einem Ausweichmanöver.

„Stanka!, Stanka!“, rief Darina, „es ist passiert. Das Wunder ist geschehen!“ Sie wollte ihrer Freundin erzählen, was man ihr gerade durch das Telefon eröffnet hatte, aber ihre Gedanken überschlugen sich mit ihrer Freude und ihrer Dankbarkeit. Alles um sie herum veränderte sich, sie wollte alles gleichzeitig tun: sich freuen, weinen, lachen, schreien, glücklich sein: Ivan war aus dem Koma erwacht.

Behutsam beugte Darina sich zu Thomas herunter. Gleichmäßige, in purem Alkohol eingerollte Atemzüge sagten ihr, dass es für niemanden hilfreich war, seinen Zustand zu verändern.

Thomas würde nicht einverstanden sein mit der Entscheidung die sie jetzt traf, aber er würde ihr mit Nachsicht zugestehen, dass sie gar keine Alternative hatte. Darina bettete die Füße ihres Mannes hoch, hüllte den Körper in eine Wolldecke und verabschiedete sich mit einem Kuss auf seiner Stirn. „Komm“, forderte sie ihre Freundin auf, „wir fahren ins Krankenhaus“.

28.

Wie sollte er laufen, wo er doch fliegen musste?

Wie sollte er die Zwischenzeit bis zu ihrem Wiedersehen überbrücken, wo er das Wunder unverzüglich sehen wollte?

Was sollte er zuerst erzählen?

Womit sollte er anfangen, in welcher Reihenfolge fortfahren?

Thomas hastete die zweiundzwanzigste Straße hinauf. Er hatte den Eindruck, sich kaum von der Stelle zu bewegen. Immer schneller wurden seine Schritte, immer hastiger sein Atem. Die lange Nacht und der übermäßige Alkoholkonsum forderten ihren Tribut. Beinahe wäre er gestürzt, sein linker Fuß knickte um, weil er nicht weit genug über ein Schlagloch hinweggesprungen war. Sobald er die Straßenecke erreichte, würde es bequemer werden, dann ging es bergab.

Die sechzehnte Straße mündete in die erste Uferstraße. Schon von weitem sah er die Tankstelle, die Hanglage gewährte den Weitblick. Eilig lief er dem Taxi entgegen, das ihn auf der Zufahrt vor den Zapfsäulen aufnehmen sollte.

Darina wusste, was passieren würde, wenn sie ihrem Mann die frohe Botschaft verkündete. Weder sein ungewaschenes, unrasiertes Äußeres, noch den Zustand seiner zerknitterten Kleidung, in der er den Rest der Nacht bis vor einer halben Stunde geschlafen hatte, würde er registrieren oder korrigieren. Sie hielt das Telefon in der Hand, um ihrem Mann ein Taxi zu ordern, und forderte ihn auf, zur Hauptstraße hinunter zu laufen. Der kurze Sprint an der frischen Luft würde ihm einen guten Dienst erweisen. Sichtlich würde er mit jedem Schritt spüren, dass er in die richtige Richtung strebte.

Zeitgleich mit dem Taxi traf Thomas an der Tankstelle ein.

Entgegen seiner Gewohnheit bestieg er nicht den Beifahrersitz, sondern breitete sich auf den Rücksitzen des Wagens aus. Wenn er nicht fliegen konnte, sollten seine Flügel Raum zur Entfaltung finden. So leicht wie er sich fühlte, konnte er nur ein Vogel sein.

Wo waren seine Zweifel und Schmerzen geblieben, die ihn peinigten, bis er vor lauter Erschöpfung eingeschlafen war? Wohin hatten sich die Fragen verflüchtigt, auf die er glaubte, keine Antwort zu finden?

Wenn es nur weniger Worte bedurfte, um ihn erstarken zu lassen, waren es dann auch nur wenige Worte gewesen, die die Krise in ihm ausgelöst hatten?

Das war nicht der richtige Zeitpunkt, um sinnstrebende Theorien zu vertiefen. Aber Thomas begriff, dass er an einer Wegkreuzung seines Lebens einen Richtungswechsel vollzogen hatte.

Seine Gedanken überschlugen sich. Am liebsten würde er den Taxifahrer von hinten umarmen, aber der würde eher an einen Überfall denken, als sich an der Begeisterung eines emotionalen Ausbruches seines übernächtigten Fahrgastes zu beteiligen. Alternativ trommelte Thomas seine Unruhe über seine Finger heraus und erklärte die Rückenlehne der vorderen Sitze zu seinem imaginären Tastenfeld.

Im Verlaufe der Jahre, seitdem er in Varna lebte, hatte er viele Taxifahrer kennen gelernt. Auch wenn er regelmäßig mit ein und der gleichen Taxifirma fuhr, konnte er sie nicht alle kennen. Und diesen Mann in mittleren Jahren, mit dem er gerade fuhr, hatte Thomas noch nie gesehen. Im Rückspiegel begegnete ihm der irritierte Blick seines Fahrers. Thomas wollte ihm helfen. In wenigen Sätzen erzählte er über sich. In der Regel erfuhr er mit dieser Verhaltensweise bloße Anerkennung. Es brach das Eis unmittelbar, wenn er über sich und seine Herkunft sprach, warum er in ihrem Land lebte und wozu er sich mühte, ihre Sprache zu begreifen. Diese Regel wurde auch heute nicht gebrochen, und als der Fahrer verstand, dass Thomas mit ihm auf dem Weg war, um die Auferstehung seines bulgarischen Freundes zu feiern, hätte Thomas schwören wollen, dass sie im Begriff waren, gemeinsam abzuheben. Im Tiefflug überfuhren sie die Hauptstraße am Meer. Strahlender Sonnenschein verwandelte das Meer in eine spiegelnde Silberplatte. Der Frühling hatte sich durchgesetzt und den Winter verdrängt. Wie durch höhere Gewalt verfügt, war die Straße kaum befahren, abgesehen von dem Linienbus mit der Nummer vierhundertneun, der in der Mulde einer Haltestelle aber kein Hindernis für sie darstellte. Gleich nach dem Busstopp an der Haltestelle *Potschivka* bogen sie mit quietschenden Reifen nach rechts ab. An der nächsten großen Kreuzung, da, wo das städtische Stadion seinen Standort hatte, würden sie ein weiteres mal nach rechts abbiegen. Dann waren es nur noch wenige hunderte Meter, die sie von ihrem Zielobjekt trennten. Offensiv nahm der Fahrer es mit der Schlussgeraden auf. Auch ohne Thomas ausdrückliche Weisung fuhr der Fahrer atemberaubend dicht an die Eingangsstufen des Krankenhausgebäudes heran. Als er sah, dass Thomas die Tür nur mit Mühe öffnen konnte, korrigierte er geschickt ihre Halteposition. Das Taxameter hatte Thomas nicht beachtet. Der Levaschein, den er seinem Piloten hinüberreichte, würde ihn lange an ihren gemeinsamen Flug erinnern. An diesem Freudentag wollte er auch anderen Menschen eine Freude bereiten. Aber jetzt sollte ihn nichts mehr aufhalten. Auf den Aufzug konnte er nicht warten. Immer zwei Stufen auf einmal nehmend, flog er in das bekannte Stockwerk hinauf.

„Es tut mir leid Thomas, dass ich dir nicht helfen konnte, aber Dari hat mir erzählt, dass du es ausnahmsweise auch ohne meine Mithilfe geschafft hast?“, empfing ihn der Liegende. Seine Stimme klang schwach, aber er war ins Leben zurückgekehrt.

Thomas gebot ihm mit einer Geste Einhalt; sein Freund sollte sich nicht überanstrengen. Ivan verstand, zog die Hand zurück und forderte Thomas auf, nah zu ihm heranzukommen.

„Das nächste Mal bist du dran!“, raunte der Liegende, der es nicht unterlassen konnte, wieder in der intimen Form mit dem Eingetroffenen herumzufrotzeln.

„Gott bewahre, nur das nicht“, ging Thomas darauf ein. Er würde auf alles eingehen, wenn diese freche Schnauze nur endlich wieder unter das Volk gebracht werden konnte.

„Wie lange war ich unterwegs?“, verniedlichte Ivan seine lebensbedrohliche Bewusstlosigkeit.

„Zu lange“, bekannte Thomas, „ich bin fast verrückt geworden vor Sorge um dich.“

„Ja, ich habe es gehört. Es wäre beinahe dazu gekommen, dass du deine ehelichen Pflichten vernachlässigt hast.“

„Ivan, du bist unmöglich. Du bist noch nicht einmal in der Lage, sicher auf deinen eigenen Beinen zu stehen, und spielst schon wieder mit dem Potential eines permanent einsatzbereiten Hengstes. Wie sollen die Frauen dann jemals begreifen, dass wir Männer mehr sind als schwanzgesteuerte Wesen?“

„Sind wir das denn?“

Thomas fing an zu lachen, und er wollte nicht mehr aufhören zu lachen. Die Reaktion seines Freundes belegte es eindeutig: Ivan war zurück!

Mein Gott, dachte Thomas, wie hatte er das vermisst, so mit seinem Freund zu sprechen, zu lachen, dem anderen nah sein zu können.

Noch etwas anderes fiel ihm auf. Wie oft er Floskeln

„mein Gott", oder „um Gottes willen" und ähnliche „Gott" einbeziehende Fragmente in der zurückliegenden Zeit für sich beansprucht hatte. War das ein Ausdruck für eine neue Spiritualität oder war ihm der häufige Gebrauch dieser Worte früher nur nicht aufgefallen, weil er sie so inflationär und ohne darüber nachzudenken eingesetzt hatte?

„Mach du dich ruhig lustig", erwiderte Thomas auf die süffisante Bemerkung seines Freundes, „ich jedenfalls reklamiere für mich, mehr zu sein als ein potenzgesteuertes Wesen."

„Und um dir das zu beweisen, hast du alle diese Bücher benötigt?" Ivan zeigte auf einen schiefen Bücherturm, der sich an seinem Nachttisch auf einem Stuhl herausgebildet hatte.

„Ja, das habe ich", sagte Thomas schlicht, „und du sollst es gleich wissen. Ich habe sie dir alle der Reihe nach vorgelesen."

„Das sieht dir ähnlich", feixte Ivan, „meine wehrlose Lage rücksichtslos auszunutzen!"

„Du sagst es! Freiwillig hättest du dich diesem Parcours ja nicht unterzogen. Nimm es hin. Du bist gleichfalls infiziert, und ich bin sicher, dass dich das eine oder andere erreicht hat, wo auch immer du gewesen bist."

Dass Ivan nach seinem Dafürhalten eine vorbildliche Haltung im Leben einnahm, die er, Thomas, als wertvoll bezeichnete, wollte er ihm in aller Ruhe erklären. Er hatte die Worte dafür gefunden. Diese Worte, die es ihm möglich machten, seine eigenen Verhaltensweisen besser zu begreifen. Irgendwann würde der Zeitpunkt richtig sein, darüber zu sprechen.

Ob er jemals mit einem Menschen über den Pakt sprechen würde, den er mit sich selbst geschlossen hatte, als er die erste Nacht am Bett seinen Freundes wachte? In diesem Moment wusste er es nicht. Vielleicht war es besser, über wundersame Erfahrungen nicht zu sprechen, um sie nicht zu gefährden, überlegte er.

Thomas wollte baden. Baden in dem überschwemmenden Ausdruck seiner Dankbarkeit und grenzenloser Freude. Nein, baden würde nicht ausreichen, er wurde verschwenderisch. Er wollte sich wie ein Schwein in seinem Glück suhlen.

„Gütiger Gott, bewahre mich vor den Missionaren", lästerte Ivan in alter Manier und bekreuzigte sich, als würde ihn das schützen.

Thomas grinste, bei dem sprachlichen Gottesbezug, den auch Ivan gebrauchte. Das würden herrliche Auseinandersetzungen werden. Er freute sich auf die kommenden wortreichen Gefechte, nicht nur über unterschiedliche Daseinsmodelle, sondern auf alles, was sich in ihre Wirklichkeit hineintragen würde.

Auf einmal hielt Thomas inne und wurde still.

Er tauschte ein Lächeln mit Ivan aus. Immer wieder verblüffte es ihn, wie leicht und direkt zwei Menschen übereinstimmen konnten. Die kürzeste Verbindung zwischen zwei Punkten ist und bleibt die Gerade. Ein wahres Lächeln stellt die wirksamste Gerade her, um einen solchen Zustand einzuleiten. Es war ihm egal, was sein Freund von ihm denken würde, oder was irgendjemand überhaupt von ihm denken würde. Feierlich erhob er sich von der Bettkante und ergriff seinen Freund. Thomas nahm Ivan in seine Arme. Er umfasste die Schultern seines Freundes, drückte den geschwächten Körper an sich und küsste die Stirn. Mit beiden Händen ergriff er den Kopf und blickte in das bleiche Gesicht, das einen stummen, ungläubigen Ausdruck hervorbrachte, aber Ivan ließ es geschehen.

Wortlos schauten sie sich an, ihre Augen füllten sich gleichzeitig mit Tränen, bevor sie über ihre Gesichter flossen.

Es hätte nicht viel gefehlt und Thomas wäre vor seinem Freund auf die Knie gesunken, in angemessener tief empfundener Dankbarkeit eines menschlichen Empfindens, das sich in ihm breit machte und zu dem er sich bekannte: Ein Mensch, der in seinem Leben den Punkt überwindet und dem Gefühl widersteht, in einer Krise nicht in den Abgrund zu stürzen, sondern ihr etwas entgegen setzt, erfährt eine Kraft, die eine Ohnmacht aufheben kann. Eine solche Erfahrung bewirkt eine Veränderung. Es ist eine Begegnung mit den eigenen Ängsten und Abgründen, wie sie in jedem Menschen existieren. Es ist aber gleichzeitig eine Wahrnehmung der eigenen Freiheit, der sich der Mensch trotz bestehender Abhängigkeiten bedienen kann, indem er eine Korrektur seiner Einstellung vollzieht.

Die Auseinandersetzung mit dem möglichen Verlust eines geliebten Menschen hatte Thomas mit neuen Fragen zusammen gebracht, die seine Wahrnehmung beeinflusste. Diesem schmerzvollen Prozess hatte er sich gestellt. Er hatte sein Leiden als eine Aufgabe begriffen und sie in eine Leistung gewandelt. Dabei ist er gewachsen. Dass Ivan in das Leben zurückkehren würde, konnte er nicht wissen. Die Prüfung des realen Verlustes wurde ihm nicht auferlegt. Intensive Dankbarkeit verschmilzt zu einem Gefühl, das aus Nächstenliebe und Lebensfreude gespeist wird, in einer so einzigartigen Kombination, dass auch das stärkste Netz überholter Konventionen und Konditionierungen mit einem Atemhauch zerfällt.

„Du suchst ein Zitat, nicht wahr?“, Ivan seufzte nicht, aber er sprach ungewohnt langsam und geduldig.

Statt eine einfache Antwort zu geben, schlug Thomas ein Buch auf.

Ein weiteres Mal las er seinem Freund eine Passage vor,

die, mit einem farbigen Haftstreifen versehen, den Bücherturm gekrönt hatte:

Leiden heißt leisten, und heißt wachsen.
Aber es heißt auch reifen.
Denn der Mensch, der über sich hinauswächst,
reift zu sich selbst heran.
Die eigentliche Leistung des Leidens ist nichts anderes als ein Reifungsprozess.
Die Reifung beruht darauf, dass der Mensch zur inneren Freiheit gelangt, und zwar trotz äußerer Abhängigkeiten.
(Viktor Frankl)

Schlussbemerkung:

Nicht wie gewöhnlich kann es an dieser Stelle heißen, die Geschichte sei frei erfunden: „Die verschwundenen Babys von Charkow“ sind kein Fantasiegebilde. So unfassbar es erscheint, dieses unmenschliche Verbrechen ist eine grausame Wirklichkeit.

Das Zweite Deutsche Fernsehen hat im Jahre 2003 und 2004 in Dokumentationen über die Geschehnisse in der Ukraine berichtet. Der geschilderte Sachverhalt beruht auf wahren Begebenheiten (www.zdf.de) . Die ZDF-Reporterin Sibylle Bassler hat vor Ort mit den betroffenen Familien gesprochen, denen Neugeborene direkt nach der Geburt weggenommen wurden. Die Familien durften ihre angeblich toten Kinder weder sehen, noch erhielten sie amtliche Sterbeurkunden. Später wurde ihnen mitgeteilt, die Kinder seien zusammen mit Totgeburten auf einem Friedhof beigesetzt worden. Es ist, als hätte es dieses Leben nie gegeben.

Tatjana Zakharaova, die Präsidentin der All Ukrainian Federation of Families with many Children (AFFC) hatte die Öffnung eines der anonymen Massengräber gerichtlich erzwungen. Die internationalen Ermittlungsbehörden sind eingeschaltet.

Das weitere Handlungsgeflecht des Romans ist nur meiner Fantasie zuzuschreiben: Es gab weder eine Mutter, die einen Arzt mit einem Säureattentat bestrafte, noch einen flüchtigen Hauptverantwortlichen.
Es gibt Qualen, für die es keinen Trost gibt. Noch trostloser macht aber die Erkenntnis, dass die Realität wieder einmal die literarische Wirklichkeit schlägt.
Und es gibt eine Schuld, die nicht getilgt werden kann, aber sich zu erinnern, hilft gegen das Vergessen ...

Fußnoten:

Die verwendeten bulgarischen Phrasen sind in Anlehnung an den Kauderwelschsprachführer von Elena Engelbrecht in einer „Lesesprechschrift“ zum einfacheren Verständnis der bulgarischen Sprache verschriftlicht worden. (Kauderwelsch Band 51 Bulgarisch – Wort für Wort von Elena Engelbrecht, Reise Know-How Verlag Peter Rump GmbH)

[1] Entschuldige!
[2] Sesamkringel
[3] Rathaus
[4] Goldstrand
[5] Handy-Bezeichnung
[6] Gibt es Opfer?
[7] Nein, es gibt keine Opfer!
[8] Balkan (Gebirge)
[9] Anführer
[10] Höchster Berg im Balkan
[11] Haus
[12] bumsen
[13] ficken/stoßen (sehr vulgär)
[14] Orgasmus
[15] Hausgemachter Schnaps
[16] Aber, wieso kennst du es?
[17] Nur für Ivan
[18] Münzeinheit (1 Stotinka = ca. 0,5 Cent)
[19] Warte, nur einen Moment.
[20] Im Tontopf gebackener Weisskäse mit Paprika, Tomate und Ei.
[21] Bist du fertig?

[22] Gott!
[23] Still jetzt! (oder: Gib Ruhe!)
[24] Gut (in Ordnung)
[25] Großmütter
[26] Bulgarische Markenzigarette
[27] Bitte!
[28] Willst du einen Kaffee?
[29] Ja gerne, Danke.
[30] Ja, einen „langen" (verlängerten) Kaffee mit Zucker und Milch.
[31] Kommt mal sofort zu mir!
[32] Los geh!
[33] Die Hoffnung stirbt zuletzt.
[34] warm
[35] Kosewort (für Liebling, Schatz)
[36] Fahre fort!
[37] Wörtlich: Beruhige dich, warte
[38] Wörtlich: Gelbe Presse = Boulevardpresse
[39] Genau so!
[40] Noch zwei Bier vom Fass
[41] Ja, selbstverständlich.
[42] Ich liebe Dich!
[43] Ich Dich auch!
[44] Anisschnaps
[45] Viktor Frankl, „**... trotzdem Ja zum Leben sagen**."
[46] Viktor Frankl, „**Was nicht in meinen Büchern steht**"
[47] Pause
[48] Name eines Schnellrestaurants
[49] Varnaer wissen warum!
[50] Joghurt-Wasser-Kaltgetränk
[51] Gibt es etwas Neues?
[52] Nein, es gibt nichts Neues.
[53] Fangen wir an!

54 Chopinstraße
55 Bulgarische Währung 1 Lev = 0,50 Cent
56 Gut, ich bin einverstanden.
57 Appetitanreger
58 Probier!
59 Kürbis
60 Natürlich!
61 Jeans
62 Hallo!
63 Ideal!
64 Auf Wiederhören!
65 Kugelschreiber
66 So? Wirklich?
67 Wirklich? So?
68 Bist du sicher?
69 Gibt es noch etwas?
70 Gut, ich verstehe.
71 Tschüss!
72 Schönen Abend!
73 Wohnviertel mit dem Namen: „Jugend“
74 Keine Ursache.
75 Ich bin hier!
76 Fernglas
77 Griechisches Viertel
78 Kupfertopf für Kaffee